SI J'ÉTAIS TOI

CESCA MAJOR

SI J'ÉTAIS TOI

Traduit de l'anglais
par Laura Derajinski

ROMAN

le cherche midi

Du même auteur
au Cherche Midi :

La prochaine fois, peut-être…, traduit par Laura Derajinski, 2023

Directeur de collection : Arnaud Hofmarcher
Coordination éditoriale : Fabienne Reichenbach et Marie Misandeau

Titre original : *If I Were You*
Éditeur original : HarperCollins

Conception graphique : Justine Dupré
Composition : Peter Vogelpoel
Dépot légal : avril 2025
ISBN 978-2-7491-7951-3

Vous pouvez consulter notre catalogue général
et l'annonce de nos prochaines parutions sur notre site :
www.cherche-midi.com

92, avenue de France – 75013 Paris

À mes jumelles de cinq ans, Lexi et Inessa,
qui trouvent totalement hilarante l'idée
de pouvoir changer de corps.
Dans l'espoir que mes lecteurs réagissent comme elles.

1
FLYNN

Aujourd'hui

C'est à peine si j'entends Amy qui crie dans ma direction, par-dessus le toit de la voiture. La pluie me plaque les cheveux sur le crâne et dégouline dans mon cou tandis que je hurle en réponse. Mon corps palpite de frustration.

D'un air contrarié, elle fronce son nez constellé de taches de rousseur et plisse ses yeux marron. Son regard noir me coupe le souffle, il me ramène au soir de notre rencontre, à la première fois où je l'ai vue, furibonde. Sauf qu'aujourd'hui, sa colère m'est destinée.

À l'instant où je sens mon corps se soulever de terre et où le monde entier se transforme en un éclat de lumière aveuglante, une dernière question me traverse l'esprit : comment a-t-on pu en arriver là, Amy et moi, après avoir si bien commencé notre relation ?

2
FLYNN

Deux ans plus tôt

Je passe la plupart de mes week-ends à des enterrements de vie de garçon. Dans mon entourage, les hommes ne s'impliquent jamais trop dans l'organisation de leur mariage, mais l'enterrement de vie de garçon est abordé avec la précision d'une attaque militaire à grande échelle. Cible actuelle : le centre-ville de Bristol.

J'ai déjà été en week-end à Ibiza (le témoin a raté son vol de retour et, qui sait, il habite peut-être là-bas, maintenant…), dans une maison de campagne en banlieue de Bath (on n'a jamais récupéré la caution), dans seize boîtes de nuit à travers le sud de l'Angleterre (on est bannis à vie de quatorze d'entre elles), et j'ai fait du rafting dans la région de Lake District (le futur marié a été assommé avec une rame).

Des moments simples et amusants. En groupe, les hommes régressent généralement de vingt ans et je sais jouer mon rôle à la perfection.

Ce soir, on est dans un bar karaoké du centre-ville de Bristol, à quelques kilomètres du quartier de Redland où j'habite. Le futur marié, inexplicablement habillé en nonne, est tombé dans les pommes il y a déjà deux heures et il est prostré sur la banquette du box où on boit des bières à côté de lui.

Chanter en public, c'est ma définition de l'enfer, mais j'aime bien boire et Eddie vient justement de payer une tournée de shots ; il s'est retranché dans un recoin sombre avec une fille qu'il a commencé à draguer dans la file d'attente à l'entrée.

Je me tâte à rentrer chez moi – les autres participants logent à l'hôtel quelque part en bordure du périphérique – lorsque Eddie revient en s'essuyant la bouche et propose d'aller dans une boîte de strip-tease. Quelqu'un pousse un cri de joie mais je fais une contre-proposition immédiate en suggérant une virée au casino. C'est dans les boîtes de strip-tease que la *joie* vient s'éteindre et mourir. Un éclat de colère étincelle dans les yeux d'Eddie quand deux mecs choisissent de m'accompagner.

Et à cet instant précis, elle passe à côté de nous.

Les joues rougies, les yeux légèrement écartés, le corps souple. Je la contemple, bouche bée, et tout à coup plus rien n'a d'importance, ni les boîtes de strip-tease, ni les casinos, ni même mon propre nom.

Un foulard à pois se perd dans ses cheveux bouclés et elle porte une robe qui n'est pas vraiment une robe mais plutôt un short et un haut cousus ensemble. Elle est magnifique.

Je m'apprête à tendre la main pour l'interpeller et lui demander son nom quand elle s'arrête brusquement à notre table. Elle est à quelques centimètres de moi. Mon cœur s'emballe.

Puis elle pointe du doigt le futur marié affalé sur le ventre.

« Il va bien ? » Sa voix assurée s'élève au-dessus de la musique à plein volume. Elle a un accent que je n'arrive pas à identifier immédiatement.

J'ai toujours la bouche entrouverte.

« Hé ho ! » Elle nous regarde tour à tour, un sourcil arqué. Les autres la dévisagent béatement à travers différents stades d'ivresse.

« Ouais, répond un mec avant de se pencher mollement en arrière et de poser la main sur le corps inerte.

— Oh, mon Dieu, il va étouffer comme ça. »

Elle dégage une énergie à la Hermione Granger et, de près, elle est encore plus canon. Je suis comme pétrifié, je ne peux rien faire d'autre que l'admirer. Mes entrailles sont nouées. Est-ce que je peux l'inviter à sortir ? Avec qui est-elle venue ? Comment est-ce possible que je ne l'aie jamais croisée dans les rues de Bristol ?

Ses lèvres remuent toujours et je me rends compte qu'elle s'adresse à moi. « Sérieux, il va bien ? Pourquoi vous continuez à boire sans faire attention à lui ? Ce ne serait pas plus prudent de l'emmener à l'hôpital ? »

Elle se glisse sur la banquette pour tâter le futur marié et l'examiner. J'ai honte de ne pas y avoir pensé moi-même, mais je ne peux m'empêcher de remarquer son parfum d'orange qui me fait tourner la tête davantage.

Le futur marié grogne quand elle lui pose la main sur le front et qu'elle affiche un air plus doux en lui demandant s'il va bien.

Il se redresse un peu et elle recule, satisfaite de constater qu'il n'est pas mort. Elle décoche un regard méprisant à notre tablée d'hommes.

« Prenez un peu mieux soin de lui », elle déclare.

J'acquiesce frénétiquement.

Elle s'éloigne.

Quelqu'un ricane et Eddie lève les yeux au plafond en marmonnant : « Pauvre tarée. »

Je me retiens de répliquer « Non, c'est pas vrai » car je ne veux pas le mettre en rogne, et j'ai surtout l'impression d'avoir reçu un coup en pleine tête. Pas seulement à cause des cinq ou six bières que j'ai bues (sans parler des shots). Je n'avais encore jamais rencontré quelqu'un d'aussi charismatique. Je me demande ce qu'elle fait dans la vie. La plus jeune P-DG d'une grande entreprise cotée en bourse ? Major dans l'armée ? Première ministre ? Rien ne m'étonnerait.

Je la regarde traverser la salle d'un pas chaloupé et se percher sur un tabouret.

Par-dessus les têtes des clients, je vois qu'elle s'est installée à une table haute. Elle scrute un instant la fille au micro sur la petite estrade qui chante une version maladroite de *Man! I Feel Like a Woman!* Un mec au cou tatoué est assis à côté d'elle, il porte une chemise aux manches arrachées au niveau des épaules comme s'il venait de se battre avec un ours. J'espère que c'est son frère, parce que ma prochaine action va être particulièrement audacieuse.

Je n'ai qu'une certitude : je ne peux pas partir d'ici sans avoir tenté ma chance.

Je me dirige droit vers le comptoir où je demande un papier et un stylo. Ils mettent une éternité à me les apporter, je peste à voix basse et je tends le cou pour vérifier qu'elle est encore là.

« Merci pour ton aide », je lui dis dans un souffle, quand je me tiens devant sa table.

Son sourire vacille pendant qu'elle essaie de me resituer dans ses souvenirs, puis un trait se creuse entre ses sourcils.

« C'était gentil à toi, je continue. D'avoir aidé notre ami. Deux gars vont le ramener à l'hôtel. »

Elle acquiesce d'un geste évasif et mon cœur se serre quand elle reporte son attention sur l'homme en face d'elle. Je ne crois pas que ce soit son frère. Il a l'air trop agacé contre moi pour être son frère.

J'ai envie de rester, de la connaître.

« Tu as l'habitude de sauver des hommes ivres dans les bars, ou c'était exceptionnel ?

— Mec... dit l'homme en remuant sur son siège.

— Je veux juste parler quelques secondes à... » Je marque une pause qu'elle ne comble pas, elle se contente de me dévisager, la tête penchée sur le côté.

« Tu es belle, tu sais, j'ajoute malgré moi.

— Oh, mec ! » L'homme au tatouage semble encore plus agacé, à juste titre. J'ai l'impression que la femme mystère est sur le point de sourire mais elle se contient.

« Je suis venue accompagnée », dit-elle avec un geste de la main. Le même ton ferme, le même regard direct.

« Ouais. » L'homme croise ses bras costauds. Ses biceps sont imposants.

« C'est vrai », j'acquiesce avec sincérité. Puis je relève la tête et je croise le regard de la femme. Est-ce un éclat fugace de curiosité que je perçois dans ses yeux, ou bien est-ce le fruit de mon imagination ? Ou les reflets de la boule à facettes ? « Mais tu pourrais être avec moi à la place », j'ajoute avec un sourire triomphant.

Je me demande sincèrement ce que je suis en train de faire. Je pédale dans la semoule. Et j'ai vu les biceps en face. Mais c'est plus fort que moi. Quelque chose en elle me pousse à afficher cette assurance virile.

« Tu veux qu'on aille régler ça dehors ? » s'emporte le mec qui fait crisser le tabouret en se levant. Il est imposant, forcément. Un curieux courant d'adrénaline me traverse, c'est peut-être dû aux bières et aux shots, ou alors juste à l'instinct de survie face au danger.

« Je voulais confier ça à cette jeune femme. » Je brandis le papier où j'ai noté mon nom, mon adresse mail et postale, mon numéro de téléphone. « Je travaille dans l'événementiel et on est toujours à l'affût de personnes talentueuses.

— Cette jeune femme, elle vend des maisons, rétorque Cou tatoué.

— Eh bien, c'est un métier qui requiert de grandes compétences et on a besoin de gens... compétents. »

Quand la femme mystère croise mon regard, cette fois, je note un changement, un tressaillement à la commissure de ses lèvres. Ça suffit à me donner une légère impulsion. Je ne suis peut-être pas en train de tout foutre en l'air, après tout.

« Elle m'a prouvé il y a quelques minutes qu'elle avait un excellent contact humain, et c'est le genre de personne que j'aime bien... avoir dans mon équipe.

— Elle te plaît, lâche l'homme.

— Aussi, oui. »

J'acquiesce d'un air solennel et la femme mystère affiche ce coup-ci un vrai sourire avant de repasser aussitôt en mode neutre. Elle jette un coup d'œil au papier dans ma main.

« Tu as même ajouté un numéro de fax.

— Je voulais m'assurer d'être joignable par n'importe quel moyen. »

Je lui rends un sourire charmeur, du moins j'espère.

Le problème, c'est que tout ça motive Cou tatoué à repousser son tabouret, à serrer le poing et à me le coller en plein visage. Le papier avec toutes mes infos volette jusqu'au sol avant que j'aie eu le temps de le donner à la femme.

Je m'écroule. Et après, il y a des cris qui fusent dans toutes les directions, des gens partout, les videurs, mes potes, le mec, et alors qu'on m'escorte dehors et que mes potes m'entraînent un peu plus loin sur le trottoir, j'aperçois la femme à la fenêtre, le front plissé, une expression indéchiffrable sur le visage. J'agite les doigts dans sa direction en un salut maladroit.

Une fois de retour à mon appartement et les gars à leur hôtel, je suis dégoûté. Quelque chose, chez cette femme, a réveillé une émotion en moi. Je la reconnais : de l'espoir. Ses manières franches, sa bienveillance, sa capacité à nous tenir tête, à critiquer nos conneries. Je veux ce genre de personne dans ma vie, je veux connaître cette passion qui l'anime. Quelqu'un qui prend la parole, qui donne une voix à ceux qui ne peuvent pas s'exprimer par eux-mêmes. Qu'est-ce qu'on ressentirait, à être aimé par une femme comme elle ?

Mais j'ai merdé, je suis devenu tout mielleux. Je n'en veux pas au type de m'avoir frappé. J'ai l'œil enflé et ma tempe palpite alors que je m'assieds dans le canapé et que je pose ma tête contre le dossier, abattu.

La sonnette retentit et je fronce les sourcils.

J'ouvre la porte et ma réaction à retardement est digne d'un dessin animé. Contre toute attente, la femme du bar se tient là, sur le seuil. Et elle affiche un air soupçonneux.

« T'es pas un serial killer ? » elle me demande.

Je fais aussitôt non de la tête. Ce qui réveille ma douleur. Mais je veux absolument l'en convaincre, alors j'ajoute : « J'ai encore jamais tué personne. »

Ses lèvres tressaillent.

« Tu étais super arrogant dans le bar, tu sais. » C'est une constatation, pas une question, et je retiens mon souffle. « C'était un premier rencard, en plus. »

Je continue à retenir mon souffle, puis je me demande si ce n'est pas justement le moment de parler et de m'excuser, peut-être.

« Je l'ai rencontré sur Tinder », elle ajoute.

Ses contours sont légèrement flous et j'ai la tête qui tourne, mais je n'ose pas lui dire que j'ai besoin de rentrer m'asseoir, je ne voudrais pas l'effrayer et la faire fuir.

« Il n'arrêtait pas de se curer les dents. »

Mon cœur frémit, un peu hésitant.

« Il m'appelait Am. Je préfère qu'on m'appelle Amy, jusqu'à ce que je donne la permission d'utiliser un surnom ou un diminutif.

— Joli prénom. »

Elle incline le menton.

« Ça t'arrive souvent de draguer des inconnues dans les bars ?

— Pas du tout ! » Et c'est la vérité. Ça fait trois ans que je n'ai pas eu envie d'inviter une femme. Cette réalité me déconcerte, je baisse les yeux et je remarque qu'elle tient son sac dans une main, et un objet qui semble volumineux dans l'autre. Une seconde, là – est-ce que c'est *moi* qui vais me faire agresser ?

Elle fait un pas en avant et je la dévisage de mon œil valide.

C'est un sachet de petits pois surgelés.

« Bon, ben, fais-moi entrer, dit-elle avec ce même ton assuré et légèrement méprisant qu'elle a déjà employé plus tôt. Je veux vérifier si tu as vraiment un fax. »

Je tombe presque à la renverse. Ma poitrine tout entière se remplit de chaleur, et ma douleur s'atténue au niveau de l'œil et de la tête.

« Oui, bien sûr. Entre. Il n'est pas branché mais j'en ai vraiment un. Et… » Je me tourne vers elle d'un air mystérieux. « Je crois même que j'ai un vieux bipeur enfoui quelque part, je devrais pouvoir le retrouver. »

On entre ensemble et elle éclate de rire – un rire profond et puissant. Je crois que c'est le plus beau son que j'aie jamais entendu.

3
AMY

Aujourd'hui

La situation est devenue peu à peu ingérable. La frustration de ces deux dernières semaines, à l'origine un simple frémissement à la surface, s'est mise à bouillir, puis à déborder ce soir. Une vraie fureur brûlante alors qu'on se hurle l'un à l'autre d'*écouter*.

J'éprouve une profonde envie de changement. J'ai besoin qu'il me comprenne. J'ai besoin que les choses changent entre nous, ou alors j'y mettrai un terme. Je le sais. Je ne peux pas continuer à ignorer le fait qu'il refuse de s'ouvrir à moi, que je n'arriverai jamais à le connaître vraiment.

Je le distingue à peine à travers les trombes de pluie obliques, dans le grondement menaçant du tonnerre qui vient ponctuer les paroles furieuses qu'on se jette au visage.

Puis un son terrible retentit et, alors que mon corps est soulevé de terre, que mon univers se mue en une étrange explosion blanche, je me demande comment ça a pu se dégrader à ce point. Et s'il n'était finalement pas l'homme de ma vie ?

4
AMY

Deux ans plus tôt

La journée se déroule comme dans un brouillard. Flynn Waller ne ressemble pas aux hommes que je rencontre habituellement. En fait, il est même le contraire absolu de l'homme avec qui j'imaginais me mettre en couple. Et pourtant, ça me semble idéal. *Il* me semble idéal. Je me sens perdue depuis quelque temps, bloquée dans une mauvaise passe, mais il a tendu la main vers moi et m'a sortie de la déprime.

Je ne sais pas exactement comment ça s'est passé. Comment je me retrouve à prendre une douche un samedi soir dans la salle de bains étonnamment propre d'un homme que je viens de rencontrer hier. Comment je me retrouve à chanter dans cette salle de bains. Qu'est-ce qui, chez lui, me redonne envie de chanter sous la douche ?

« Tu as une voix de dingue, il me fait remarquer quand je sors en serviette et que je récupère mes affaires en hâte dans la chambre, prise d'une étrange timidité.

— Je ne… Eh bien, je… Avant… Merci, je réponds avant de claquer la porte pour me changer.

— C'est la première fois que je t'entends hésiter, il s'esclaffe dans la pièce voisine. Allez, sérieux, chante-moi encore le passage sur le cerf blanc. »

J'enfile le jogging et le T-shirt trop grands qu'il m'a prêtés.

« Le *cerf-volant*. Et non, je ne chanterai pas ! » je crie en retour.

Je l'entends fredonner la mélodie d'une horrible voix discordante et je ne peux m'empêcher de sourire.

« Là-haut plane un cerf blanc vollllllaaaaaaant.

— La ferme ! je m'écrie sans pouvoir contenir un petit rire de cochon.

— Un cerf blanc volllaaaaaaant. »

Mais comment ai-je atterri ici, sérieusement ?

Hier soir, j'ai quitté le bar déterminée à rentrer chez moi et à passer le week-end à soigner mon ego meurtri. Mon rencard Tinder avait été catastrophique et le lieu de rendez-vous n'avait rien arrangé.

Je réajustais mon manteau sur le trottoir, je me sentais triste et minable. J'ai sorti la feuille chiffonnée avec les coordonnées du mec dans le bar. J'avais décelé, sous le vernis de son attitude arrogante, une bienveillance chaleureuse et intrigante qui m'avait profondément touchée. Il semblait amusant, impétueux. Il semblait savoir ce qu'il voulait : moi.

Je n'ai pas donné mon adresse au chauffeur de taxi ; je me suis retrouvée à minuit dans une supérette Tesco Express à acheter un sachet de petits pois surgelés pour un type snob et arrogant qui venait de se prendre une mandale.

Chez lui, on a bu du vin pendant deux heures. Flynn dégageait quelque chose qui m'a mise à l'aise illico. Rien ne paraissait l'ébranler. On n'a pas échangé de banalités ennuyeuses, on n'a pas parlé de nos relations passées. On a juste bavardé de tout et de rien, on a écouté de la musique. Il a écarquillé grand les yeux quand je lui ai raconté la dernière manif à laquelle j'avais participé : il m'a fait ressentir que ça avait vraiment de l'importance. Et il ne m'a pas draguée, même à 2 h 30 du matin quand il s'est penché pour remplir mon verre de vin et que son parfum, sa proximité, m'ont fait tourner la tête. J'en ai eu le souffle coupé un instant : j'avais terriblement envie de lui. Mais il ne s'est rien passé.

Il a insisté pour que j'aille dormir dans son lit pendant qu'il s'installait sur le canapé dans une position totalement ridicule, ses jambes dépassant de l'accoudoir. Ses draps sentaient bon la lessive. Encore une surprise.

La nuit s'est lentement fondue en samedi matin, et je suis sûre qu'il n'a pas fermé l'œil.

Alors que je m'apprêtais à prendre congé et à consacrer mon week-end à ne rien faire chez moi, il m'a demandé si j'avais envie de passer la journée avec lui. J'ai marqué une hésitation et j'ai regardé son visage sincère, son coquard violet, j'ai perçu l'incertitude fugace dans ses yeux jusque-là confiants. De nouveau intriguée, j'ai accepté et son ravissement spontané m'a aussitôt réjouie.

Qu'est-ce que j'avais prévu pour ce samedi, de toute façon ? Faire un saut au supermarché, téléphoner à une amie, lire un magazine, préparer un dîner pour une personne. Mais là, ça promettait d'être amusant, différent, et ça faisait longtemps que je ne m'étais pas amusée. Flynn me ramenait brusquement à la vie.

Je n'avais jamais rencontré quelqu'un qui dégageait autant d'énergie, comme un chien qui tire sur sa laisse, prêt à détaler à l'instant où on le détache. On s'est baladés dans les rues de Bristol en parlant de tout et de rien. C'était comme si j'avais toujours arpenté la ville à ses côtés.

C'était si agréable, si facile et je me demandais pourquoi ce type était célibataire. Les femmes devaient se jeter à son cou, non ? Quand je l'ai interrogé d'un ton hésitant à ce sujet, il m'a dit s'être fait larguer quelques années plus tôt.

« Ça craint.

— Ouais. »

Il n'a rien ajouté et j'ai rangé cette minuscule information dans un coin de mon cerveau pour plus tard.

J'ai alors vu des coins différents de Bristol, une ville où je vivais pourtant depuis vingt-quatre ans et qui me dévoilait soudain d'autres facettes. Des ruelles étroites, des marches de pierre irrégulières, des graffitis colorés. Il m'a emmenée dans son café préféré, il a salué le propriétaire et l'a appelé par son prénom, il a commandé d'énormes smoothies verts, deux cafés et un délicieux petit déjeuner.

Il semblait connaître la moitié de Bristol. On a dû s'arrêter trois fois sur le chemin du retour pour saluer des gens. Ça me plaisait, je me délectais de l'entendre me présenter à ses amis d'une manière si décontractée.

« Elle, c'est Amy », il disait aussitôt, et il m'incluait dans chaque discussion.

Mes doigts me chatouillaient et je rêvais qu'il me prenne la main. On ne s'était toujours pas embrassés.

Flynn n'a pas beaucoup de photos dans son appartement, sa déco est un assemblage de couleurs neutres et de motifs noirs. Aucun détail ne me permet de tirer des conclusions. Je pense à toutes les affiches accrochées à mes murs, aux tableaux : que pourrait-il en déduire ? Que je suis une féministe ? Une activiste ? Une fan de Quentin Tarantino ? Mes murs reflètent les pans de ma personnalité que je souhaite mettre en avant. Que me révèle alors cet espace neutre au sujet de Flynn ?

Quand nos conversations s'aventurent en territoire intime et personnel, il parvient toujours à reporter l'attention sur moi. Il a une mère et un beau-père, ni frère ni sœur. Son père est absent. Je ne suis pas sûre d'avoir compris leur histoire. Sa mère voyage souvent ; j'ai l'impression qu'ils sont très riches ; il est allé en école privée, à l'internat, et il adore le sport. La preuve qu'il me plaît, c'est que je ravale mes diatribes sur l'éthique de la scolarité privée. Il gère une boîte dans l'événementiel, il aime les chiens et les animaux en général, il a peur des araignées et il chante faux. Je ne sais toujours pas si lui aussi a envie de m'embrasser.

Dans la chambre où je m'habille après ma douche, j'appelle ma sœur Laura et je chuchote pendant qu'elle se fout de moi et me traite de sale dévergondée.

« C'est pas vrai. Bon, si, un peu. Mais il est génial, Laura, vraiment nickel chrome. Je ne sais pas quoi faire. Aide-moi !

— Amy, tu sais toujours quoi faire. Tu dis même aux autres ce qu'ils doivent faire.

— Pas cette fois, non », je murmure, sincèrement décontenancée par mon cœur qui s'emballe, par le désir incontrôlable qui m'attire vers lui.

« Va l'embrasser ! propose Laura.

— Je ne peux pas aller l'embrasser comme ça !

— Bien sûr que si, Am, on est au vingt et unième siècle. On a le droit, de nos jours, on ne va pas en prison pour ça. Embrasse-le ! Embrasse-le ! » elle se met à scander.

J'ai envie de rire mais je rétorque d'une petite voix : « Et si je ne lui plais pas ?

— Pourquoi tu ne lui plairais pas, tête de nœud ? Tu es canon, intelligente, cool ! Allez, fonce ! » Et elle me raccroche au nez.

Je scrute mon téléphone, stupéfaite qu'elle ait interrompu notre conversation aussi net. J'ai besoin qu'elle me prenne par la main et qu'elle me guide. Sans papa, j'ai l'impression d'avoir perdu tellement d'assurance, mais Laura ne me croirait jamais. Elle me voit toujours comme sa petite sœur trop sûre d'elle, la gamine qui rêvait de célébrité et qu'elle a laissée derrière elle à Bristol.

Quand je retourne au salon, Flynn est assis sur un coussin à même le sol, adossé au canapé, ses longues jambes tendues. Une cafetière est posée sur la table basse devant lui.

« Un café ? »

Je ne me sens ni canon, ni intelligente, ni cool. Je me sens gênée, empotée et dépassée.

« Je ferais mieux d'y aller », je lui dis, et j'ai l'impression que ma langue pâteuse a gonflé dans ma bouche. « Oui, je vais y aller. » Le cœur n'y est pas mais je m'exprime d'un ton franc, mon armure habituelle.

Il acquiesce lentement. « Je comprends. Je n'ai jamais été doué pour préparer le café. »

Les arômes atteignent mes narines, doux et alléchants, et la scène est si chaleureuse, j'ai envie de retirer tout ce que je viens de dire. Mais ce gars me plaît et je n'ai pas envie d'être *friendzonée.* Il ne m'envoie aucun signe.

À ce moment-là, il se lève, lisse son T-shirt froissé, et s'approche.

J'ai le souffle coupé quand il s'arrête devant moi et que je suis obligée de lever le menton pour croiser son regard. On s'observe longtemps et il affiche soudain une expression particulière, fugace, que je ne lui avais pas encore vue. Comme une question. Puis l'expression disparaît et j'ai presque l'impression de l'avoir imaginée.

« Bon. » Le mot m'échappe, étranglé, et je referme aussitôt la bouche, je ne veux pas qu'il sente à quel point je suis nerveuse près de lui. Personne n'a jamais eu cet effet sur moi.

J'ai envie de lui, mon corps tout entier est comme aimanté, ma peau cherche la sienne.

Il s'approche tout près et je me surprends à retenir mon souffle, je ne veux pas briser la magie du moment.

« Bon, il répète, un sourire langoureux aux lèvres.

— Bon. »

Il baisse la voix et murmure presque imperceptiblement : « Bon.

— On va continuer à répéter b… »

Il comble l'espace entre nous. La surprise de son contact, ses lèvres qui viennent rencontrer les miennes, la pression de ses bras autour de moi. Mon cœur fait cent saltos lorsqu'il pose ses mains sur moi. Oh, mon Dieu. C'est comme une décharge électrique. Je n'avais encore jamais ressenti ça. Putain de merde.

Je n'étais pas en train de me faire *friendzoner*.

Il recule un peu. « Bon », il murmure dans un soupir, les cheveux ébouriffés, les joues rouges. Je porte mes mains à mon visage, mon cœur me martèle la poitrine.

On soupire en même temps. Et on s'embrasse de nouveau.

À la fin du week-end, Flynn Waller et moi, on a officiellement entamé une relation amoureuse. On l'a même entamée plusieurs fois.

5
FLYNN

Aujourd'hui

Il y a un éclat de lumière aveuglante et un raffut terrifiant. Que se passe-t-il ? Où est Amy ? Et dans une brusque secousse, cette étrange sensation de chute libre passe. Je ne suis plus debout. Je suis étendu par terre dans l'obscurité, essoufflé et stupéfait.

J'ouvre les yeux. Je contemple le ciel furieux : des trombes d'eau obstruent ma vue, me coulent dans la bouche. Je suis sur le dos et des questions explosent dans mon cerveau. Que s'est-il passé ? Je m'assieds tant bien que mal. Mais où est Amy ?

6
FLYNN

Six heures plus tôt

« Mec, sérieux ! Ça va aller. On s'occupe de tout. Vas-y, passe un bon week-end et arrête de faire une fixette.

— Je ne fais pas une fixette ! »

Karim me décoche un regard en coin alors que je sors une balle et un *tee* de mon sac. On est proches depuis vingt ans, je connais cet air dubitatif. « Juré ! » j'insiste.

On entame le dix-huitième trou. Je lui offre cette partie de golf pour le remercier de prendre en charge la logistique du week-end à ma place. Il m'a dit que ce n'était pas nécessaire, mais je tiens à ce qu'il se sente valorisé ; je veux que tout le monde soit heureux dans mon entreprise.

« Comment ça va, avec Amy ? Quand je l'ai croisée la dernière fois, elle a cherché à me faire signer une pétition. Elle ne s'arrête jamais, hein ? »

Sa façon de détourner la conversation est efficace et j'éclate de rire. Amy a toujours une cause à défendre. C'est une de ses nombreuses qualités. Elle ne prononce pas de grands discours hypocrites, elle agit. Elle est bénévole à la banque alimentaire locale, elle fait don de son temps et de son argent aux causes qui lui tiennent à cœur, elle est toujours en train de signer une pétition ou de participer à une manifestation. Je n'avais jamais rencontré quelqu'un d'aussi impliqué dans l'avenir du monde.

« Ça se passe très bien, merci. On va emménager ensemble. »

Penser à Amy ajoute peut-être un peu de puissance à mon swing de golf. Karim jure tout bas tandis que ma balle roule et s'arrête en plein milieu du *fairway*.

Il pose sa propre balle sur le *tee*, sort son plus gros *driver*, piétine pour se mettre en position, jambes écartées, puis il entame son *back swing*. Il relève la tête trop tôt, à mon avis, et grimace au moment du contact. On entend à notre gauche le craquement caractéristique du choc contre un arbre.

J'attends un instant. « Tu veux que je t'aide à la chercher ? »

Karim me jette un coup d'œil. « Est-ce qu'on a retrouvé les sept dernières ?

— C'est pas faux », je m'esclaffe.

On s'aventure dans les hautes herbes, on y trouve trois balles et une cannette de Coca. Que j'aurais ignorée, avant de connaître Amy. Aujourd'hui, je la ramasse et la glisse dans mon sac pour la jeter plus tard : je n'oublie pas les convictions écologiques d'Amy. Ça fait partie de ces nombreux petits changements, depuis que je suis avec elle, qui me donnent l'impression d'être un être humain un peu meilleur.

« Je croyais qu'on était censés s'amuser… dit Karim en fouillant parmi les touffes d'herbe.

— Quoi, tu veux dire que tu ne t'amuses pas ?

— Bon, j'espère que ça en vaut la peine. Mon propre couple risque d'en prendre un coup. C'est la première fois que Cally va devoir s'occuper seule des deux enfants pendant tout un week-end… »

Je grimace. « Désolé. »

Il abandonne l'idée de retrouver sa balle. « Je déconne, évidemment qu'il faut que tu y ailles ! C'est la sœur d'Amy quand même. Et avec Bex, on va gérer, t'inquiète pas.

— Je n'aurais jamais dû vous caler trois événements. Mais c'est trop tard pour annuler ! » Mon stress a beau grimper en flèche, j'essaie néanmoins de conserver une expression calme tandis que je passe en revue toute la logistique. J'aurai peut-être la possibilité de les manager à distance depuis l'hôtel ?

Karim lève les yeux. « On est plus que prêts, Flynn. Tu as laissé des instructions plus longues que la Bible et tu viens de passer dix-sept trous de golf à m'expliquer le déroulement du week-end à la seconde près en ton absence. »

J'essaie de me détendre mais je suis mort d'inquiétude.

« Mec, sérieux, tout va bien.

— Je pourrais essayer de me connecter samedi et gérer des trucs depuis…

— Il faut que tu nous fasses confiance, mec », m'interrompt Karim. Est-ce que je décèle une pointe d'agacement dans sa voix ?

J'acquiesce et m'oblige à prendre une profonde inspiration. Mon cœur bat toujours la chamade sous mon polo. « Donc tout va bien chez toi ? » je demande pour reprendre la conversation.

Karim se passe la main dans les cheveux. « Passer d'un môme à deux, c'est rude, il admet. Mais ouais. Fed a bientôt deux ans et Ali a cinq mois, elle marche déjà à quatre pattes. » La fierté se lit parfaitement sur son visage.

« Tu as des photos ?

— Des enfants ? » il demande, sourcils arqués.

J'acquiesce. Une courte pause s'installe.

« Oui, bien sûr. » Karim sort son portable, parcourt sa galerie de photos et me tend le téléphone sans un mot.

J'y vois un petit garçon avec une tignasse de boucles brunes, tout sourire, le visage baissé vers sa petite sœur qu'il enlace.

« Oh, c'est mignon », je dis en contemplant les visages minuscules, les yeux pétillants de la fillette et son air impressionné, l'amour simple et pur qu'ils affichent tous les deux. Contre toute attente, j'ai une boule dans la gorge et je tousse pour m'en débarrasser avant de lui rendre son portable.

« C'est vrai, oui, admet Karim. On est tellement concentrés à survivre que je l'oublie parfois. » Son expression s'adoucit et ça me prend aux tripes – j'ai envie de connaître ce sentiment qui vient de l'attendrir ainsi. Je repense à Amy. Tout va bien, je me répète.

On marche jusqu'à la limite du *fairway*, le sol est une mosaïque d'ombres dessinée par les feuilles au-dessus de nous. « Mais toi, mec, t'es dans la période amusante. Les week-ends en amoureux, les soirées et les gueules de bois, pas d'être humain miniature qui vient te sauter dessus le matin. Profites-en.

— Absolument », je dis d'une voix forte, parce que c'est la réponse virile attendue, parce que mon désir de fonder une famille, un foyer, ferait de moi un intrus au milieu des autres hommes. « Mais bon… Regarde ce que j'emporte avec moi… » Je ne peux contenir un sourire.

Je sors une petite boîte de la poche latérale de mon sac et je l'ouvre pour dévoiler le solitaire serti d'un diamant qui scintille au soleil.

« Ouah, joli, mec », lance Karim en m'assénant une claque dans le dos.

Je contemple la bague une seconde encore, celle que j'ai mis une éternité à choisir, un diamant de synthèse assez gros pour impressionner Amy mais pas trop non plus pour qu'elle ne s'inquiète pas d'avoir l'air outrancière, avant de la ranger dans mon sac. Je trépigne chaque fois que je m'imagine la lui offrir. Je suis tellement sûr de moi.

On n'aborde plus le sujet, évidemment, même si j'ai envie de demander à Karim comment il a fait sa demande en mariage, et à quoi ressemble la vie à deux, dans un couple établi. Je ravale toutes mes questions. Karim y répondrait, bien sûr, mais ce serait trop bizarre, trop éloigné de nos conversations habituelles.

Une fois la nouvelle annoncée, Karim laisse tomber une autre balle dans l'herbe et je le regarde effectuer son rituel : sa rotation d'épaules avant d'écarter les jambes et de lever son club. Il frappe la balle qui percute aussitôt les arbres.

Des oiseaux s'envolent au moment de l'impact.

« Je crois que tu as touché un arbre.

— Tu m'as déconcentré avec ta demande en mariage », il grogne.

Je ris et lui colle une claque dans le dos. « C'est ça, mec, c'est ça. Bien sûr. »

7
AMY

Aujourd'hui

Mon corps tournoie, ma tête est remplie d'un intense raffut. Je ferme les yeux de toutes mes forces pour me protéger de la lumière aveuglante qui m'enveloppe. Et brusquement, je ne suis plus en train de tomber : je ne bouge plus. Pendant une seconde, je n'ai plus d'air dans les poumons, je reste étendue là, le cœur en panique avec une centaine de questions sur le point d'exploser dans ma tête.

Que s'est-il passé ? Où suis-je ? J'étais avec Flynn. Où est-il ? Oh, mon Dieu, où est-il ?

8
AMY

Quatre heures plus tôt

« Pourquoi je ne vois que ton plafond, abrutie ? »

Je dirige l'écran de mon téléphone à l'opposé du carnage qui règne dans mon appartement mansardé. Le visage de Laura en gros plan, avec ses taches de rousseur encore plus prononcées que d'habitude, remplit l'écran de l'appel vidéo.

« Je suis en train de faire ma valise et je ne veux pas que tu paniques », je crie.

Ma robe de demoiselle d'honneur rose pâle à volants est suspendue derrière la porte mais tout le reste est éparpillé par terre ou sur mon lit, dans l'attente d'être plié et rangé.

« J'ai presque fini », j'ajoute en agitant au hasard une paire de chaussettes devant l'écran pour lui prouver mes dires. Elle ne mord pas à l'hameçon.

« Montre-moi. »

À l'inverse de Flynn, mon aînée de dix-huit mois détecte invariablement mes petits mensonges occasionnels. D'un geste morne, je redresse mon téléphone et je balaie la pièce.

Ma sœur émet un petit cri. « Mon Dieu, mais c'est une scène de crime. »

Je tourne l'écran vers mon visage. « Ce n'est pas si horrible que ça, je rétorque en regardant la ride profonde entre mes sourcils se creuser davantage à chacun de mes mots.

— On se croirait dans une émission de rénovation, quand ils montrent les images du "Avant".

— Tu exagères, là.

— Pas du tout… L'exagération, c'est ton domaine.

— Je n'exagère jamais, j'ajoute juste des détails croustillants !

— Comme la fois où tu as dit à papa que Jake Bisley n'avait plus que six mois à vivre ?

— Je croyais sincèrement qu'il était en train de mourir.

— Il avait la grippe, Amy. Papa a envoyé des fleurs à sa mère. »

Elle éclate de rire et mes lèvres s'étirent un instant avant que le souvenir douloureux de papa n'efface mon sourire.

« Bref », dit Laura en reprenant son souffle. A-t-elle ressenti ce chagrin fugace, elle aussi ? « J'appelais parce que maman vient de me raconter que tu flippes à propos de Flynn, et je ne veux surtout pas d'histoires pendant les deux prochains jours… »

C'est à mon tour de faire la moue. « Je ne flippe pas du tout, tête de nœud !

— Ce n'est pas moi la tête de nœud qui envisage de larguer son copain pendant le week-end de mariage de sa sœur. »

Trop agacée pour parler sans risquer de dire des énormités, je me contente de secouer la tête. Le mariage de Laura et de Jay ne se déroule pas sur une simple journée, c'est une pièce magistrale en plusieurs actes. Ça fait des semaines que je m'attèle aux préparatifs. Des parapluies – ornés d'un monogramme – en cas de pluie, même si mariage pluvieux, mariage heureux, une playlist sur mon téléphone pour le matin du mariage, avec toutes les chansons préférées de Laura. Un discours pour ce soir, bien que l'idée de parler devant leurs invités de marque me noue les tripes. Des centaines d'heures à répéter la chorégraphie pour le *flashmob.*

Elle s'agite un peu dans le silence gêné. Des silences qui se multiplient depuis ces cinq dernières années. On n'était jamais mal à l'aise, avant.

« Bon, allez, parle-moi de Flynn, elle lâche à contrecœur.

— Non, c'est bon, je rétorque, car ses commentaires précédents m'ont blessée. Tu as d'autres choses à gérer.

— J'ai le temps, vas-y. Je me cache pour éviter Patty. Elle est en rendez-vous avec quelqu'un qui propose des tours de magie en *close-up* et…

— Pourquoi est-ce qu… »

Laura lève la main, avec ses ongles rose corail parfaitement manucurés. « Ne cherche pas à comprendre. Apparemment, personne n'a le droit de respirer, ce week-end. Et je ne devrais pas me plaindre parce que c'est elle qui paie tout, et Jay est ravi, tu le connais, lui et l'organisation… Mais là, c'est bon, je me cache. Donc… Flynn. Je croyais que tout se passait bien ? »

Je prends une profonde inspiration. « Oui, ça se passe bien, ça se passait bien, c'est juste que… Il m'a demandé d'emménager ensemble, Laura. Avec moi. Ici. »

Laura pousse un soupir. « Am, c'est une bonne nouvelle. Tu m'as dit qu'il ne prenait jamais rien au sérieux. Ça, c'est du sérieux !

— Mais je ne suis pas sûre.

— Il est sympa, marrant. Et sans Flynn, je n'aurais pas rencontré Jay, donc je suis fan de lui.

— Je sais. Mais il est peut-être que marrant, sans plus. J'ai l'impression de ne toujours pas savoir ce qui le fait vibrer dans la vie. Et s'il s'installe chez moi, c'est le début d'une vie de couple sérieuse…

— Ce n'est pas ce que tu veux ? »

Je me ronge un ongle et j'essaie de mettre des mots sur mes sentiments de ces dernières semaines. « Je me suis toujours imaginée épouser un homme plus comme… Eh bien, plus comme papa, un mec bien, genre sel de la terre.

— Oui, enfin, papa ne travaillait pas non plus à la mine, Am.

— Je sais… mais Flynn est riche. Il a fait toute sa scolarité dans le privé ! »

Laura lève les yeux au ciel. « Il est allé dans le même internat que Jay – le Jay que je m'apprête à épouser.

— Oui, mais tu es… » Je laisse ma phrase en suspens, j'ai peur d'entrer en terrain miné. Le visage de Laura s'assombrit et je me ressaisis aussitôt. « Et puis ce n'est pas seulement ça, Laura. Je n'ai encore jamais rencontré sa mère.

— Crois-moi sur parole, dit Laura en jetant un coup d'œil par-dessus son épaule. Rencontrer les beaux-parents, c'est surfait.

— C'est comme s'il avait honte de moi ou je ne sais quoi, Laura, je te jure… »

Son visage change et ses lèvres s'affaissent. « Tu n'en sais rien. Tu réagis toujours comme ça, à t'imaginer le pire. Tu penses que le monde est injuste et rempli de gens malheureux, et tu te sens obligée de l'être, toi aussi. Mais tu mérites d'être heureuse, Amy. »

Elle parle d'une voix tendre, son visage se radoucit. Les larmes me montent aux yeux. Mais c'est faux, je ne le mérite pas.

« Peut-être », je dis pourtant, dans l'espoir qu'elle raccroche et qu'elle arrête de me regarder avec cet air. Je ne le mérite pas.

Le douloureux secret qui me ronge se réveille soudain en moi. Si elle était au courant, je sais qu'elle me détesterait, elle aussi.

« Bref, je reprends avec un sourire en essayant d'oublier la conversation. Tout va bien. Je m'en occuperai après le week-end. C'est toi qui dois être au centre de l'attention, pendant ces deux jours. »

Laura éclate de rire. « Je le serai, au centre de l'attention. »

Quelqu'un crie son nom dans le lointain et elle jette un regard inquiet derrière elle. « Oh, mon Dieu, je crois que c'est Patty. La dernière fois que je l'ai vue, elle trimballait un objet qu'elle appelait un colombier portatif.

— Vas-y », je dis en affichant le plus large sourire possible.

J'ai l'estomac noué pour elle. Laura n'est pas la seule à être nerveuse. Je ne fréquente jamais ces endroits où il est question de colombiers portatifs, de vestibules ou de chandeliers. Je sens le fossé grandir encore plus entre ma sœur et moi.

Juste après notre rencontre, Flynn s'est arrangé pour présenter Laura à Jay, son ami de longue date qui habitait aussi à Londres. Leur relation a vite évolué. Et maintenant, la belle-mère de Laura, Patty, supervise leur mariage avec la rigueur d'un général d'armée. La fête va durer tout un week-end. Un minifestival. C'est intimidant.

Quand on était petites, on répétait qu'on se marierait à la mairie de Bristol, que la réception consisterait en un karaoké au pub, comme l'avaient fait papa et maman. Cette Laura a-t-elle définitivement disparu ?

« Viens vite me rejoindre, d'accord, abrutie ? lâche Laura. J'ai besoin de toi !

— Promis, tête de nœud », je la rassure en jetant un œil à mon réveil et en essayant de masquer ma surprise quand je vois l'heure qu'il est. « Je serai bientôt là. Tout se passera nickel chrome, tu verras », j'ajoute d'un ton le plus enjoué possible, puis je déglutis.

Laura me rend un sourire reconnaissant et m'envoie un bisou. On raccroche en se criant au revoir.

Le soleil se glisse dans ma chambre mansardée tandis que je rassemble mes affaires et les tenues assorties dont j'aurai besoin, puis je les coche sur ma liste.

Les petits porte-photos pour les tables, la jarretière en dentelle que j'ai achetée à Laura pour rigoler, le cliché de nous avec papa que j'ai fait encadrer. Je me fige en contemplant la photo. Elle aurait pu être prise n'importe quel samedi de notre enfance. Mon père qui sourit en nous serrant contre lui, ses deux filles vêtues de maillots des Rovers de Bristol beaucoup trop grands parce que papa les avait achetés afin qu'on « grandisse avec ». Le tissu rouge qui jure avec nos joues roses, nos boucles brunes et soyeuses qui s'entremêlent. J'adorais le raffut et l'ambiance du public, la tourte chaude à la mi-temps, les moments passés avec papa. Laura craquait pour le gardien de but Steve Phillips, alors elle passait presque tout le match à le regarder.

Papa avait été un fan toute sa vie, il prenait un abonnement à chaque saison. Quelle que soit la météo, il était présent, morose si on perdait, mais plein d'entrain pendant le match et sur le chemin du retour à chanter *We All Follow the City* si on gagnait. On a passé cette chanson à son enterrement ; c'est ça qui a fini par tirer des larmes à maman. « Oh, mon Dieu ! J'aimerais tellement pouvoir lui dire de la fermer une dernière fois ! » elle s'est exclamée en se tamponnant les yeux.

Je scrute longuement la photo, nettoie une tache sur le verre et je me rends compte que j'ai moi-même les larmes aux yeux. On se reprend, Amy ! C'est exactement le genre d'émotion que je dois réussir à maîtriser. Ce week-end doit tourner autour de Laura, il faut que je me contienne, que je sois son phare dans la tempête : organisée, calme, fiable. Pas un torrent de larmes qui attire tous les regards. Le problème, c'est que depuis la disparition de papa, je ne sais jamais quand les larmes vont jaillir. Je dépose délicatement la photo dans mon sac à main.

Je lisse ma robe trapèze et attache mes cheveux en un chignon sommaire dont quelques boucles s'échappent déjà. Je jette un nouveau coup d'œil à mon réveil et me mordille la lèvre. Où est passé Flynn ?

Il va sûrement débarquer d'un air nonchalant. Rien ne semble jamais le décontenancer. Comme par magie, la porte d'entrée s'ouvre. Il est là. Une curieuse sensation d'agacement ressurgit. Arrête, Amy. Il n'est pas si en retard que ça. Et ce n'est pas le bon week-end pour t'inquiéter de l'état de ton couple. Tu t'en occuperas quand ta sœur sera mariée. Bref, je ne vais pas le larguer, quand même… si ?

9
FLYNN

Aujourd'hui

J'ignore les douleurs qui me tiraillent les membres, je cligne des paupières, encore trop choqué pour comprendre ce qu'il vient de se passer. J'ai la tête qui tourne alors que je regarde autour de moi depuis ma position assise. Ça y est, je me souviens où on est : la route, les vaches, et puis ce bruit, cette lumière.

Mais il y a quelque chose qui cloche complètement. Je ne suis pas là où je devrais être. Il y a un problème.

Mon souffle s'accélère : un truc incroyable vient de se produire et je suis soudain terrifié.

10
FLYNN

Trois heures plus tôt

Karim a remporté mes clubs et j'ai pris un taxi depuis le golf. Amy est assise sur une valise dans le salon, entourée de parapluies et de sacs éparpillés, elle est sublime dans sa robe fleurie à froufrous, ses boucles sombres brillent dans la lumière. Elle pince ses lèvres charnues et fronce le nez, avec toutes ses taches de rousseur qui la complexent tant.

Elle ne me salue pas, elle se lève juste d'un bond. « Où sont tes affaires ? Pourquoi tu ne t'es pas changé ? »

Elle est de plus en plus crispée depuis quelques semaines, mais je me dis que c'est à cause du mariage. Je tends les mains pour me protéger de son attaque. « Elles sont en bas, je me changerai en arrivant là-bas.

— Je vais commencer à descendre les bagages », elle déclare, puis elle se penche et ramasse les parapluies assortis qu'elle a achetés pour les demoiselles d'honneur.

En secret, elle y a fait graver les lettres L et J, convaincue que Laura aurait envie de garder un souvenir. C'est typique d'Amy. Elle a beau râler et se cacher derrière ses allures bourrues, elle est très attentionnée. Elle me laisse toujours à manger quand elle sort, elle rapporte une bouteille de prosecco quand j'ai obtenu un nouveau client. Elle a même fait livrer un fauteuil de bureau parce que je me plaignais d'avoir mal à la nuque.

Je l'attire à moi, ses yeux marron s'écarquillent alors que je penche la tête pour l'embrasser. « Je ne t'ai même pas dit bonjour correctement.

— On n'a pas le temps », elle marmonne, mais son corps se colle au mien et on s'embrasse longuement. Quoi qu'il se passe entre nous actuellement, au moins ça, ça ne change pas. Ses mains glissent sur mon torse et ma nuque, ses soupirs viennent alléger le poids qui me pèse sur la poitrine – on peut compter l'un sur l'autre, et c'est primordial.

Elle se raidit soudain. « Je vais embarquer les parapluies », elle dit en reculant.

Ce qui me laisse tout le reste à porter, dont cette valise sur le point d'exploser, remplie de je ne sais quoi.

« On ne part que deux nuits, hein, je lance avant de prendre mon élan pour la soulever.

— Tout ce que j'emporte est indispensable. » Sérieux, de quoi les femmes ont-elles besoin, pour devoir transporter autant de choses ?

Je grogne et traîne la valise jusqu'à la porte. « S'il y a un cadavre là-dedans, je refuse de faire de la taule pour toi, Amy. Je ne retournerai JAMAIS en prison ! » je hurle en négociant les marches devant la porte de son appart.

Il faut un bon moment pour tout enfourner dans le coffre. Amy est de plus en plus nerveuse, et ça n'aide pas que je lui lance les clés de voiture.

« Non mais put… Flynn ! » Elle n'arrive pas à les rattraper et elle doit les récupérer sur l'asphalte derrière elle.

Je grimace. « Désolé. » J'ai l'impression de tout mal faire, actuellement.

Je repense à la bague dans mon sac – à l'éventuelle solution qu'elle incarne – et je soupire lentement. Ça fait une semaine que je la trimballe mais je n'ai jamais trouvé le temps opportun. Je me glisse avec peine sur le siège passager, le plancher est jonché d'affaires et je suis obligé de replier mes genoux contre mon torse. Je sors mon portable.

Je dois juste envoyer à Karim et à Bex la liste des horaires et des coordonnées pour les trois événements du week-end et m'assurer qu'ils aient toutes les informations nécessaires. Je me sens nerveux à l'idée de ne pas pouvoir les chapeauter. J'ai envie de me détendre, je sais que j'ai une équipe géniale, mais mon cerveau n'arrive pourtant pas à déconnecter. Agité, je songe à tout ce qui pourrait partir en vrille, et j'en serais le premier responsable. Si les membres de mon équipe passent un sale week-end, ils pourraient même démissionner.

« Enfin », lâche Amy avec un petit soupir agacé en démarrant la minuscule voiture.

Je ravale l'envie de lui faire remarquer qu'il m'a fallu dix minutes pour charger tous ses bagages dans le coffre.

« Et tu vas vraiment te changer, hein ? » me demande Amy en détaillant en coin mes longues chaussettes de golf à losanges tandis qu'elle démarre.

Je lève les yeux de mon portable. « T'aimes pas mon look, c'est ça ? »

Elle ne répond pas. Les picotements d'inquiétude que j'éprouve depuis plusieurs semaines me chatouillent les entrailles. D'habitude, elle aurait souri, elle aurait embrayé sur ma blague. Depuis que je lui ai parlé d'emménager ensemble, j'ai senti comme un changement. Je me masse la nuque et je repousse mes inquiétudes au fond de moi.

Je lui adresse un sourire rassurant : « Oui, je me changerai dès qu'on arrivera. Tout va bien. »

Elle regarde par-dessus son épaule et recule pour sortir de la place de parking. « Ça va être serré. J'ai commencé à faire les bagages hier soir. J'ai fait une liste… »

Je remue sur le siège passager et je ravale une autre remarque. Lui préciser que j'ai fait une liste, moi aussi, ne va pas aider à apaiser la situation. L'avantage, avec Amy, c'est que quand elle a vidé son sac, on passe à autre chose : elle n'est pas rancunière.

« On met un peu de musique ? je propose.

— Un peu plus tard, s'il te plaît. Laisse-moi décompresser. »

11
AMY

Aujourd'hui

Étendue au sol, je halète et mon cerveau essaie encore de comprendre ce qu'il vient de se passer. Mon cœur tambourine de frayeur et j'ouvre lentement les yeux. Je m'efforce de reprendre mon souffle tandis que le paysage autour de moi tangue et se brouille.

J'étais avec Flynn, et maintenant, je suis seule : cette idée me terrifie. Où est-il passé ? Que nous est-il arrivé ?

12
AMY

Trois heures plus tôt

Je devrais peut-être laisser Flynn mettre de la musique mais je n'ai pas envie de céder trop vite – il m'arrive parfois de rester bloquée dans ma rancune pendant des jours. Flynn s'agite comme un labrador débordant d'enthousiasme, il tripote le bouton de la clim, puis il se concentre sur son téléphone.

Un détail me revient en mémoire : « Le nœud papillon est enfin arrivé pour Reggie. »

Flynn n'a qu'une seule responsabilité pendant la cérémonie – mener vers l'autel le chien de la famille de Jay, un golden retriever chargé de porter les alliances. Encore une idée de Patty. Ce week-end va me donner l'impression d'entrer dans un univers parallèle.

Flynn rit doucement. « J'adore ce chien.

— Moi aussi », je réponds d'une petite voix.

J'aimerais bien le penser sincèrement mais j'ai peur de lui. Quand on était petites, on vivait pas loin d'un énorme doberman. Il pétait un plomb et se jetait contre le portail chaque fois que je passais devant lui sur le chemin de l'école. Depuis, j'ai peur des chiens.

Mon téléphone sonne dans mon sac aux pieds de Flynn. *We Are Family*, la sonnerie attribuée à Laura, tinte sourdement et, sous le coup de la panique, je fais presque une embardée dans le fossé.

« Tu peux décrocher ? Dis-lui qu'on est en route. »

Flynn fait défiler des trucs sur l'écran de son portable. Une vidéo virale d'un canard qui fait le con, j'imagine, ou un panier de basket tiré à l'envers depuis l'autre bout du terrain.

« Flynn, je répète. Tu peux décrocher ? C'est Laura. »

Il continue à tapoter son écran, sûrement pour cliquer sur la vidéo suivante.

« FLYNN ! »

Il sursaute légèrement. « Oui, bien sûr. » Il fouille dans mon sac sur le plancher devant lui, il envoie valser un sachet d'oursons gélifiés et cherche mon téléphone. Quand il le trouve enfin, la sonnerie s'est tue. Il mange un ourson vert.

« Tu peux la rappeler ? » je lui demande, mâchoire tendue. Comment est-ce possible que depuis deux semaines presque tout ce qu'il fait m'agace ? Depuis qu'il m'a demandé d'emménager, je suis plongée dans un dangereux tourbillon d'incertitude, je guette chaque preuve de dysfonctionnement dans notre couple. Flynn m'a tirée de ma grisaille morale, comme une touche de couleur vive. Mais les détails que j'avais soigneusement ignorés, les minuscules doutes qui m'assaillaient, m'apparaissent maintenant en pleine lumière. Je remarque de plus en plus ce qui cloche entre nous, plutôt que les côtés positifs.

Laura me rappelle, et avant que j'aie eu le temps de réagir, Flynn a déjà décroché.

« Salut Laura ! Pas non… non… oh, au fait, le nœud papillon est arrivé, Amy vient de me le di… Non, pas pour moi… oui, j'ai pensé au mien ! Et à mes chaussures aussi. Pourquoi j'oublierais mes… peu importe… Enfin, bref, celui de Reggie ! Non, elle ne peut pas... elle est au volant... ouaip, on est sur la route... ouaip, elle les a pris... tout va bien... je lui dirai... Jongler ? Euh... avec deux balles, éventuellement... OK... à tout à l'heure. Oh. (Flynn scrute le téléphone.) Elle m'a raccroché au nez. »

Un camion approche dans mon rétroviseur et il ajoute : « Pourquoi ta sœur pense que je serais capable d'oublier mes chaussures ? Elle a dit qu'elle te retrouvera dans le vestibule à 17 heures. »

Je me mordille la lèvre et regarde l'heure. C'est dans à peine deux heures.

« Oh, et les parapluies ! Elle s'inquiète qu'il pleuve et elle veut absolument les parapluies. »

Le pare-brise est déjà couvert de gouttelettes, donc il va sûrement pleuvoir là-bas.

« Je les ai pris.

— Je le sais bien, c'est ce que je lui ai dit. Et Patty lui a demandé de me demander si je savais jongler. »

Les mariages se passent-ils tous comme ça ? Flynn et moi, on est très loin de cette étape, mais je doute fort qu'il y serait question de jonglage.

Je jette un coup d'œil à Flynn qui mange maintenant un ourson jaune. J'essaie de ne pas scruter ses chaussettes à losanges. Je me rappelle ce que disait papa sur les golfeurs, lui qui se moquait du prix d'adhésion dans les clubs, des réglementations guindées.

« Quel genre de sport impose un code vestimentaire pour jouer ? »

Papa avait beaucoup d'opinions tranchées et je m'accroche à ses théories, petites ou grandes. C'est ainsi que je le garde auprès de moi.

J'ai rencontré un homme d'un monde diamétralement opposé, un monde que Laura va maintenant intégrer par le biais du mariage. À cette pensée, je lance une phrase qui semble bien plus malveillante que prévu : « Il faut qu'on aide Laura pour que le mariage soit parfait, sinon elle va devoir rendre des comptes à la famille ridicule de son futur époux. »

Flynn fronce les sourcils. « Sa famille n'est pas ridicule. Je suis allé en cours avec Jay, c'est un mec génial.

— Mais il y aura des flamants roses sur les lieux du mariage, Flynn !

— Ce sont des êtres humains normaux, comme toi et moi.

— Ils ne sont pas normaux. D'abord, ce mariage va coûter l'équivalent de trois ans de mon salaire…

— C'est juste de l'argent. Ils veulent marquer le coup et organiser une belle cérémonie.

— Tu ne peux pas comprendre parce que, eh bien, tu es comme eux. »

Flynn ne répond rien.

Je sais que je suis médisante. En toute honnêteté, j'ai peur de me démarquer et de ne pas m'intégrer pendant le week-end, alors ça n'aide pas. Il remue sur son siège et je ne comprends pas pourquoi je ne lui présente pas mes excuses. Il y a quelques semaines encore, je me serais excusée. Qu'est-ce qui m'arrive ? Comme si le ciel voulait soudain s'accorder à l'ambiance, la lumière s'assombrit. La nuit ne doit pas tomber avant plusieurs heures, mais je suis tout de même obligée d'allumer les phares.

Le point positif, au moins, c'est qu'on est sortis de Bristol. La ville disparaît lentement derrière nous.

« On sera peut-être à l'heure si on… » Je plisse les yeux pour essayer de discerner ce qui se passe plus loin. « C'est quoi, ça, devant nous ? »

Et je comprends soudain de quoi il s'agit.

13
FLYNN

« Flynn, regarde », siffle Amy en me frappant la cuisse, inquiète, et je lève les yeux.

Il me faut quelques secondes avant de comprendre qu'une file de voitures serpente loin devant nous.

Ça va faire grimper son stress en flèche, alors j'essaie de l'aider. « Oh, ben, c'est sûrement un ralentissement pour accéder à… euh… Weston-Super-Mare… ça ne sera pas comme ça jusque dans le Devon, dis-je alors qu'une odeur d'essence emplit l'habitacle.

— Pourquoi ? Tout le monde va prendre cette sortie-là ?

— Oui, bien sûr. Il y a le front de mer et… (Je lui décoche un petit regard en coin rieur.) Et le musée de l'hélicoptère. Il y a beaucoup plus de fans d'hélico que tu t'imagines. Oh, non… » Je consulte l'heure sur mon téléphone et, d'une voix faussement inquiète, j'ajoute : « Le musée va bientôt fermer, il faut qu'ils y aillent illico… ptère. »

Les lèvres d'Amy n'esquissent même pas un début de sourire et j'ai les paumes moites à force d'essayer de trouver un moyen de remettre notre week-end sur les rails.

« Allez, on met un peu de musique pour se déten… pour se distraire ! »

La Honda d'Amy est une telle antiquité qu'elle a encore un lecteur de CD. Je farfouille dans la boîte à gants et, ravi, j'y pêche un CD vieux de dix ans.

« Oh, mon Dieu ! »

C'est Amy sur la couverture de l'album, une version adolescente d'Amy assise sur un tabouret, éclairée par un spot au-dessus d'elle, avec « Amy Norman » écrit en lettres cursives. Elle a l'air si vulnérable dans ce décor intimiste, je ne peux pas m'empêcher de caresser son visage, son expression franche, la légère touche d'inquiétude dans son regard.

« C'est quoi, ça ? » je lui demande en retournant le CD dans mes mains. Comment c'est possible qu'elle ne m'en ait jamais parlé ? Et que je ne l'aie jamais trouvé dans la voiture ?

Sa voix me donne toujours le frisson quand je saisis au vol quelques notes chantées sous la douche ou dans la cuisine alors que, le regard perdu, elle balance lentement ses hanches en mélangeant des pâtes dans la casserole. Je m'estime privilégié d'être la seule personne sur terre à connaître son talent – cette pensée éveille en moi une fierté secrète et une tristesse absolue. Elle n'a pas chanté en public depuis des années – Laura m'a dit qu'elle s'y refusait depuis la mort de leur père.

Je sors le CD de son boîtier, je remarque le regard en coin d'Amy, je sens le mouvement brusque de la voiture alors que ses mains lâchent momentanément le volant. Elle écarquille les yeux et lance d'une voix aiguë : « Flynn, arrête. »

Je détourne son attention en agitant le boîtier vide sous son nez. « Tu as enregistré un album !

— Rien qu'une chanson.

— Quand même !

— Sérieux. Range-le. »

J'insère le CD et je recouvre d'une main le bouton EJECT. J'ai terriblement envie de l'entendre. « Il faut absolument qu'on l'écoute.

— Non, arrête. »

L'air s'emplit aussitôt des notes douces d'une guitare acoustique et de la voix d'Amy – plus haut perchée, mélancolique, magnifique. Elle semble provenir d'un lieu inconnu et elle élargit cette brèche qui me perce le cœur.

« Flynn, coupe la musique. »

Je suis perdu dans cette mélodie nostalgique, triste qu'Amy ait refusé de chanter au mariage de Laura et de Jay – en entendant sa voix par-dessus les accords de guitare, je sais que l'assemblée aurait versé des larmes de joie. Elle m'a demandé de ne plus jamais aborder le sujet, la fois où on en a discuté, et j'ai compris qu'il valait mieux ne pas insister – je n'aime pas vexer les gens.

« Flynn, sérieux. COUPE LA MUSIQUE ! »

Sa voix est comme une décharge électrique et j'éjecte le disque. Un silence terrible s'installe, on n'entend plus que le bourdonnement des roues sur l'asphalte rugueux.

Elle ne peut pas être si furieuse que ça, quand même ? Ne lui pose pas la question, laisse tomber. À l'idée de créer un conflit, une inquiétude caractéristique me noue l'estomac. Ne la fais pas fuir, Flynn.

Sa voix est ferme et haut perchée. « Tu peux regarder le plan de route sur ton téléphone ? Le code postal est sur l'invitation dans mon sac… »

Je m'empresse de chercher le carton d'invitation, et je fronce les sourcils en apercevant une photo de Laura et d'Amy en compagnie de leur père, avec le terrain de foot des Rovers de Bristol en arrière-plan. Je la remets en place avant qu'Amy ait eu le temps de me voir, et je me demande pourquoi elle l'a emportée. Je ne veux pas la faire parler de son père – ce sujet mène invariablement à des conversations sur mon propre père et j'ai passé ma vie entière à les éviter. À quoi bon ? Parler d'eux ne les ramènera ni l'un ni l'autre à la vie.

Amy estime que j'appartiens au monde de Jay parce que je suis allé en internat privé. Si seulement elle savait.

L'espace d'une seconde, je me souviens du siège en cuir de la voiture, du jour où on m'a envoyé là-bas, du trou noir à l'intérieur de moi qui me terrorisait tellement que je le comblais avec tout et n'importe quoi : sport, amis, blagues, rancune. J'ai remboursé tout ce que je devais à Patrick il y a trois mois. Je n'en ai jamais parlé à Amy. Cela aurait fait naître d'autres questions. Rembourser onze ans de frais de scolarité en établissement privé, ça m'a presque ruiné mais je ne lui dois plus rien. Il n'a plus aucune emprise sur moi. Cette certitude me rend fier, au moins.

« L'appli nous annonce combien de temps de route ? »

Je suis ramené brusquement dans l'habitacle de la voiture. « Ah, on arrive bientôt à Wookey Hole ! » je m'empresse de répondre en inclinant l'écran loin d'elle pour qu'elle ne voie pas le long serpent orange et rouge qui illustre le trafic à l'arrêt sur la M5.

« Flynn, sérieux. Dis-moi. Est-ce qu'il vaut mieux prendre les petites routes ? »

Je tapote l'écran. « Il y a un itinéraire plus long mais qui nous fait gagner une vingtaine de minutes.

— On le prend ? »

Je mâchonne un autre ourson d'un geste nerveux. Ce trajet part en vrille et mon cœur se serre à chaque seconde qui passe. Je me sens pétrifié d'indécision.

« Flynn ! Concentre-toi ! »

J'acquiesce aussitôt, elle attend une réponse, et moi, je dois arrêter de me ronger les sangs. « Allez, on passe par les jolies routes de campagne », je dis en choisissant des mots qui donnent à tout ça un aspect plus romantique et moins stressant.

14
FLYNN

Vingt ans plus tôt

Je ne sais pas si c'est le bruit perçant qui m'a réveillé, ou l'humidité, ou le fait de savoir ce qui m'attend aujourd'hui. Mes entrailles se tordent et des larmes me piquent les yeux dans l'obscurité. Je me faufile hors du lit, j'aperçois à l'autre bout de ma chambre les contours de l'horrible « malle » qu'on va emporter.

Je retire mon pantalon de pyjama moite et collant, je le roule en boule. Je n'ai pas envie d'enlever mes draps parce que la dernière fois, maman s'est fâchée. Peut-être que ça va sécher avant qu'elle s'en rende compte ? Je fourre le pyjama au fond de mon armoire, puis je retourne m'allonger entre ma couette et une couverture. J'essaie d'oublier ce qui va bientôt se passer.

Ma peau est collante et l'odeur me donne envie de vomir, ou alors c'est plutôt la peur que maman s'en aperçoive ? Est-ce qu'elle va se fâcher ? Est-ce qu'elle va me dire quelque chose ? Je reste immobile jusqu'à ce que la lumière éclaire l'ourlet de mes rideaux. J'entends le bruit de ses pas qui passent devant ma porte. Elle entrait toujours, avant. Plus maintenant. J'enfile mon slip, puis l'uniforme gris qui gratte, mais je n'arrive pas à nouer ma cravate et ça me redonne envie de pleurer. Je n'ai pas envie de porter une cravate. Je n'ai pas envie de changer d'école.

Je garde le silence pendant le petit déjeuner, on entend juste le crissement de mes couverts et les pages de journal qu'on tourne, et de toute façon je ne suis rien censé dire parce que j'ai sept ans et rien de ce que je dis n'a d'importance. Derrière son journal, Patrick lâche un petit rire de cochon et critique les « Blair's Babes », mais je ne sais pas ce que c'est ni en quoi c'est mal. Parfois, je me demande comment il réagirait si je lui arrachais le journal des mains et que je le chiffonnais ? J'ai terriblement envie de le faire, mais je me contente de fixer maman qui garde les yeux rivés sur sa tasse de café. Je voudrais qu'elle lève le regard vers moi, et quand elle le fait enfin, elle affiche une grimace.

« Qu'est-ce que tu as fait, avec ce nœud de cravate ? »

Je suis heureux un instant à l'idée qu'elle me touche, et effectivement elle pose la main sur mon épaule avant de rectifier ma cravate, mais elle s'y prend tellement vite que je n'arriverai jamais à le refaire tout seul. Dans mon école d'avant, on portait un polo Aertex avec deux boutons. Quand papa était encore vivant, il ne mettait jamais de cravate. Il était toujours vêtu de chemises à carreaux qui sentaient le barbecue. Mon estomac se tord de nouveau à cette pensée. Je n'ai pas envie d'y aller, et j'ai beau essayer de me retenir, les mots sortent malgré moi.

« Je veux pas y aller. »

Sa main se fige sur ma cravate et elle pose les yeux au-delà de mon épaule. C'est lui qui paie, je sais, je les ai entendus discuter il y a quelques jours. Je ne veux pas qu'il paie, j'aime bien mon école d'avant où on ne payait rien.

Patrick ricane derrière son journal. « Tu ne connais même pas ta chance. » Maman ne répond rien et quand mes larmes se mettent à couler, elle lâche : « Arrête ça tout de suite. » Et j'obéis.

Je suis installé sur la banquette arrière et je scrute leurs têtes pendant qu'ils bavardent. J'étais triste de ne pas avoir trouvé Muffin pour lui dire au revoir. Qui va lui donner des raisins secs et enfouir son visage dans sa fourrure douce? Sa chaleur va me manquer, et les battements rapides de son cœur quand je la porte contre moi. Le radiocassette diffuse une musique ennuyeuse avec des violons qui masque ce qu'ils disent, mais je sais que c'est à propos de l'île où ils vont aller, où il y a une piscine à débordement, et j'imagine que c'est une piscine où l'eau déborde tout le temps.

Je regrette maintenant que maman n'ait pas trouvé mon drap roulé en boule dans l'armoire. Elle ne se serait peut-être pas fâchée, elle m'aurait peut-être pris dans ses bras comme avant, quand j'étais tout petit et que papa était encore en vie, elle m'aurait caressé les cheveux, elle m'aurait embrassé la tête et m'aurait dit que tout irait bien. Je me glissais dans leur lit, avant, et elle m'enlaçait sans rien dire, et je passais la nuit avec eux. Je n'ai plus le droit, maintenant. Elle m'a dit que j'étais trop grand, mais c'est faux, j'ai sept ans et je sais que c'est une idée de mon « nouveau père ». Comme toujours, quand c'est des idées débiles.

Je me souviens d'un autre trajet en voiture, quand maman se retournait souvent pour me regarder par-dessus son épaule et me souriait en dévoilant l'espace entre ses dents de devant. Papa chantait faux sur l'air de *Fun, Fun, Fun* qui passait à la radio. Je contemple ses cheveux blonds coupés au carré. Je les regarde tellement fixement que je commence à avoir les larmes aux yeux, mais elle ne se retourne pas, malgré toutes mes prières.

Ils ne s'attardent pas longtemps. Patrick me serre la main dans le hall d'entrée, à côté du chef d'internat à moitié chauve. Sa main est molle et il l'essuie ensuite sur son pantalon. Il ne s'en va pas quand c'est au tour de maman de me dire au revoir, et j'ai envie de m'accrocher à elle et de la supplier de me ramener à la maison, je déteste déjà cet endroit et j'ai peur.

Le chef d'internat pose la main sur mon épaule et je l'écarte d'un geste brusque, et je n'arrive plus à me retenir, je sanglote, et maman fait « Chhhuuut », et elle regarde les autres parents autour d'elle qui nous observent, puis elle part en vitesse quand Patrick lui dit qu'elle ne fait qu'empirer la situation. Elle n'empire rien du tout, j'ai besoin qu'elle me serre dans ses bras, qu'elle me câline, qu'elle me berce. Ma maman me manque. Papa ne l'aurait jamais obligée à partir. Papa m'aurait pris dans ses bras. Mais surtout ma maman d'avant ne m'aurait jamais fait venir ici.

Elle franchit la porte sans se retourner.

J'essuie mes larmes alors que les autres garçons arrivent peu à peu, et mon cœur se serre davantage quand je vois leurs mamans les tenir fort contre elles, pleurer un peu et leur dire « Je t'aime ». L'un des garçons, cheveux blonds et yeux bleu clair, se débat et monte l'escalier en courant. Sa maman a des cheveux légers comme un nuage, et elle a encore envie de lui dire au revoir. Pendant une seconde, j'hésite à m'élancer entre ses bras écartés et à m'y blottir.

Le dortoir est une grande pièce poussiéreuse avec du plancher et des vitres sales. Une rangée de quatre lits d'un côté, et quatre de l'autre. Tout au bout, une fenêtre ronde donne sur des terrains de sport et des arbres. Cette école est vraiment au milieu de nulle part.

Le garçon blond est déjà là.

« Moi, c'est Eddie. Toi, t'es nouveau. Pourquoi t'es pas arrivé au début de l'année ? »

Je ne peux pas lui raconter la vraie raison, que c'était une idée de mon « nouveau papa », que ça lui permettait d'emmener ma mère en voyage de noces dans les Caraïbes pendant six semaines. Ce n'est pas du tout mon père, et je ne l'appellerai jamais papa, même si ma mère me fait la tête pour toujours.

« J'ai demandé à venir ici parce que ça avait l'air cool. »

Le mensonge me vient avec facilité.

Eddie a l'air de le gober et je suis rassuré qu'il ne me pose pas d'autres questions. Il veut savoir si je joue au cricket et je dis oui, rien qu'un peu, même si je n'ai jamais essayé.

« Moi, je suis capitaine de l'équipe, il déclare en levant le menton.

— Trop cool. »

Eddie me sourit et, l'espace d'une seconde, j'ai un poids en moins dans la poitrine. J'essaie de me souvenir de la dernière fois où maman m'a souri. La lourdeur revient.

Un autre garçon apparaît, avec des lunettes à monture métallique et des cheveux en bataille, et il s'installe sur le lit en face d'Eddie. Je crois qu'il s'appelle Jay. Eddie lui lance un livre de classe et lui crie de se baisser. Jay reçoit le livre en plein dans le nez.

« Va pas te plaindre à l'infirmière, hein. »

Je crois qu'Eddie est un peu le chef, ici.

Le premier trimestre est un tourbillon flou de nouveautés : visages, profs, matières, terrains, sports, passe-temps. Des mots inconnus comme couvre-feu et éval'. J'apprends à m'intégrer, à me concentrer sur la journée à venir sans penser à tout ce qui me pèse. Et je fais rire les autres. Je raconte des blagues, je fais le clown, j'invente des jeux. Je suis doué en sport et ça a une grande importance, ici. C'est même le plus important, alors je m'entraîne sans relâche.

Si je dois parler de sujets personnels, j'invente. Ma maman prépare toujours des brownies et m'emmène nager, mon beau-père est sympa, il joue au ping-pong avec moi, je ne me souviens pas très bien de mon vrai père. Cette dernière affirmation me coupe le souffle chaque fois.

Mes mensonges sont basiques et ennuyeux, et les garçons perdent vite l'envie de m'interroger. On parle de sport ; et quand on grandit, on parle ensuite de sport et de filles. Je me rends compte que mes mensonges passent, les garçons n'ont pas tendance à creuser trop. Parfois, je me surprends à me demander quels souvenirs sont réels, et j'essaie de me convaincre que certains le sont vraiment.

Je pleure seulement en cachette, dans le noir, tard le soir. Personne ne le sait. Les mensonges continuent à me venir avec aisance. Des voyages heureux en famille à l'étranger, nos blagues entendues ; des lettres griffonnées – jamais très longues, toujours très vagues – apparaissent et je fais semblant qu'elles viennent de maman quand tous les autres garçons reçoivent du courrier. Personne ne se doute de rien, personne n'y regarde à deux fois. Personne ne demande où sont les enveloppes ni pourquoi le papier est le même que celui de mon bureau.

Et au fil des ans, les larmes se tarissent, je les ai contenues, et je ne sens presque plus le trou dans ma poitrine. Je me suis habitué à voir le dos de maman qui part sans jamais se retourner, je me suis habitué à parler aux garçons de cette mère imaginaire aux mains douces et aux câlins aimants. Les quelques rares souvenirs de papa s'effacent. Je m'accroche aux dernières images précieuses, mais son visage disparaît, et même quand j'essaie de toutes mes forces, je ne vois plus rien. Je ne ressens plus rien.

15
AMY

Trente minutes plus tôt

La circulation sur la M5 est blindée et Flynn préfère regarder son portable et manger le paquet entier d'oursons plutôt que de résoudre la situation. Puis il tente d'écouter mon single, le single que j'avais enregistré sans mettre papa au courant. Je me mords la lèvre en repensant à ce dernier soir, aux images déprimantes qui accompagnent toujours ces souvenirs.

On a déjà une heure de retard. Non seulement je n'ai pas pu aider Laura comme prévu, mais on dirait bien qu'on ne sera même pas à l'heure pour le dîner. On est coincés derrière une file de voitures qui ont aussi suivi les conseils de Google Maps et se sont aventurées en pleine campagne, freinant à chaque virage. On sent flotter dans l'air la puanteur de merde de cochon et celle de ma propre angoisse.

Il s'est remis à pleuvoir et le ciel est tellement noir qu'on se croirait en pleine nuit, bien que le coucher de soleil ne soit pas prévu avant plusieurs heures. La pluie s'intensifie, je me penche sur le volant, les essuie-glaces en vitesse maximum, et je prie pour qu'on ne percute pas un tracteur au prochain tournant. Flynn pianote toujours sur son téléphone et se concentre à peine sur le monde extérieur alors qu'on repasse plusieurs fois devant les mêmes foutus endroits. Et au moment où je me dis que la situation ne pourrait pas être pire, on se retrouve devant un mur impénétrable de vaches qui traversent la route pour passer d'un pré à un autre. L'une d'elles s'arrête et nous regarde fixement.

16
FLYNN

On est clairement perdus. On est déjà passés trois fois devant la barrière de cet enclos. Je fais comme si c'était une barrière différente à chaque passage mais on sait tous les deux que c'est faux.

Je tenais bien mon rôle de copilote mais j'ai été déconcentré par un mail du magicien censé faire son numéro demain à la fête d'anniversaire d'un enfant de cinq ans. Il a chopé une gastro. Je ravale mon inquiétude et je transfère le message à Bex en ajoutant un émoji stressé. L'organisation des fêtes d'anniversaire est une branche assez récente de notre entreprise, on a commencé il y a quatre ans et ça me tient beaucoup à cœur.

« Flynn, on tourne en rond ou quoi ? »

Il pleut désormais des trombes d'eau et les essuie-glaces font des allers-retours frénétiques. Je tapote mon téléphone pour revenir à la carte routière mais l'écran devient soudain noir. Je n'arrive pas à retenir à temps le gémissement qui s'échappe d'entre mes lèvres. Amy l'entend.

« Qu'est-ce qu'il y a ? elle demande, déjà passée en mode panique. Ton portable est KO ? »

Je me fige en pensant à Bex, à nos échanges, à un moyen de me reconnecter pour l'aider.

« Flynn ? » La voiture fait un écart alors qu'Amy me dévisage.

« Je n'ai plus de batterie, effectivement.

— Ça ne m'étonne pas. J'espère au moins que les vidéos comiques en valaient la peine.

— C'était pour le boulot… Il faut que je trouve un magi… Ouh là ! »

On atteint un virage et Amy le prend brutalement, elle enfonce la pédale de frein et on est accueillis par un mur entier de vaches qui traversent la route vers un autre pré.

Amy marque une pause et reprend son souffle, le moteur tourne encore. La pluie martèle le toit de la voiture, le pare-brise est inondé de torrents d'eau si bien que les vaches sur la route devant nous forment un tableau flou en noir et blanc. Un autre grondement menaçant rebondit contre les collines.

« Putain, génial, elle dit avec un geste de défaite, avant de se prendre la tête entre les mains. Oh, mon Dieu, j'étais déjà absente pour l'aider à tout installer, et maintenant on va louper le dîner. Laura va être furax, elle va m'accuser d'avoir fait exprès ou de m'en foutre…

— Elle ne dira pas ça », je rétorque en essayant de faire apparaître la carte routière sur le téléphone d'Amy sans me laisser distraire par les vaches. L'une d'elles nous observe attentivement de ses énormes yeux fixes.

« Tu ne peux pas comprendre, toi.

— Si, je peux, et tu as tort », je lâche brusquement d'une voix plus forte pour couvrir la pluie, alors que ma patience s'effrite.

« Non, je n'ai pas tort », dit Amy. Quand elle tourne la tête vers moi, des larmes furieuses perlent dans ses yeux marron.

Je tente de l'apaiser. « Je suis sûr qu'elle se montrera compréhensive. Laissons ces vaches traverser la route et puis on demandera notre chemin à quelqu'un.

— On sera quand même super en retard.

— Tout ira bien. On ne sera pas les seuls dans cette situation.

— C'est différent. Moi je ne suis pas les autres. »

Et tout à coup, elle ouvre la portière, les gouttes de pluie s'abattent à l'oblique sur le siège conducteur alors qu'elle sort en plein milieu de la route. Je saisis la poignée de mon côté, j'ouvre la portière, abasourdi par la force de la pluie qui m'aplatit les cheveux et trempe mes vêtements presque aussitôt. Je regarde Amy qui me dévisage d'un air furibond par-dessus le toit de la voiture, dans le vent qui fouette les mèches bouclées sur son visage.

« Oh, mon Dieu, Amy, ne sois pas débile et rentre dans la voiture.

— Tu ne comprends pas.

— Si, je comprends que tu PÈTES UN PLOMB, je lui crie.

— Non. On n'est pas tous aussi décontractés que toi, Flynn. »

Je sens une boule brûlante se former en moi en songeant à toutes ces choses que je ne dis pas, rien que pour maintenir la paix entre nous. « Hé, moi aussi je stresse souvent, mais je n'en fais pas des caisses chaque fois, c'est tout.

— Je n'en fais pas des caisses. »

Je ne peux contenir un rire pareil à un aboiement et son regard devient plus furieux encore.

Arrête, je me dis, je veux que le week-end soit joyeux, je veux me concentrer sur les côtés positifs de notre couple. Aller de l'avant. Je ne peux pas me permettre de foirer une autre histoire d'amour.

« Te fous pas de moi, Flynn ! Je ne prends pas tout ça à la légère, moi !

— Je ne prends pas ça à la légère non plus, je rétorque en crachant presque l'eau de pluie qui inonde ma bouche.

— Ce n'est pas l'impression que tu donnes !

— Rentre dans la voiture, je crie par-dessus le raffut de la pluie qui augmente à chaque seconde.

— Mais tu ne comprends rien. Tu ne me comprends pas, *moi.*

— Eh ben, je te retourne le compliment. »

Parfois, j'ai l'impression qu'elle me connaît à peine. Cette idée me tétanise un instant. C'est vraiment ce que je pense ? Je songe à la bague dans mon sac. Tu veux qu'Amy devienne ta femme, Flynn – alors arrête de raisonner comme ça. Tout va bien.

« POURQUOI T'ES INCAPABLE DE ME COMPRENDRE ? » on hurle en chœur, parfaitement à l'unisson.

Un monstrueux grondement de tonnerre nous enveloppe de nouveau tandis qu'on se dévisage. Les vaches nous observent et, dans un terrible éclair de lumière aveuglante, le ciel semble s'ouvrir au-dessus de nos têtes. Mon corps tout entier est projeté en arrière, tout se met à tournoyer autour de moi, puis ma chute s'arrête brutalement dans l'herbe haute du bas-côté.

17
AMY

Aujourd'hui

« POURQUOI T'ES INCAPABLE DE ME COMPRENDRE ? »

Alors que nos paroles furieuses flottent dans l'air entre nous, un coup de tonnerre éclate et se répercute en moi, étouffant toutes mes pensées. Je n'ai rien le temps d'ajouter qu'une terrible explosion de lumière m'aveugle et je suis projetée au ralenti, je m'éloigne de la voiture, je m'éloigne de Flynn, mes pieds quittent le sol, mon corps tout entier traverse les airs avant de terminer son vol, à demi enfoncé dans les branches d'une haie.

18
FLYNN

Tout est sens dessus dessous, j'ai le souffle coupé mais je crois que je suis vivant.

La foudre. J'ai été frappé par la foudre. La pluie tombe toujours dru, je suis complètement trempé. Je suis assis dans les hautes herbes du bas-côté, le corps endolori. Mais ça n'a aucun sens. Je me souviens que j'étais près de la voiture, que je criais à Amy de rentrer à l'abri.

Putain, est-ce qu'Amy va bien ?

Je suis aussitôt bouleversé. « Amy ! » je m'écrie. Mais le son qui s'échappe de ma bouche me fige d'un seul coup. Ce n'est pas ma voix. Et alors que je me relève péniblement, je sens que quelque chose cloche. Je tremble de tous mes membres et je fais un état des lieux de mon corps endolori. Mon cerveau n'arrive pas bien à assimiler ce qu'il voit.

Ça n'a aucun sens.

Je contemple mes bras nus et curieusement lisses, mon torse engoncé dans un tissu fleuri et alors qu'une pensée se forme peu à peu, j'entends un cri terrifiant. Un hurlement grave et terrible.

Je lève les yeux et… je me vois, moi.

J'ai quitté mon corps.

Je me regarde, moi-même. Je regarde mon Moi-Fantôme.

Oh, mon Dieu. Je suis mort.

J'ai été frappé par la foudre et je suis mort, et me voilà qui me lève et qui secoue la tête.

Et mon Moi-Fantôme se met à pousser des hurlements paniqués. Des cris tellement ridicules et gênants. Mon Moi-Fantôme a totalement perdu la boule, il se prend la tête à deux mains, il lâche des cris perçants et des hurlements hauts perchés. Mon Moi-Fantôme est complètement flippé.

Et mon Moi-Fantôme se met à crier : « Flynn, putain, c'est quoi ce bordel, oh mon Dieu, oh mon Dieu, oh mon Dieu… »

C'est bien ma voix qui sort de la bouche de mon Moi-Fantôme, pas de doute, mais j'entends autre chose dans ses propos. J'entends *quelqu'un* d'autre.

C'est impossible. Totalement impossible.

« Amy ? »

Et à l'instant où je prononce son nom, je comprends que c'est vrai.

Mon Moi-Fantôme, Amy, me dévisage. La terreur fige la scène autour de nous pendant quelques secondes, pendant qu'on s'observe.

« Flynn ? »

Elle se reprend la tête – ma tête – entre les mains, et elle laisse échapper un hurlement apeuré qui me donne la chair de poule.

Qu'est-ce qui nous arrive ?

« Tu vas bien ? » Je cours vers elle – vers mon Moi-Fantôme, vers elle ? –, vêtue de ma tenue de golf : mon short bleu marine, mon polo. C'est le moment le plus dingue que j'aie jamais vécu.

J'ai encore un peu peur d'être vraiment mort, ou de rêver, mais tout semble si tangible et réel autour de moi. Je sens bouger le corps dans lequel je me trouve, je vois la main aux ongles vernis se tendre devant moi, je sens la pluie tomber dans mes cheveux, une telle toison de cheveux, puis couler sur ma peau et rendre le tissu fleuri de cette robe moulante encore plus collant.

Et je comprends soudain à qui appartient ce corps. Je suis dans le corps d'Amy. Et elle est dans le mien.

« Qu'est-ce qui se passe ? » Elle est totalement flippée. C'est si étrange de me regarder moi-même en pleine crise d'angoisse, avec mes longues chaussettes de golf à losanges, mais ce n'est pourtant pas moi. Donc c'est forcément Amy.

« Amy, AMY », je crie, mais ses yeux, désormais bleus, lui sortent presque des orbites. J'ai l'air trop bizarre, on ne voit presque que le blanc de mes yeux. Je n'arrive pas à me faire entendre, je vois qu'elle ne m'écoute pas, elle se tient la tête entre les mains, elle se tâte le corps, elle marque une pause quand elle est à mi-chemin.

« Putain de merde », elle dit, la main sur son nouvel entrejambe. « Putain de merde. »

Elle me remarque à peine, puis je constate que les vaches sont toujours là, et qu'une voiture attend maintenant derrière la nôtre, dont le moteur tourne encore en plein milieu de cette chaussée de campagne, alors qu'on pète un plomb en bordure de la route.

Le conducteur klaxonne mais Amy est bien incapable de réagir, et je suis en pleine panique moi aussi, mais je suis quand même heureux de ne pas être mort. On est en plein trip et j'ai besoin de réfléchir. Le mec au volant continue de klaxonner, alors je contourne la voiture vers le siège passager.

« Amy, on doit déplacer la voiture. »

Elle bredouille des mots inintelligibles. À ce stade, je ne sais plus du tout quoi faire. La gifler ? La pousser dans l'habitacle ? Elle, enfin moi, semble beaucoup plus grande maintenant et je n'aurai certainement pas la force de l'obliger à avancer, et elle n'est pas du tout en état de conduire. Les coups de klaxon s'intensifient, je ne vois presque rien à travers les rideaux de pluie.

« Il faut qu'on dégage le passage, Amy, et qu'on comprenne ce qui nous arrive. OK ? OK ? » Je la guide délicatement par le bras – il est poilu, mon bras, en fait – et je l'encourage à prendre place sur le siège passager, puis je ferme doucement la portière et je me dirige vers le côté conducteur. Je titube comme un faon nouveau-né ; mon centre de gravité est tout décalé et, l'espace d'une seconde, j'ai l'impression que je vais m'évanouir. C'est vraiment trop étrange. Je regarde la main qui se pose sur la poignée de la portière, les ongles rose corail, le poignet fin, puis j'ouvre. Je m'installe, trempé jusqu'aux os, je claque des dents et la chair de poule me piquète la peau des bras. Je vérifie qu'Amy va bien. Elle va mal. Elle garde les yeux rivés droit devant elle, plongée dans un état catatonique.

Son visage est totalement perplexe et j'ai honte de remarquer que j'ai besoin d'aller chez le coiffeur. Ce n'est pas le moment de te préoccuper de ton apparence, Flynn. Je pose une main sur sa cuisse, ma cuisse, et je la sens tressaillir tandis qu'elle la scrute, bouche bée. Puis elle me dévisage d'un air horrifié à mesure qu'elle enregistre chaque détail de mon visage, qui est en réalité le sien.

« Tout ira bien, on va trouver une solution », je lui dis d'une voix haut perchée et tremblante qui rend mes propos bien moins affirmés.

Je prends une profonde inspiration, j'attrape ma ceinture et l'attache d'un geste maladroit – comment Amy peut-elle faire quoi que ce soit avec ces ongles ? La pluie ruisselle toujours sur le pare-brise et les coups de klaxon emplissent l'air. Le type doit garder la main appuyée dessus à l'heure qu'il est.

J'inspire encore une fois et je me concentre sur l'habitacle. Je tends le bras pour desserrer le frein à main et on est projetés en avant. Le moteur cale aussitôt.

Amy gémit à côté de moi. Je redémarre, je respire plus lentement – Ne complique pas les choses, Flynn. Les vaches ont quitté la route et se sont alignées dans le pré de l'autre côté. Elles nous scrutent toujours et ruminent tandis que je réessaie, que j'appuie trop fort sur l'accélérateur et que le moteur rugit avant de nous propulser quelques mètres plus loin. J'enclenche les feux de détresse et la voiture nous double en trombe avec un dernier coup de klaxon rageur.

On reste assis tous les deux dans cet espace étrange et parfaitement silencieux, abrité de l'orage, où les vitres s'embuent peu à peu. On est tous les deux trempés et terrorisés.

Amy s'est murée dans le silence et j'ai tellement de pensées qui s'entrechoquent dans mon cerveau que je n'arrive pas non plus à parler. Un autre éclair illumine le lointain et me fait sursauter, me ramène à la voiture, à l'instant présent.

Quelque chose bouillonne en moi et je ne parviens plus à contenir une sorte de rire hoquetant.

19
AMY

Je suis dans le corps de Flynn. Je le vois bien. Je sais que je suis encore moi-même mais ce sont ses mains à lui que je bouge. La cicatrice sur son poignet gauche m'apparaît nettement. Le short en coton bleu marine que je lui ai offert à son anniversaire est trempé et me colle aux cuisses. Je me *sens* comme lui, aussi, mon corps est plus lourd, mon équilibre différent, rien n'est naturel. J'ai la tête qui tourne quand je baisse le regard vers ses cuisses aux poils rêches, ses longues chaussettes ridicules.

C'est à ce moment que je perds mon souffle, que ma vue se trouble, que le bruit de la pluie devient assourdissant et que la scène me paraît encore plus floue et improbable.

Je l'entends rire, tout à coup. Enfin, ce n'est pas vraiment un rire, ça tient plus d'un renâclement hystérique et affolé. C'est assez logique, en soi. Il est moi. Dans ma robe préférée, mouillée et collée à sa peau. Il a mes longs cheveux bruns, des boucles s'échappent du foulard à demi détaché, il a mon nez et mes taches de rousseur, mon visage dégoulinant de mascara. C'est absurde. Et surtout, ça n'a rien de drôle. Je ne sais pas trop quoi en penser : j'ai du mal à mettre mes idées en ordre, impossible de me concentrer.

On est arrêtés sur le bas-côté et, de temps à autre, une voiture passe près de nous, pleine de bagages et de gens. La vie suit son cours, comme si de rien n'était.

Comment ça a pu nous arriver ? C'est incompréhensible. Je suis descendue de voiture, furieuse et incapable de rester dans cet espace confiné avec quelqu'un qui ne me comprenait pas. Et une seconde plus tard, le ciel s'est déchiré, mon corps a été soulevé de terre dans un éclat de lumière aveuglante. Puis je me rappelle seulement avoir atterri brutalement, étourdie et perdue, dans la végétation humide.

C'est quand je me suis relevée, sonnée, que j'ai senti un truc bizarre. Quand j'ai porté ces deux mains étrangères à mon visage, que j'ai senti les poils drus et piquants sur mon menton, mon nez aquilin. Je n'ai pas pu m'empêcher de crier.

Et puis ce son, ma voix, mais deux octaves plus bas, m'a fait crier encore plus fort et me prendre la tête entre les mains.

Et me voir *moi-même* contourner la voiture et marcher vers moi, bras tendus, mon propre corps trempé de pluie venir vers moi, l'inquiétude sur *mon* visage, m'a fait crier de plus belle.

Un cauchemar, un terrifiant cauchemar.

« Bon, je dis d'une voix tremblante. Bon. » J'essaie désespérément de me raccrocher à quelque chose quand j'entends soudain la sonnerie de mon téléphone. *We Are Family.* Je l'attrape d'un geste machinal.

« Salut Laura, je dis d'une voix tremblante, stupéfaite une fois de plus de constater que ce n'est pas ma voix.

— Flynn ? Amy est au volant ?

— Euh... euh... oui, Amy est au volant. Je suis Flynn.

— Vous avez eu un problème ? » Elle est clairement inquiète.

Par où commencer ?

J'ouvre la bouche et la referme aussitôt.

« Flynn ?

— Non, non, aucun problème », je couine.

Laura ne peut pas contenir un soupir frustré. « Bon, vous êtes où, là ? Je m'attendais à vous voir arriver il y a déjà une demi-heure. J'ai vraiment besoin d'Amy. »

Cette phrase me terrifie encore plus.

« On est… On n'est pas loin », je dis lentement, puis je comprends qu'on ne peut pas y aller. Ma gorge se serre. « Mais on s'est… on s'est arrêtés.

— Flynn, attends une seconde. Non, Jay ! Dis à ta mère de ne pas le faire, ils m'ont assuré qu'ils allaient sécher les chaises… Flynn. Flynn ?

— Je suis là, je réponds et je sens ma sœur s'agiter nerveusement à l'autre bout de la ligne.

— Comment ça, vous vous êtes arrêtés ? Dis à Amy d'appuyer sur le champignon et de se grouiller. Oh, mon Dieu, cette pluie, on ne pouvait pas faire pire.

— Oh, il y a toujours pire », je ne peux m'empêcher de lâcher d'un ton sec en regardant mon short et en songeant à ce qu'il y a dedans. Il y a bien pire.

« Flynn, il faut que je te laisse… Jay ! Je lui ai dit que Geoffrey se chargerait de ramer dans leur barque, dis-lui… Bon, ramenez-vous vite ici, tous les deux, OK ? »

Je garde le téléphone mollement dans ma main alors qu'elle raccroche.

Flynn m'observe et j'éprouve de nouveau ce sentiment irréel en contemplant mon propre visage, mes yeux marron écarquillés et interrogateurs, mes lèvres entrouvertes : dans l'attente. Je vois qu'il réagit pareil.

« Bon, OK, de toute évidence, on ne peut pas aller au mariage, je lui concède en hochant la tête dans l'espoir de remettre mes idées en ordre.

— Comment ça ? Mais si, on doit y aller.

— Flynn, regarde dans quel état on est ! Regarde dans quel *état* on est ! C'est… » Je sens mon cœur se serrer tandis que l'angoisse m'envahit et que mon souffle s'accélère.

Une main dessine des cercles apaisants dans mon dos. « Ça va aller, on va trouver une solution. On n'est pas obligés d'y aller. Ne t'inquiète pas… »

L'orage se déchaîne toujours dehors et on est transis de froid.

« Il faut qu'on change de corps, il faut qu'on trouve un moyen de rechanger nos corps », je dis. À l'instant même où ce projet prend forme dans ma tête, je ressens une bouffée d'énergie, j'ai trouvé un élément concret auquel me raccrocher. Je tends la main vers la poignée et je la tire. Le vent et la pluie fouettent la portière.

On ne peut pas participer à ce week-end dans ces conditions. Je ne peux pas débarquer là-bas comme si cet événement catastrophique n'avait pas eu lieu – comme si tout allait bien, juste pour Laura. Impossible. Je dois absolument retrouver mon corps ; je dois le retrouver avant d'envisager la suite.

Un nouveau grondement de tonnerre vient encourager ma détermination et je contourne la voiture d'un pas vacillant, les bras tendus pour m'habituer à cet étrange corps pesant. Mes pieds s'enfoncent dans la boue, les chaussettes à losanges se trempent davantage à mesure que je titube dans l'herbe haute à côté de la barrière en bois.

« Viens, Flynn. »

On peut défaire ce qui vient d'être fait et reprendre notre route comme s'il ne s'était jamais rien passé. J'escalade péniblement la barrière et je saute dans le pré derrière. Des vaches se tournent pour m'observer d'un air curieux en ruminant.

« Qu'est-ce que tu comptes faire ? crie Flynn qui essaie à son tour de franchir la barrière. Oh, mon Dieu, comment tu te déplaces dans ce truc-là ? »

Je me retourne et je le vois, coincé sur la barre supérieure, ma robe remontée sur les cuisses qui dévoile ma culotte rose. J'ai l'air si petite, si frêle. Je me suis toujours sentie trop grande, trop empâtée, comme si je prenais trop de place, mais d'ici, j'ai l'air fragile, le genre de fille que j'aurais habituellement le réflexe d'aider.

À cette pensée, je presse le pas. Je refuse que la situation soit permanente ; on va vite réparer ça et on fera comme si ces quelques minutes n'avaient jamais existé.

Je tourne les talons et repars d'un pas décidé devant les holstein qui me scrutent de leurs yeux immobiles tandis que je trébuche sur le sol inégal du pré et que je glisse dans les flaques de boue.

Flynn tente de me rejoindre au pas de course et quand je regarde par-dessus mon épaule, je me rends compte que j'avance bien plus vite que lui, qui progresse les bras écartés comme s'il peinait lui aussi à trouver son équilibre. J'observe un instant à quoi je ressemble : c'est si bizarre. Quelqu'un pourrait-il deviner que ce n'est pas moi ? Sa démarche d'échassier, rapide mais maladroite. Les cheveux à peine maintenus par le foulard à pois qui pend mollement, mon visage, mes bras, mes jambes, tout semble comme avant. Mais il y a quelque chose, dans la courbe de mes épaules voûtées, dans la démarche guindée, dans le balancier de mes bras, qui le trahit.

Je secoue la tête, fais demi-tour et me reconcentre sur mon objectif. J'aperçois le chêne au loin, au sommet de la colline, et je continue à avancer, les poumons en feu.

« Amy ! crie Flynn. Attends-moi. »

Je grimpe d'un pas titubant, la pluie me fouette le visage à l'oblique. Je distingue à peine le paysage autour de moi, la prairie dans ses tons verts et bruns, les silhouettes bleu foncé des collines et des arbres dans le lointain, la lumière brève d'un éclair proche.

Il faut qu'on échange nos corps.

« Amy, arrête, on est trempés ! » La nouvelle voix de Flynn se perd dans le vent et la pluie.

Hors d'haleine, j'atteins enfin le chêne, ses branches s'étirent comme d'immenses mains. Il doit avoir au moins deux cents ans. C'est l'endroit idéal.

Quand Flynn arrive, je me tiens sous la ramure, bras écartés.

« Nan. Mais… putain ? » Il parvient à peine à parler, plié en deux et les mains agrippées aux flancs. « Nulle, ton endurance », il ajoute dans un souffle.

Je l'ignore et je sautille en entendant le grondement de tonnerre que j'attendais. La pluie ruisselle dans mon cou et dans le col de mon polo. « Voilà, c'est le moment », je dis. Je ferme les yeux et je lève les paumes vers le ciel, tête inclinée en arrière. « C'est le moment. »

Il me touche le bras. « Il faut qu'on retourne à la voiture et qu'on trouve une solution. »

J'ouvre un œil et je lui réponds d'un ton fébrile : « Il faut qu'on se fasse frapper une seconde fois par la foudre. » Puis je referme les yeux, déterminée, en me dégageant d'une secousse.

« Jamais de la vie. Amy ! Tu vas te faire tuer. Tu vas *me* tuer ! Arrête… »

Il me tire par le bras mais il n'est pas assez costaud pour me faire bouger. Je reste plantée là et je savoure cette nouvelle force qui me permet de rester stable sur mes deux pieds, ce corps puissant qui résiste aux tiraillements affolés de Flynn.

« Amy ! Allez, sans déconner, viens ! Tu ne peux pas faire ça… »

J'ouvre les yeux et je le dévisage, j'inspecte cette ride d'inquiétude qui se creuse entre mes sourcils.

La pluie se calme alors, le vent s'apaise et je reste là, bras ballants. Derrière lui, j'aperçois la fourche blanche d'un éclair qui zèbre le ciel au-dessus d'un arbre à l'horizon. Ça doit être à plus de deux kilomètres.

« Allez, viens, il répète d'un ton plus doux. L'orage est passé. Amy… Il faut qu'on y aille. »

20
AMY

Vingt ans plus tôt

Les mains de mon père m'agrippent les jambes tandis que je me joins aux voix qui scandent dans le stade. J'entends la sienne, la plus forte de toutes, et il adresse ses encouragements aux joueurs en bleu et blanc. Je crie quelques phrases, et chaque fois il me fait sauter de haut en bas et j'éclate de rire. Quelque part en contrebas, Laura s'agite sur son siège et demande qui a le ballon. Papa a dit qu'elle était devenue trop lourde pour monter sur ses épaules.

Je suis tellement haut perchée que je vois tout : le petit cercle de peau au sommet du crâne de l'homme devant nous, les autres têtes dans le public qui ressemblent à des boules de billard de toutes les couleurs. Il flotte une odeur d'oignons, d'hommes et de pluie, et j'adore ça. J'attends la mi-temps avec impatience parce qu'il nous achètera une tourte et du Coca, et il nous demandera de ne rien dire à maman, à cause du Coca qui nous pourrit les dents, il portera l'index à ses lèvres, il nous adressera un clin d'œil, et Laura et moi, on sera heureuses de partager ce secret.

Mon cœur se serre quand je me rends compte à quel point j'aime mon père. Autant qu'un double arc-en-ciel.

À la fin du match, c'est génial parce qu'il est de bonne humeur, il dit à tout le monde qu'on est ses filles, qu'on sera encore avec lui dans les tribunes quand il sera vieux. Les gens nous tapotent la tête, nous appellent « trésor » et on entonne tous la chanson qui raconte que le seul bon fan de City, c'est un fan mort. Et papa rit chaque fois qu'on chante, et il nous demande de ne pas le raconter à maman parce qu'elle trouve la chanson méchante, mais c'est ma préférée, et toutes les chansons sont belles avec la voix de papa. Je veux devenir chanteuse comme lui.

On est repues et fatiguées mais on ne se plaint pas parce que c'est super de rentrer à pied dans les rues de la ville, enveloppées dans nos écharpes rayées et nos maillots de foot, dans le bruit des semelles qui martèlent l'asphalte, des chansons et du tintement des bouteilles de bière, et c'est excitant et un peu dangereux, mais papa fait bien attention de nous garder à ses côtés, et je me sens toujours en sécurité avec lui. Il n'y a pas meilleures journées que celles-ci.

Il a promis qu'on pourrait veiller plus tard ce soir, pour peindre les pancartes qu'il emportera à la manif demain. Nous, on n'a pas le droit d'y aller. Enfin, pas encore. Hier soir, je les ai entendus se disputer, maman et lui, parce qu'il affirme qu'on n'est jamais trop jeune pour lutter contre le système. Papa disait qu'on doit défendre ceux qui ne peuvent pas se défendre eux-mêmes. Maman a répondu qu'on pouvait peindre les pancartes, que c'était un bon compromis. Un compromis, je crois que c'est ce qu'on fait quand on n'arrive pas à se mettre d'accord entre deux choses. Laura a pleuré parce qu'elle avait peur d'aller à la manif et de finir en prison, mais nous, on n'ira jamais en prison. La prison, c'est pour les méchants, et papa n'est pas méchant. Il était tellement fier quand j'ai dit que je voulais aller manifester, moi aussi, il m'a appelée sa « petite passionnée » et m'a ébouriffé les cheveux, et je me suis sentie envahie de chaleur. Maman et lui ne se disputent pas souvent et il finit toujours par gagner, alors je pense que j'aurai le droit de l'accompagner.

Il me tient la main sur le chemin du retour et quand Laura déclare que c'est trop loin, il réplique qu'il ne reste plus longtemps à marcher. Quand c'est moi qui le dis, il me prend dans ses bras et me porte jusqu'au bout. Je tire la langue à Laura par-dessus l'épaule de papa et elle rapporte. Papa lui dit chhhuut, je suis plus jeune qu'elle alors c'est normal, et puis il l'a portée quand elle était petite, elle aussi.

Dans ses bras, je sens son odeur qui me fait penser à un grand chêne.

« Je t'aime, papa.

— Je t'aime aussi. »

Je ferme les yeux et je pose la tête contre son torse, je sens le boum, boum, boum profond de son cœur immense qui bat pour tellement de gens. C'est l'homme le plus costaud et le plus doux que je connaisse, comme un ours, mais un ours gentil qui fait des câlins moelleux.

Quand on arrive à la maison, je suis trop fatiguée pour peindre les pancartes mais il n'est pas vexé, il me porte directement au lit dans mon maillot des Rovers et me chante une berceuse alors que mes yeux se ferment. La dernière chose que j'entends avant de m'endormir, ce sont les rires de Laura et de maman dans le salon, la dernière odeur que je sens, c'est celle de la peinture, la dernière chose que je vois, ce sont les étoiles phosphorescentes au plafond de ma chambre, la dernière chose qui me touche, ce sont ses lèvres qui déposent un bisou sur mon front.

21
FLYNN

On est complètement trempés et frigorifiés quand on retourne enfin à la voiture. J'essaie de passer le bras autour des épaules d'Amy mais je ne les atteins pas, alors je m'accroche à sa taille. Je me sens aussitôt en position d'infériorité, comme si je n'étais plus capable de la protéger.

Cette situation est complètement folle et Amy n'a pas prononcé le moindre mot sur le chemin. Elle se tient près de la portière, abattue, et des flaques d'eau scintillent autour de nous alors que le soleil tente une faible percée. Une voiture fait gicler une gerbe d'eau marron en passant sans même ralentir pour observer le couple le plus étrange du monde.

« Amy », je dis, distrait un instant par notre reflet dans la vitre de la portière côté conducteur. Sans mon corps, je me sens moins confiant, moins maître de mes pensées. « Amy, allons-y, on trouvera une solution là-bas. »

Dans le reflet, j'affiche la même expression qu'elle m'adresse habituellement quand elle est inquiète. Sauf que son visage est le mien, à présent.

« Amy, je répète. On est presque arrivés, on est trempés, on a froid. Allons-y. »

Mes paroles semblent la tirer de sa léthargie et elle tourne son visage horrifié vers moi. « On ne peut pas aller là-bas. Impossible. On ne peut pas. Pas dans cet état.

— Qu'est-ce qu'on peut faire d'autre ? »

Elle lève les bras au ciel. « On peut tout faire, sérieusement. Rester ici. Aller voir un docteur. Appeler les urgences. Je ne sais pas, Flynn, mais on ne peut pas se pointer au mariage de ma sœur, le week-end de mariage qu'elle organise depuis une éternité, le week-end de mariage qui doit absolument se passer à la perfection, et lui dire : "Oh, tiens, salut Laura, pardon pour le retard, mais je suis COINCÉE DANS LE CORPS DE FLYNN." »

Elle termine sa phrase à bout de souffle, et elle se met à faire les cent pas, muscles tendus, les chaussettes maculées de boue. Je comprends qu'elle va encore péter les plombs et cette idée me stresse. Mais je prends une profonde inspiration et je refoule mes sentiments, comme d'habitude.

« Il faut simplement qu'on aille là-bas et qu'on trouve une solution », je répète. Je croise les bras pour calmer mes frissonnements. « J'ai besoin d'enfiler un pull », je déclare, dans l'espoir de résoudre au moins un problème. « Et toi aussi. » Contre toute attente, je parviens encore à être pragmatique et à aider Amy. Si je ne me concentre pas sur une tâche précise, je risque de partir en vrille. Me concentrer sur les autres, ça m'a toujours aidé à oublier mes propres tracas.

Je me dirige vers le coffre, je soulève le hayon, j'ouvre la valise et j'en sors un pull vert bouteille. « Tiens, mets ça. »

Amy le regarde un instant puis elle l'accepte, retire le polo collant et le remplace par le pull. Je sors un sweat bleu marine que j'enfile en me dandinant. Le vêtement m'arrive aux genoux.

Le simple fait d'avoir plus chaud m'apaise un peu. « On ne peut pas rester ici », je fais remarquer en montrant la route boueuse et les prés alentour. Une odeur de fumier envahit l'air et il n'y a visiblement rien à des kilomètres à la ronde, à part des vaches et des prés.

Amy est silencieuse, elle prend de longues inspirations par le nez, lèvres pincées.

Je lui saisis la main, qui me semble incongrue : la paume est plus rêche, deux fois plus grande. « Am. Il faut qu'on y aille. S'il te plaît. »

La sonnerie de son portable interrompt son silence et un nouveau vent de panique balaie son visage.

« Oh, mon Dieu. Qu'est-ce qu'on va faire ? elle s'écrie en se prenant la tête entre les mains.

— Ce truc, je ne sais pas exactement de quoi il s'agit, mais ça finira peut-être par passer. Peut-être que si on va là-bas, les choses vont s'arranger d'elles-mêmes. » Je me raccroche au moindre espoir mais la panique menace de m'engloutir de nouveau.

Son téléphone sonne toujours, je la vois lutter intérieurement, indécise.

« Amy, qu'est-ce qu'on peut faire d'autre ? Il faut qu'on se pose quelque part et qu'on réfléchisse au calme. On n'est pas obligés de le dire aux autres pour l'instant ; la cérémonie de mariage n'a lieu que dans deux jours. Ça nous laisse du temps. »

Amy se mordille la lèvre inférieure. Elle hésite.

« Quoi qu'on fasse, elle dit, Laura ne doit *rien* savoir. Ce serait vraiment le pire qui puisse arriver, elle n'a pas besoin de ça. Elle est tellement stressée depuis quelque temps, et je sais à quel point elle rêve que tout se passe bien. Je ne peux pas débarquer et tout faire foirer. »

J'acquiesce, je veux juste m'éloigner de cette route, de ces nuages de mouches et de l'odeur de fumier. Mieux vaut s'activer, sinon on va être pris au piège de nos cogitations, et c'est le genre de truc qui m'a toujours terrifié.

« Flynn, tu ne dois rien dire, elle insiste.

— Promis. Peut-être qu'on se réveillera demain et que tout ça n'aura été qu'un horrible cauchemar, j'ajoute d'un ton optimiste en espérant me convaincre moi-même. Au pire, on va consulter un médecin, ou on appelle les urgences. Ou on s'électrocute dès lundi matin. Ça marche ?

— D'accord, mais tu dois me promettre de ne pas vendre la mèche.

— Promis.

— Je suis sérieuse, Flynn.

— Je sais. Tu peux me faire confiance. » Je sens l'étincelle familière de la frustration s'allumer en moi.

« Si on veut que ça fonctionne, il va falloir travailler en équipe, il va falloir écouter l'autre », explique Amy.

L'incertitude me chatouille les entrailles tandis que j'acquiesce. On est capable de travailler en équipe : on est un couple, on est soudés. Bien sûr qu'on peut s'en sortir sans problème. Pas vrai ?

22
AMY

C'est impossible. Ce n'est pas réel. Et pourtant, je suis debout sur une route étroite et boueuse du Devon, trempée, à regarder mon copain se démener avec mon soutien-gorge. Il se plaint que c'est inconfortable et, même au beau milieu de cette scène apocalyptique, j'ai envie de lui dire : « Bienvenue au club, hein. »

Je suis trop préoccupée pour faire quoi que ce soit, à part partir en vrille. Je n'ai plus envie de conduire, plus envie d'aller à ce week-end de mariage; je veux aller à l'hôpital le plus proche, obliger les médecins à me faire passer des examens et comprendre ce qui nous arrive. Mais quand je vois l'écran de mon téléphone s'allumer et bourdonner de messages, je songe aux mois entiers de planification, au stress de Laura et à ses inquiétudes grandissantes, et je me sens déchirée. J'éprouve une douleur physique à l'idée de la laisser tomber. Et si Flynn suit mes consignes – ce qu'il a *promis* de faire – peut-être qu'on pourra s'en tirer et survivre au week-end sans que personne ne s'aperçoive de rien.

Flynn a sans doute raison, aller là-bas nous accordera un peu de temps et d'espace pour comprendre ce qu'il s'est passé exactement, et trouver une solution. Parfois, son optimisme infaillible peut être crispant, mais je m'y accroche à présent de toutes mes forces. On peut toujours rêver d'un miracle.

Je regarde Flynn qui, dans mon corps, contourne la voiture jusqu'à la portière conducteur, et je suis ramenée à l'instant présent.

« Qu'est-ce que tu fais ? »

Il se retourne. « Je vais conduire. Tu ne peux pas prendre le volant, je ne suis pas censé avoir mon permis.

— Hors de question que je te laisse ma voiture. Tu ne sais pas conduire.

— Si, je sais, il rétorque d'un ton vexé avant de rejeter ses longs cheveux en arrière. C'est juste que je n'ai pas encore eu mon permis de façon officielle. »

Je suis trop bouleversée pour argumenter. Je le regarde prendre place sur le siège, la robe remontée haut sur les cuisses. Le déferlement d'émotions me fait bourdonner les oreilles. Quand il cale pour la troisième fois, je suis ramenée brusquement sur terre. « Flynn, arrête, ARRÊTE ! »

Il donne un coup de frein violent et on est projetés en avant.

« Descends ! » je lui ordonne, et ma nouvelle voix grave me donne un ton bien plus imposant que d'habitude.

Il baisse la tête, défait, et des mèches rebelles lui tombent sur les épaules. « Je crois que ta pédale d'embrayage a un problème.

— Oui, toi. »

Je détache ma ceinture. L'espace d'une seconde, mon regard se pose sur la photo de Laura, papa et moi. J'en ai le souffle coupé.

Je roule en silence tout le reste du parcours. De grands panneaux marron nous indiquent la direction à prendre, et on s'engage dans une allée sous une canopée d'un vert luxuriant, flanquée de prés vallonnés qui s'étirent au loin. Puis le vaste bâtiment blanc crème se détache bientôt sur le ciel orageux.

Je déglutis avec difficulté lorsque j'engage la voiture dans le parking et que les graviers crissent. Une énorme fontaine en pierre crache de hauts jets imposants. L'endroit est tout simplement époustouflant. De larges marches en pierre mènent à une imposante porte cuivrée, encadrée de piliers et de baies vitrées. La terrasse qui court le long de la bâtisse est décorée de pots gigantesques où poussent des plantes exotiques élégantes aux couleurs assorties. Le site Internet était déjà impressionnant, mais je ne m'étais pas préparée à tout ça. Mes tripes se serrent et je sens les premiers tiraillements du syndrome de l'imposteur.

Flynn n'a pas remarqué que je ne parle plus, et j'ai envie de contourner la fontaine, de continuer à rouler, de reprendre l'allée en sens inverse jusqu'à mon appartement mansardé avec ses pièces de taille standard, baigné de normalité. Je suis terrifiée pour Laura – ma sœur va vraiment se marier ici, dans ce décor ?

Je lève les yeux vers des individus postés à l'entrée principale. Je remarque une silhouette légèrement à l'écart, bras croisés et menton contre la poitrine tandis que le vent agite ses longs cheveux bouclés, légèrement plus clairs que les miens. Ma sœur mesure quelques centimètres de plus que moi, un mètre soixante, avec des hanches étroites et des bras bien musclés. Elle n'a pas besoin de suivre ce régime pré-mariage dont elle parle depuis un moment, elle qui brûle un million de calories par jour dans son poste à haute responsabilité où elle gère les relations publiques d'une banque d'affaires.

En cet instant, pourtant, elle n'a l'air ni compétente ni responsable ; elle semble perdue, une minuscule silhouette devant cette immense bâtisse ridicule, et mon cœur se serre en songeant à nos conversations échangées ces derniers mois. Elle croise les bras autour d'elle comme pour se réconforter et je sais qu'elle a besoin de mon soutien. Je ne peux pas faire demi-tour maintenant. Ce qui vient de se passer est certes déroutant, mais je dois aider Laura à se sentir moins seule.

« Allez, on y va », je dis avec une confiance inattendue.

Flynn contemple lui aussi le bâtiment. Sous son maquillage qui a coulé et que je dois absolument retoucher avant qu'il ne descende de voiture, il est pâle comme un linge. « Flynn ? »

Je suis son regard braqué sur le petit groupe de gens – avec mon futur beau-frère, Jay, au centre de l'assemblée, qui rejette sa tête rasée en arrière et éclate de rire.

« Flynn ? »

Je fronce les sourcils. Il se tourne lentement vers moi, comme repêché d'un endroit très profond et lointain.

« Ça va ? »

Est-ce qu'il s'est finalement ravisé, est-ce qu'il doute qu'on soit capables de gérer la situation ? Est-ce qu'on est fous de vouloir se comporter normalement quand notre univers vient d'être chamboulé ?

Il hoche la tête et plaque un sourire sur ses lèvres, si bien que j'en viens à penser que j'ai imaginé son expression troublée. Flynn ne s'inquiète jamais autant que moi ; rien ne semble le stresser. Je garde à l'esprit que la situation est déstabilisante pour lui aussi, et que je dois être indulgente.

« Tu es sûr ? je demande en lui caressant doucement le bras.

— Tout va très bien », il répond avant de claquer brusquement des mains.

Je me mords la lèvre et je remarque que son regard revient se poser au même endroit.

Un couple tourne la tête vers notre voiture et Flynn tressaille sur le siège tandis que les deux personnes nous observent.

Je fronce les sourcils, un frisson inquiet me parcourt lentement l'échine quand je croise le regard de la femme et qu'elle affiche une expression étrange en me voyant. Enfin, en voyant Flynn, plutôt.

« Allez, on y va », il couine juste à côté de moi.

23
FLYNN

Amy a retrouvé ses esprits, mâchoire crispée, elle frappe le dos de sa main contre sa paume et m'explique son plan d'action.

« Flynn ? »

Je l'entends à peine et je me demande de nouveau si j'ai eu une hallucination. Comment est-ce possible ? Le groupe a fini par rentrer et je voudrais me convaincre que ce n'est pas la personne que j'ai cru voir. Mon inquiétude s'accentue. Il ne devait pas venir, Jay m'avait dit que ce serait son frère, le témoin. Comme si la situation n'était déjà pas assez compliquée.

« Flynn ? Tu es concentré ? Tu m'as entendue ? Il faut qu'on voie Laura, puis on va direct dans notre chambre et on essaie de comprendre ce qui nous arrive. De trouver une solution. Ou du moins, on essaie de trouver comment survivre aux prochaines heures… Flynn ? »

La portière côté passager s'ouvre à la volée et Laura me dévisage, les lèvres pincées sur son visage constellé de taches de rousseur.

« Amy, pourquoi tu restes assise sans rien faire ? Tu étais où ? »

Je me rappelle brusquement que je suis Amy, pas moi-même. C'est peut-être pour ça que je ne reconnais pas l'expression qu'elle m'adresse.

« Salut, Laura. Frangine. Ma sœur. »

Elle cille lentement et m'ignore un instant pour se pencher et regarder derrière moi. « Salut Flynn, elle dit du ton enjôleur qui m'est plus coutumier. Je ne savais pas que tu avais eu ton permis ! Je peux t'emprunter Amy ? Ça ne te dérange pas ?

— Si, ça me dérange ! » s'écrie Amy en tendant son bras musclé pour me plaquer contre le dossier du siège.

J'adresse un sourire gêné à Laura. « Elle a... il a... il a juste peur de... rater quelque chose d'important.

— Oui, eh bien moi j'ai besoin de toi, dit Laura en m'agrippant fermement le biceps. Rien qu'une seconde, elle promet à “Flynn”, avant de me traîner hors de la voiture. Oh, mon Dieu, Amy, elle enchaîne. C'est quoi, cette dégaine ? Tu portes un sweat pour homme ? Tu n'as plus du tout le temps d'aller te changer. Sérieux, j'ai besoin de toi MAINTENANT. Patty est déchaînée.

— Laura, Laura, respire un bon coup.

— J'ai juste besoin de voir un visage aimant, d'avoir quelqu'un à qui raconter tout ça. Tu me comprends, toi. Elle a pété un plomb parce que le serveur ne savait pas ce que c'était, un Bellini, elle veut qu'il soit renvoyé.

— Laura, détends-toi, ça roule. »

Je ne sais pas comment j'ai pu faire ça en une seule phrase, mais l'expression de Laura est passée de frénétique à furax en l'espace de quelques secondes. Elle plisse ses yeux marron et j'ai presque l'impression qu'elle retrousse les babines.

« Non, ça ne roule pas du tout. J'ai peur qu'elle terrorise tout le monde, tu le sais bien. Il faut que tu fasses le lien entre les gens, que tu veilles sur maman et Geoffrey, qu'on soit sûres qu'ils aillent bien, ils ont l'air complètement perdus... »

Elle laisse sa phrase en suspens parce qu'Amy vient de contourner la voiture et de passer le bras sur mes épaules d'un geste maladroit.

« Alors, de quoi vous parlez ? elle dit, et sa grande main m'agrippe nerveusement.

— Flynn, re-salut, je discute avec Amy », répond Laura en réprimant à peine un soupir.

Amy accentue la pression de sa main. « Et Amy, tu lui as bien dit que tu feras le maximum pour l'aider, hein ? Que peu importe le problème, petit ou gros, tu le résoudras, tu lui as bien dit ça ? Que tu es son phare dans la tempête, son roc...

— Un roc, je marmonne. Je peux être ton roc.

— Merci à vous deux », lâche Laura en inclinant la tête sur le côté.

Elle paraît se calmer un peu, après ces quelques minutes de conversation.

Mes épaules se détendent.

« Laura, chérie. » On est interrompus par Jay qui descend les marches de l'hôtel en courant, ses immuables lunettes de soleil perchées sur son crâne rasé. « Maman a besoin de toi dans la volière, à propos du type qui gère les oiseaux ? »

Elle ferme les yeux avant de pivoter lentement vers lui. Il se fige aussitôt.

« Mais tu sais quoi ? Je vais m'en occuper moi-même », il déclare, les mains levées en un geste défensif avant de reculer, un sourire crispé aux lèvres. « Mon amour, ma chérie adorée, mon cœur. »

Son sourire s'élargit lorsqu'il remarque notre présence.

« Flynn, mon pote, content de te voir ! »

Je le regarde tendre la main à Amy, qui la fixe d'un air idiot.

Je m'élance à sa rescousse et je tends ma propre main à l'instant même où Jay s'avance pour me saluer. Il se tourne et se retrouve aussitôt collé à ma paume ouverte.

On se fige tous et on contemple ma main posée sur l'entrejambe de Jay. Il recule brusquement et Laura réprime un éclat de rire.

C'est elle qui prend la parole en premier. « Euh, Am, est-ce que tu viens de tripoter les parties intimes de mon fiancé ?

— Non ! je m'écrie. Non ! Je… »

Elle éclate de rire et Amy me dévisage, les yeux écarquillés.

« C'est bon, c'est pas grave », dit Jay, troublé.

Il s'approche d'Amy et lui murmure : « Flynn, mon pote, il faut qu'on discute d'un truc. Plus tard. » Il jette un coup d'œil dans ma direction puis reporte son regard entendu vers Amy qui semble perplexe. « Il y a eu un imprévu… »

J'ai soudain les paumes moites.

Amy affiche toujours un air effaré, puis elle reprend ses esprits. « OK, Jay, mon pote, mon ami ! »

Il rit. « Ça fait plaisir de te voir, mec. » Il lui assène une claque dans le dos puis remonte les marches de l'hôtel au pas de course.

Avant que j'aie eu le temps de réfléchir davantage à ses paroles, une énorme boule de poils et d'énergie dévale les marches, m'évite soigneusement et bondit sur Amy, plaque ses pattes sur son ventre et la renverse presque. Et je comprends ce que ça donnerait au quotidien, si je criais plus souvent.

Amy hurle et agite les bras tandis que Reggie s'accroche à son pull vert, langue pendante, la queue battante d'enthousiasme.

Laura s'écrie : « Reggie ! Au pied ! Méchant chien ! »

Caresse-le, je songe, puis Amy m'empoigne et m'utilise comme bouclier humain.

« Couché ! elle s'écrie en se dandinant dans mes chaussettes de golf. Couché ! »

Je tends la main et ébouriffe les poils de Reggie, j'oublie un instant toute la folie environnante et je savoure la présence réconfortante d'un animal si facile à vivre. Il me lèche le visage de sa langue râpeuse et je ris.

« Ça suffit ! Arrête ! Au pied ! Flynn, occupe-toi de lui. C'est ton boulot », rajoute Laura.

Amy écarquille les yeux, affolée, et mon cœur se serre.

« Je... Je... » Elle recule à présent et Reggie ne cesse de se tourner vers elle, puis vers moi, clairement perturbé et confus. Est-ce qu'il a senti ce qu'il s'était passé ? Amy fait un pas en avant, ses genoux tremblent dans mon short bleu marine. Quand Reggie retrousse les babines et crispe les pattes à son approche, je suis presque certain d'avoir la réponse à ma question.

« Laisse, je m'en charge », je propose en éloignant Reggie de Laura qui m'observe, bouche bée.

Elle fronce les sourcils. « Am, tu as peur des chiens.

— Je... J'ai fait des séances d'hypnothérapie. » J'attrape la laisse de Reggie et il m'entraîne. J'avance en trébuchant dans les escarpins argentés d'Amy.

« Amy, attends ! crie Laura.

— Je reviens tout de suite ! je lui réponds par-dessus mon épaule. Ça roule ! »

Je gravis d'un pas rapide les marches de l'hôtel et grimace quand je saisis au vol les instructions de Laura. « Flynn, tu peux aller aider Jay ? Je ne sais pas ce qu'il est en train de faire. Amy ! »

Elle me rattrape dans le vestibule de l'hôtel, hors d'haleine, et je scrute une fois encore le couple que j'avais remarqué devant l'entrée. L'homme, Eddie, ne m'a pas remarqué dans ma robe trempée et le pull qui me tombe jusqu'aux genoux. Je me jette derrière un buste en marbre à l'instant où la femme qui l'accompagne regarde autour d'elle.

Des ongles s'enfoncent dans mon bras et on me traîne dans une petite pièce. Reggie nous suit au bout de sa laisse. « Am », chuchote Laura en passant à quelques centimètres de moi.

Je me rends compte, horrifié, qu'on est dans un minuscule cabinet de toilette et Laura vient de passer devant moi pour nous y enfermer à clé.

« Bon, Dieu merci, tu es enfin là. Mais sérieux, on a besoin d'un moment ensemble… » Elle lève la main. « Et puis il faudra que tu m'aides à gérer Patty, elle veut faire un lâcher de colombes, Amy…

— Patty », je répète bêtement. Je suis saisi de panique en voyant Laura soulever le pan de sa jupe et baisser sa culotte. Oh, mon Dieu. Je détourne le regard et le pose partout ailleurs dans la pièce. Je n'y crois pas. Ce n'est pas en train de m'arriver. J'ai envie de lui tourner le dos et de marteler la porte de mes petits poings pour supplier qu'on me laisse sortir.

« Oui, allô ! Patty, celle dont je te parle tous les jours au téléphone depuis deux mois, cette Patty-là. Ma belle-mère. Qui prépare le mariage comme si elle s'apprêtait à envahir les Cornouailles. Qui ne me laisse jamais rien faire. Qui a prévu huit mille trucs avant que je puisse dignement marcher jusqu'à l'autel. Qui a choisi cet endroit parce qu'il y avait des flamants roses ! Cette Patty-là, oui.

— Oui, oui, bien sûr », je couine en m'emparant d'un bol de pot-pourri derrière lequel je me cache.

Ne regarde surtout pas, Flynn, regarde partout ailleurs, mais pas vers elle.

« Son obsession actuelle, c'est un colombier portatif. Tu savais que ça existait, ça, les colombiers portatifs ? Non ! Qui connaît ça ? Je… Amy ? Qu'est-ce que tu fous ? »

Je grimace derrière le pot-pourri que je hume d'un air ridicule. « Je sens ce pot-pourri. L'odeur est agréable », je réponds d'un ton minable, les yeux rivés au plafond.

« Amy, sérieux, à quoi tu joues, là ? Ressaisis-toi ! Ah, oui ! Tu as bien préparé ton discours ? »

Je ne peux pas m'empêcher de baisser les yeux, paniqué, puis je me souviens soudain de ce que Laura est en train de faire, je les ferme brusquement en répétant : « Mon discours… » Encore un sujet de panique.

Laura semble avoir terminé et elle se relève.

« Oui, ton discours.

— Tout est là-dedans, je lui dis en me tapotant la tête de l'index, les yeux toujours fermés pour être sûr de ne rien voir.

— Bon, alors viens, abrutie », lâche Laura en se faufilant devant moi et Reggie.

Abasourdi, je caresse la tête du chien.

« D'accord, abrutie. » Dans ma bouche, le mot paraît beaucoup plus agressif.

C'était une très mauvaise idée. Amy avait raison, on n'aurait jamais dû venir.

24
AMY

C'était une très mauvaise idée. On n'aurait jamais dû venir. Le chien, Reggie, a déjà tout compris et je n'ai encore rien eu le temps de prévoir avec Flynn ni pu enfiler des vêtements secs. Il a disparu avec Laura et je me suis mise à déambuler dans le vestibule intimidant, avec ses lustres et ses miroirs aux cadres dorés, trempée et perdue, avant de ressortir.

Les chaussettes de golf me collent aux jambes. Flynn a l'air complètement ridicule dans ma robe mouillée et son immense sweat bleu marine. J'aurais au moins dû nettoyer l'eyeliner qui a coulé sur ses joues.

J'observe à peine les alentours, je pars à la recherche de Jay de l'autre côté de l'immense bâtisse, je descends les marches en pierre vers une pelouse impeccable. Le moins que je puisse faire, c'est de suivre les instructions de Laura et d'aller l'aider. Si j'arrive à survivre à cette soirée, peut-être qu'on trouvera ensuite une solution pour échanger nos corps. C'est forcément temporaire, forcément.

À cet instant, Geoffrey et ma mère apparaissent devant moi. Les talons de maman s'enfoncent dans l'herbe mouillée et ses yeux paraissent trop grands derrière ses lunettes à monture léopard. Ils sont en couple depuis quelques années mais ça me choque encore de voir maman avec un autre homme. Et puis Geoffrey ne pourrait pas être plus différent de papa, discret, intello. Je n'ai jamais vraiment compris ce qu'elle lui trouvait.

Je fais un pas en avant et je la prends dans mes bras. « Maman.

— Oh ! » Son petit couinement surpris jaillit de l'endroit où je la serre contre mon torse. « Un câlin. Comme c'est gentil, Flynn. »

Et je me rappelle soudain que Flynn n'a jamais serré ma mère dans ses bras. Il est plus du genre protocolaire : une poignée de main ou une petite tape dans le dos. Elle s'écarte et réajuste ses lunettes dont le verre s'est embué. Geoffrey, dans ses vêtements neufs aux plis parfaits, tend la main vers moi. Son pouce est enroulé dans un sparadrap et je me contente de le scruter sans rien dire. Il tousse et laisse retomber son bras à son flanc. Je comprends avec un temps de retard mon erreur, mais je suis trop préoccupée par tout le reste pour m'en inquiéter. Geoffrey s'en remettra.

Maman paraît troublée. « Qu'as-tu fait d'Amy ?

— Je suis là, j'arrive ! » Flynn avance d'un pas maladroit dans l'herbe, chaussé de mes escarpins argentés, suivi de près par Laura. Je grimace quand il s'arrête d'un geste inélégant et fait sursauter Geoffrey qui se retourne brusquement à l'instant où Flynn tend la main vers lui. La main frappe l'entrejambe de Geoffrey qui affiche un air paniqué, mais qui le salue lentement. « T'as remis ça ? Avec ta m… » Laura écarquille les yeux et je ravale un éclat de rire choqué. Flynn a l'air pâle et minuscule dans ma robe. Geoffrey regarde autour de lui en cherchant quelque chose à dire. Laura me jette un coup d'œil et on partage ce moment complice avant qu'elle ne détourne les yeux.

« Comme c'est joli, ici ! » lance maman pour dissiper la gêne.

Des invités élégants se promènent au bord du lac, certains montent dans les barques soigneusement alignées le long de la berge. L'endroit est superbe, le ciel affiche après l'orage un camaïeu de violets et de gris. L'herbe, perlée de pluie, semble parsemée de diamants. Dans les eaux peu profondes du rivage, quatre flamants roses lissent leur plumage éclatant.

Je contemple la scène et mes inquiétudes s'évaporent momentanément ; face à la beauté des lieux, j'oublie que j'avais jugé cet endroit trop huppé. « Oh, Laura ! je m'exclame en portant la main à ma bouche, les larmes aux yeux. C'est splendide. »

Laura m'adresse un curieux sourire en coin et je me souviens alors qu'elle me prend pour Flynn. À cette pensée, j'ai envie de pleurer. Je n'ai pas trop pris le temps de réfléchir à ce que j'allais éprouver pendant ce week-end, un week-end qui a tant d'importance à ses yeux, un week-end que je ne vais pas pouvoir partager avec ma sœur. L'endroit a beau être d'un luxe absurde, je sais combien elle tient à épouser Jay. « Venez, on va sur l'île », propose Laura en prenant maman par la main.

« Une île ! s'exclame Flynn qui tape dans ses mains avec enthousiasme, s'attirant tous nos regards. Et des flamants roses ! Ouah, comme c'est incroyable, frangine ! »

J'écarquille les yeux avec l'espoir secret qu'il puisse lire dans mes pensées : Arrête, tu en fais trop. Est-ce qu'on pourrait se retrouver à l'écart et essayer d'échanger nos corps pendant que les invités sont occupés ? On s'avance jusqu'aux barques alignées sur le lac et on monte à bord avec précaution. Ma mère, Geoffrey et Laura me regardent avec insistance alors qu'on s'installe sur les bancs en bois. Je suis distraite par Flynn qui s'est assis jambes écartées, dévoilant presque ma culotte. Je tousse et crachote dans l'espoir qu'il me remarque et croise les jambes. Au bout d'un moment, je comprends que tout le monde attend que je rame.

« Ah ! C'est vrai ! J'adore les bateaux, moi ! » je m'écrie avant de saisir les rames, surprise une fois encore des sensations que j'éprouve dans ce nouveau corps, mes mains qui agrippent le bois avec facilité, mes bras qui se meuvent avec assurance tandis qu'on s'éloigne brutalement de la rive. « Oups ! Désolé !

— Tout va bien, Flynn ? me demande Flynn en posant une main sur la mienne. Il faut tirer sur les deux en même temps.

— Merci, Amy, je rétorque d'un ton pincé. Je l'avais deviné tout seul.

— J'essaie juste de t'aider. Parce qu'on fait équipe, il ajoute avec un sourire tendre.

— C'est vrai », je siffle entre mes dents avant de reperdre la cadence.

Des insectes volent au ras de l'eau alors qu'on progresse lentement vers le centre du lac.

Je suis tellement concentrée, fascinée par la puissance de mes bras, que j'entends à peine la voix de Laura.

« Alors, il est long ? Ton discours ? » elle demande à Flynn qui laisse pendre sa main dans l'eau.

Je me fige de terreur. Prise dans ce tourbillon insensé, j'ai complètement oublié un élément crucial : je dois prononcer un discours ce soir. Flynn se redresse aussitôt et se frotte le menton, un geste qui tire un froncement de sourcils à Laura.

« Il est assez court », il répond. J'écarquille les yeux quand nos regards se croisent ; une rame me glisse des mains. « Mais très profond ! » il s'empresse d'ajouter en voyant mes lèvres pincées.

Laura se détend et j'envoie un remerciement silencieux à Flynn, qui a évité la première crise du week-end.

Mon discours.

Oh, mon Dieu.

L'acidité bouillonne dans mon estomac et la panique me gagne une fois de plus. Je devrais peut-être faire demi-tour et nous ramener au rivage, non ?

« Alors, Geoffrey, comment ça va, avec l'équipe de pétanque ? Des tirs directs au cochonnet, cette saison ? demande Flynn alors que Laura et maman échangent un regard interloqué.

— Pas encore, Amy, il répond avec un petit rire. La semaine dernière, je l'ai manqué d'un cheveu.

— Tu vas finir par y arriver, dit Flynn. Et j'imagine que tu étais sur ton petit nuage après la victoire de Portsmouth la semaine dernière ? Ils ont complètement changé depuis leur nouveau manager. Enfin… » Flynn toussote et se redresse, peut-être après avoir remarqué mon expression paniquée. « Enfin, je crois… Flynn m'en parlait, il n'y a pas longtemps. Mais bon, tu me connais, hein, Téléfoot, ça me passe là, pfiouuu (Il fait un geste de la main au-dessus de sa tête.) Télé*quoi* ? »

Il lâche un rire trop aigu et, dans les barques voisines, les gens tournent la tête vers nous.

Je me concentre sur les rames, la barque tangue et s'agite au rythme de mon stress. N'aggrave pas la situation, Flynn, je prie intérieurement.

« Laura… Tu es ravissante. J'aime beaucoup tes… chaussures », il affirme en m'adressant un regard plein d'espoir. Je me laisse attendrir une seconde. Il fait clairement de son mieux.

« Merci, dit Laura en croisant les jambes. Elles étaient en soldes. Am, tu as besoin de répéter ton discours ?

— Oui, oui, absolument, il répond lentement sans parvenir à croiser son regard. Je vais le répéter avec Flynn. Il en a déjà entendu une grande partie, tu imagines bien… »

Cette réponse semble satisfaire Laura et je suis soulagée de sentir bientôt les légers à-coups de la barque contre le petit embarcadère de l'île. J'aide les passagers à descendre et Laura va aussitôt saluer les invités. Des guirlandes lumineuses éclairent les tables et les chaises.

« Bon, je dis en l'entraînant à part, une fois que maman et Geoffrey se sont éloignés. Le discours. »

Il m'adresse un hochement de tête sincère et impatient. J'ai encore du mal à m'habituer à me parler à moi-même. Je suis généralement obnubilée par les deux rides entre mes sourcils qui, j'en suis convaincue, forment déjà des sillons profonds alors que je n'ai même pas trente ans ; mais en contemplant mon visage, je dois bien admettre qu'on les remarque à peine.

« Alors… » je commence, tandis que des invités débarquent et passent derrière nous. Je tends la main et réajuste le foulard noué dans ses cheveux, qui a glissé sur le côté. Une fille fronce les sourcils en nous voyant.

« J'avais préparé tout un discours, je lui explique. Je pourrais te l'écrire, ou du moins t'écrire les grandes lignes, il ne te resterait qu'à le lire.

— Super, parfait », répond Flynn qui tire sur sa robe d'un geste nerveux.

Je le dévisage, il me dévisage, puis j'écarquille soudain les yeux. « Oui, et donc ? »

Je lui fais un signe impatient. Il m'adresse un regard vide.

« Où est mon portable ? je lui demande.

— Dans la voiture.

— Pourquoi tu l'as laissé dans la voiture ?

— En quoi c'est ma faute, là ?

— C'est toi qui l'as laissé là-bas, Flynn !

— Mais c'est *ton* téléphone, Amy ! »

Le ton de sa voix s'accorde au mien.

« Mais c'est toi qui l'as utilisé en dernier.

— Où est-ce que tu veux que je le mette, d'abord ? » Exaspéré, il tire sur le tissu fleuri de ma robe. « Y a pas de poches, dans ce truc.

— Oh, mon Dieu, je m'exclame, et la panique me gagne de nouveau, ma poitrine se serre. Oh, mon Dieu. Oh, mon Dieu. »

Flynn semble inquiet. « J'ai une excellente mémoire, récite-le-moi », il m'encourage, tandis que je commence à battre des bras, affolée. Un homme nous jette un coup d'œil et Flynn m'attrape les bras pour me calmer. « Amy, allez. On fait équipe, pas vrai ?

— OK, je dis, et je prends une profonde inspiration par le nez. OK. OK. (J'essaie de me focaliser sur l'instant présent, de me concentrer.) Le plus important, c'est de remercier les invités d'être venus, de remercier Patty parce qu'elle signe les chèques, mais sans le préciser, bien sûr…

— Pigé, dit Flynn qui bat des paupières à toute vitesse.

— Je voulais aussi remercier maman parce que, ben, c'est maman… et puis, j'avais prévu de dire quelques mots sur… sur papa. »

Je marque une pause, Flynn me regarde toujours d'un air sérieux alors que je déglutis péniblement. J'avais tellement envie de prononcer ce discours. Je voulais dire ces mots à voix haute. Malgré ma peur de ne pas être à ma place ici, j'avais une certitude : j'aime Laura plus que tout et je voulais qu'elle soit fière, je voulais me faire pardonner. Je soupire lentement avant de ravaler ces pensées et de poursuivre. « Parle peut-être juste un peu de Laura et de Jay, que c'est agréable de les voir ensemble, qu'ils ont l'air si détendus et heur… Flynn ? »

J'ai conscience que Flynn ne me regarde plus et qu'il contemple quelque chose derrière mon épaule, bouche bée.

D'autres invités débarquent derrière nous.

« Flynn ? » je souffle en souriant, et en m'efforçant de prendre un air détendu tandis que les gens passent.

Il ne m'écoute pas et ça m'irrite. Il ne comprend pas que c'est important ? Il faut qu'on fasse les choses bien, au risque de gâcher la soirée de Laura. Il est toujours si décontracté, c'en est agaçant. Pour le commun des mortels, la vie n'est pas aussi facile.

Je baisse le regard et je remarque alors ses poings serrés, ses articulations blanches. Stupéfaite, j'écarquille les yeux. Il est clairement affecté par le stress de cet étrange changement et du discours à venir. Je me promets d'être plus indulgente.

Flynn suit du regard deux invités qui viennent de descendre d'une barque. Je jette un coup d'œil vers eux. Je reconnais l'homme, c'est Eddie, le témoin de Jay, ils se sont tous rencontrés à l'internat. Son nez aquilin et le bras musclé qu'il a passé autour d'une fille me rappellent qu'il vient tout juste d'arrêter le rugby en ligue semi-pro.

La fille me dit vaguement quelque chose mais je n'arrive pas à la situer. Blonde et mince, plus grande que moi mais surplombée par la stature d'Eddie, elle est enveloppée dans un sublime pashmina soyeux rose pâle. Ses lèvres, parées d'une teinte assortie, remuent tandis qu'elle parle et agite les mains pour accentuer chacun de ses mots.

Elle se fige en me voyant l'observer. Elle affiche une brève expression, et arque les sourcils en signe de salut, comme si on se connaissait de longue date. Comme si Flynn la connaissait de longue date. Je fronce les sourcils.

Je frissonne lorsque le soleil disparaît derrière un nuage et que je songe à la soirée qui nous attend.

25
FLYNN

L'île est jolie et Amy y semble si incongrue, dans mes vêtements de golf. Elle n'arrête pas de faire des commentaires sur le thème « vintage » de la décoration, les bougies dorées, les marque-places en papier parchemin et les sets de table en dentelle, et Laura en est abasourdie.

« Les chaises en bois patiné, ça rend vraiment bien », s'extasie Amy en posant la main sur un dossier. Laura se retourne et m'adresse un sourire en coin où je lis « Qu'est-ce qu'il lui arrive, à ton mec ? »

Je panique et je m'empresse d'ajouter : « Ça patine, des chaises ? » Puis j'éclate de rire.

Laura fronce les sourcils et je me tais aussitôt avant de boire mon deuxième Bellini en l'espace de deux minutes. Je ne sais pas exactement ce qu'il y a dedans, mais ils ne servent pas de bière.

Amy n'est pas assise à ma table et je contemple, terrifié, la personne en face d'elle. Ce week-end ne pouvait pas être plus catastrophique.

Je mange l'entrée dans une sorte de brouillard, Geoffrey essaie de m'interroger sur le marché immobilier de Bristol tandis que l'île devient peu à peu floue autour de moi. Je bois et je rumine sur ce week-end dont j'avais rêvé. Je songe à la bague cachée dans mon sac. Je songe à la femme assise en face d'Amy : Tanya est ici. Tanya est ici, avec Eddie. Avec Eddie.

Il était forcément au courant. Mes articulations blanchissent alors que je serre mon verre.

« C'est le bon moment pour investir, alors ? Ou tu penses que les taux d'intérêt sont amenés à baisser ? »

Geoffrey me reparle d'immobilier.

« Oui… Tu peux…

— Investir ?

— Pourquoi pas ! »

Geoffrey acquiesce avec enthousiasme.

Laura me donne un coup de coude et je me rends compte avec stupeur que le temps est venu de prononcer « mon » discours. Je me lève et tout se met à tanguer. Combien de verres ai-je bus ? Pas beaucoup, il me semble, mais je songe à ma petite carrure et je crains soudain d'avoir mal calculé mon coup.

J'agrippe la table à deux mains, les ongles au vernis corail deviennent flous, je scrute la petite assemblée, les visages brillants dans les lueurs du soir. L'endroit est idyllique et pendant quelques phrases je suis convaincu que tout se passe bien.

« N'est-ce pas un endroit idyllique ? » je dis, sans oublier de me tourner vers Laura et de lui sourire.

Son sourire à elle est crispé, ça me rend encore plus nerveux et je cherche le visage d'Amy. Je sursaute en voyant mon propre visage pâle qui me contemple, avec mes cheveux bruns en bataille. J'aurais dû me raser avant de partir, et avec mes vêtements de golf, on dirait que je suis le seul invité à ne pas avoir fait un effort vestimentaire.

Je passe ma langue sur mes lèvres et j'essaie de me remémorer ce qu'elle m'a chuchoté à la hâte en descendant de la barque. Je lui ai affirmé avoir une bonne mémoire. Et c'est le cas, sauf que là, tout me paraît flou et au ralenti.

« Patty ! je hurle presque. Rien de tout ceci n'aurait été possible sans Patty. »

Patty pivote sur sa chaise, ses cheveux gris acier au carré figés malgré la brise légère, et elle accepte les quelques applaudissements mitigés. « Elle a supervisé ce week-end dans le moindre détail et… et… » Me reviennent soudain à l'esprit les conversations avec Amy, aucune particulièrement flatteuse pour Patty. Patty qui téléphone à Laura après minuit pour discuter de la palette des couleurs thématiques, Patty qui insiste pour qu'on joue des cantiques lors de la cérémonie laïque, Patty qui envoie des mails passifs-agressifs sur la manière adéquate de gérer un mariage. « Elle est… elle a… les flamants roses… c'est tellement… vous voyez… » je bafouille.

J'ai la tête qui tourne et la bouche pâteuse. Autour de moi, je ne vois que des lèvres entrouvertes, des visages dans l'expectative. Trish se met à hocher la tête d'un air encourageant, elle m'adresse un geste des mains qui dit « Vas-y, enchaîne. »

« Et je tiens aussi à remercier Trish, enfin, c'est sous ce nom-là que vous la connaissez tous, mais pour moi, c'est juste maman, maman tout court. Mamounette, Maminator. » J'imite maladroitement l'expression de Terminator, puis je me racle la gorge, je saisis mon verre d'eau qui est vide. « Bref, je tenais à te dire que tu es géniale. Vraiment très cool. Donc… merci… merci d'être une bonne maman. Et… »

Oh, je sais que ce moment est important mais j'ai beau faire, tout ce que je dis donne l'impression que je me fous de la gueule des gens. Est-ce que je devrais parler du père d'Amy ? En cette seconde précise, l'idée me paraît trop angoissante. Et la dernière fois qu'Amy a évoqué son père, ça s'est fini en dispute. Elle m'interrogeait de plus en plus souvent au sujet de mon propre père, elle voulait des infos plus intimes, au-delà des parties de pêche et des simples anecdotes sportives.

« Je souhaite aussi lever mon verre aux amis absents, je murmure presque. Je sais que Robert doit nous regarder, et contempler ses deux magnifiques filles en ce jour si mémorable. Il doit sans doute se dire qu'elles sont splendides, toutes les deux. Amy… » Je me rends compte de mon erreur à l'instant où je prononce son prénom. « Amy, me dirait-il sans aucun doute. Amy, je t'aime. »

Je marque une pause, l'esprit confus, et je me demande pourquoi Laura s'est légèrement détournée de moi, tout à coup.

« Bien. Voilà. Merci à tous », je conclus en terminant d'une traite mon verre de vin. Je suis envahi d'une gêne intense lorsque je me rassieds au son des quelques applaudissements étouffés.

« À cause de toi, la situation est mille fois pire qu'avant, Flynn. » Derrière un tronc d'arbre, à l'abri des convives, Amy lève les bras au ciel.

« Chuis désolé, j'ai pan-hic-qué. » Je porte la main à ma bouche. J'ai l'estomac retourné et mon cœur se serre quand je vois mon propre visage mal rasé inondé de larmes inhabituelles.

« Ton discours était totalement centré sur moi, pas un mot sur Laura. Elle va encore penser que je cherchais à lui voler la vedette.

— Chuis vraiment désolé » je répète, et j'entends mes mots avec un léger décalage. Je cligne à plusieurs reprises des yeux pour essayer de dissiper mon ivresse. J'ai envie de m'allonger par terre. Je me moquais toujours d'Amy qui ne tenait pas l'alcool, mais là, ça n'a rien de drôle. Je n'ai été aussi ivre qu'une seule fois dans ma vie, à quatorze ans, quand je ne connaissais pas encore mes limites. Je me sens penaud alors que je chancelle vers la barque en prenant lourdement appui sur Amy, honteux d'avoir osé me moquer d'elle à ce sujet, et ça me fait bizarre que ce soit à elle de me soutenir, ce coup-ci.

Elle me tire et me traîne à moitié, mes escarpins argentés glissant bien plus qu'avant. Pourquoi les chaussures de femmes n'ont-elles pas de semelles plus stables ?

« Ce n'est pas ce que je voulais dire, je marmonne. Et je crois aussi que j'ai conseillé à Geoffrey d'acheter une maison.

— Quoi ?

— Je me faisais passer pour toi.

— Mon Dieu, il faut qu'on retourne là-bas, elle siffle en grimpant dans la barque amarrée. Il faut qu'on permute de corps. »

Elle se tourne vers moi, main tendue. Je n'ai pas l'habitude qu'elle m'aide, je l'ignore et je monte dans la barque qui se met aussitôt à tanguer. Amy lâche un soupir agacé, prend place sur le banc et son mouvement, bien que lent, suffit à me faire reperdre l'équilibre.

Au ralenti, je bascule à la renverse en moulinant inutilement des bras sous les regards horrifiés des invités. Je termine ma chute dans une grande gerbe d'eau glaciale. Des roseaux s'accrochent à moi alors que j'agite frénétiquement les jambes pour sortir du lac. Ma robe flotte mollement à la surface et un truc gluant caresse ma jambe nue.

« Des anguilles ! je hurle. Des anguilles ! »

Je songe, pour la millième fois, qu'on n'aurait jamais dû venir.

26
FLYNN

Dix ans plus tôt

J'ai appris plus tard qu'Eddie en avait parlé sur Facebook. C'est comme ça que des inconnus ont été mis au courant. C'était censé être une soirée tranquille et discrète, rien que l'équipe de cricket, la veille de notre départ pour la Barbade. Mais des gens se sont mis à entrer par la porte ouverte et ont saccagé la maison. Des taches de vin et de bière, les coussins du canapé foutus, des vases cassés, puis des cadres de photos, et pour finir l'urne de papa.

À ce moment-là, quelqu'un a dit « dégueu », un autre s'est mis à parler de sa grand-mère et certains ont commencé à partir. Jay s'est chargé de les virer. Je ne l'avais jamais vu aussi furieux contre Eddie. Il était sur le point de lui coller un coup de poing en pleine tronche.

Maman rentre tard. Elle franchit le palier et s'immobilise, le temps de contempler les dégâts. Presque chaque centimètre carré de tapis et de surface est abîmé ou taché. Elle ne se met pas en colère, elle ne m'oblige pas à tout nettoyer. Elle ne se lance pas dans une tirade sur l'imbécillité des ados. Elle ne me regarde pas. Elle fourre quelques affaires dans un petit sac et elle s'en va dans la maison du Gloucestershire après avoir envoyé un message à Pauletta pour lui demander de faire des heures supplémentaires et de tout arranger demain.

Je ne dors pas de la nuit. Je lave tout, je remplis des sacs et des sacs de déchets, je ramasse les bris de verre, je passe l'aspirateur. Mon regard se pose sans arrêt sur le tas de cendres. Je ne peux pas me résoudre à aller les nettoyer.

Je récure chaque recoin de la maison jusqu'à l'aube, jusqu'à ce que Pauletta arrive et essaie de me faire manger quelque chose. Je frotte et je lave jusqu'à l'heure de mon train pour l'aéroport de Heathrow. Pauletta me tapote le dos à mon départ.

« Tu es un gentil garçon. »

Je ne pleure pas, je ne la prends pas dans mes bras. Ces impulsions-là ne me viennent plus du tout. J'opte pour la solution habituelle. L'humour. Je laisse pendre ma langue et j'aboie : « Gentil le chien. »

L'urne funéraire de papa.

Pauletta m'adresse un sourire triste qui me mine encore plus le moral, alors je tourne les talons et je pars.

Je monte dans le train et je retrouve les autres joueurs de l'équipe de cricket à l'aéroport. Jay est là, sa mère lui dépose une bise sur la joue, son père est dans son fauteuil roulant, il tremble lorsque Jay se penche pour le saluer d'une poignée de main.

« Comment a réagi ta mère ? » me demande Jay en repoussant ses lunettes de son index.

Je repense à l'expression absente de ma mère alors qu'elle contemplait le désastre.

« Elle a trop rien dit, ça allait, je réponds en voyant le visage de Jay se détendre. Tu crois qu'on va tout déchirer sur le terrain, cette semaine ? »

Jay affiche un sourire tranquille. « Moi, oui ! Toi, je sais pas trop. »

Je ris en guise de réponse, soulagé que ma diversion ait été efficace, là encore. Je ravale l'envie de tout lui raconter. Que ça n'a pas tiré la moindre réaction à ma mère de voir la maison saccagée. Que je ne sais pas quoi faire pour la pousser à réagir un minimum. Cette envie de me confier à lui est si forte, l'espace d'une seconde, que mes entrailles se tordent de douleur.

« Ça va, mec ? demande Jay.

— J'ai la gueule de bois. »

Il m'assène une claque dans le dos.

Trop facile.

Tout le monde agite la main en guise de salut, les garçons tiraillés entre la gêne, la honte et le plaisir. Je vois la mère d'Eddie, dans son manteau en cachemire, lui envoyer un baiser. Et je rêve d'apercevoir un visage dans la foule qui garde les yeux rivés sur moi, une personne qui m'enlace, qui me dise que je vais lui manquer, qu'elle m'aime et qu'elle veut absolument que j'envoie un message à l'instant où l'avion atterrit.

Je scrute mon téléphone et je scrolle jusqu'au numéro de ma mère.

Rien, ni appel ni message. Ma poitrine s'alourdit alors que les lettres et les chiffres se brouillent.

Le tournoi se passe bien. Je remporte le trophée du « Meilleur joueur » et les gars n'oublient pas mon anniversaire. On boit des bières, Jay vomit derrière l'hôtel. Eddie s'éclipse avec la moitié d'une équipe de basket féminin, des élèves d'une école pour filles. Il m'en veut pas mal : le coach a mentionné la possibilité que je sois capitaine, l'année prochaine.

À chaque moment passé seul, pourtant, sous la douche ou dans la chambre quand les autres sont descendus manger, je ne peux m'empêcher de repenser au visage de maman quand elle est entrée dans la maison saccagée et qu'elle a contemplé les dégâts. Qu'a-t-elle éprouvé? Elle a forcément éprouvé quelque chose. Je sais ce que j'ai ressenti, moi, en voyant le désastre, les débris et, pire que tout, l'urne. J'ai brisé un objet sacré et je me sens à mon tour brisé de l'intérieur. Elle a forcément eu envie de hurler, de m'insulter, de réagir. Ou bien suis-je vraiment aussi insignifiant que ça, aussi invisible? À chaque moment de calme, ces questions viennent me torturer. Mon angoisse refait surface, je sens l'acidité m'attaquer l'estomac et je me mords l'intérieur des joues jusqu'à en avoir les larmes aux yeux.

Tous les membres de l'équipe sont accueillis à l'aéroport par leur famille et je passe en trombe devant eux, en direction des panneaux du métro.

Jay me regarde d'un air pensif. Sa mère l'entraîne déjà dans son sillage.

« Tu veux qu'on te raccompagne, mec? »

Pendant une interminable seconde, j'ai l'impression qu'il voit clair dans mon jeu.

« Ma mère vient de m'envoyer un message, elle est au dépose-minute, elle m'attend dans la voiture. »

J'agite mon téléphone et je m'éloigne en vitesse.

Jay me regarde longtemps. Est-ce qu'il est au courant? Il n'a jamais rien dit, au fil des ans, mais parfois il me décoche un regard particulier. Comme s'il était sur le point de me parler. Je m'engouffre dans l'ascenseur qui mène au dépose-minute et, alors qu'on descend de deux étages, le petit espace d'acier est incapable de contenir le flot d'émotions qui s'accumule en moi. J'aurais voulu que Jay m'interroge. J'aurais voulu que quelqu'un tire des conclusions. Je ne peux plus garder tout ça en moi. Je n'en peux plus.

Je sors d'un pas chancelant de l'ascenseur, je ne vois plus très clair et je peine à respirer. Je dois m'asseoir sur un pilier en béton devant la sortie. Je regarde les passants avec leurs valises à roulettes ou leurs sacs à l'épaule, téléphoner à leurs proches ; je tente de ralentir les battements effrénés de mon cœur. Tant de familles, de frustration, d'amour autour de moi. Une navette de l'aéroport approche. Si je me jetais sous ses roues, combien de jours faudrait-il à ma mère pour remarquer mon absence ?

Le trajet du retour finit de m'épuiser. J'entre dans notre maison londonienne impeccablement nettoyée par Pauletta, comme s'il ne s'était jamais rien passé. Les dégâts minimisés, passés sous silence, comme toujours dans cette famille.

Maman est dans la cuisine et quand j'entre avec mon sac de cricket sur l'épaule et ma valise derrière moi, elle a l'air surprise. Je me rends compte qu'elle ne connaissait même pas la date de mon retour.

Ça, plus mes émotions des derniers jours, depuis la soirée, depuis des années même, tous ces sentiments se déversent en un terrible rugissement humide de larmes et de morve. Je m'avance vers elle, bras tendus, pour la supplier de m'écouter.

« Je suis désolé. Je suis désolé pour la soirée. Et pour papa, pour ses cendres. »

Elle tressaille un instant, puis le masque neutre réapparaît sur son visage, cette absence étrange d'expression. « Arrête, c'est bon. Pauletta a tout nettoyé.

— Tu devrais être furieuse. Tu devrais me crier dessus. Pourquoi tu ne me cries jamais dessus ? »

Elle regarde autour d'elle alors que je continue de m'approcher. Un moment irréel, ma stature dégingandée et mon mètre quatre-vingt-dix, face à ma mère vers laquelle je ne suis plus obligé de lever les yeux. J'ai encore envie qu'elle m'enlace, qu'elle me câline et qu'elle m'aime.

Je pleure, des années de larmes refoulées. Elle écarquille les yeux, alarmée.

« Arrête, Flynn. Tu es fatigué. Monte te coucher.

— J'ai pas envie de dormir. J'ai besoin qu'on parle. J'ai besoin de toi. »

Je souhaite de tout mon cœur qu'elle s'attendrisse. Où est passée la femme de mes souvenirs ? Celle qui me prenait sur ses genoux quand j'étais petit, qui me murmurait des mots d'amour dans les cheveux ? Elle est morte en même temps que mon père. C'est comme si je n'étais plus là, moi non plus. J'ai besoin qu'elle me voie, qu'elle se souvienne qu'elle m'aime. Intensément. Qu'elle a crié sur la mère de Rory quand il m'a frappé, qu'elle m'a emmené en courant à l'hôpital avec mon bras fracturé, qu'elle m'a enlacé près du lit de papa alors que je lui disais adieu. J'ai besoin de cette femme-là, de cette mère-là.

« Ça suffit, Flynn. Arrête immédiatement. Ça suffit. Tu es ingrat et pénible. Le monde ne tourne pas autour de toi et de tes sentiments. Je t'ai tout donné. Tu as de la chance. Ton père aurait honte. »

Mes larmes tarissent brusquement. Elle se tait. Je n'arrive plus à respirer dans le silence épais qui suit. Aurait-il eu honte de moi ?

Le visage humide, je lui avoue : « Je ne me souviens pas de lui. J'invente des histoires sur lui. Je ne me souviens pas de papa.

— Mais bien sûr que si, tu te souviens de lui, elle a dit, les lèvres pincées. Comment oses-tu ! »

Je secoue la tête. « Non. Il a disparu de ma mémoire. Ce n'est rien qu'un homme sur une photo, un mélange de vêtements indistincts. Je ne me souviens plus de lui, maman.

— Arrête ça tout de suite. » Elle est furieuse. Enfin. « Sois un homme, bordel de merde ! »

J'ai toujours raconté des histoires à Jay et à Eddie quand ils me parlaient de leurs pères. De leurs familles. Ils trouvent que j'ai de la chance – pas de permission à demander pour sortir, pas de parents autoritaires, un père que j'ai transformé en légende. Toutes ces histoires, je les ai inventées car il ne me reste plus qu'un souvenir flou, des vieilles photos et le lointain sentiment d'avoir été aimé. Le reste n'est plus qu'un vide étrange autrefois rempli d'anecdotes.

Sois un homme.

Elle me laisse en plan dans la cuisine, le souffle court, le col de mon T-shirt trempé de larmes. Elle me laisse en plan, le cœur en lambeaux. Je tombe à genoux, épuisé.

Sois un homme.

J'entends la porte d'entrée se refermer lorsque ma mère quitte la maison.

Sois un homme.

Depuis ce jour-là, on n'a plus jamais échangé de conversation profonde.

27
AMY

Non seulement Flynn n'a pas suivi mes instructions, mais il s'est arrangé pour aggraver la situation. Il m'a fait passer pour une narcissique ivre et égocentrique. Puis avec sa chute dans le lac, tous ceux qui n'étaient pas encore convaincus que je cherchais à attirer l'attention ce soir le sont, à présent.

Le soleil se couche tandis que je rame dans un silence rageur. Maman et Geoffrey sont assis de chaque côté de lui et disent des trucs du genre « Bon, ça s'est bien passé », « J'ai beaucoup aimé le saumon ». Je ne peux pas prononcer le moindre mot, je suis trop énervée malgré les claquements de dents comiques de Flynn qui tremble dans ma robe à fleurs trempée. Le ciel s'assombrit, de gros nuages s'amoncèlent à l'horizon, le soleil s'est abîmé derrière les collines et, pour la millième fois, je regrette qu'on ait à subir tout ça.

Flynn a l'air abattu mais je ne vois que les regards en coin des autres convives. Je dois m'arranger pour l'éloigner le plus possible et l'empêcher de provoquer d'autres catastrophes.

À la seconde où on atteint l'autre rive, Laura l'empoigne dans la barque et je la vois qui gesticule, Flynn qui baisse la tête, dépité, les cheveux dégoulinants, mon bandeau détrempé. Je ne peux pas me résoudre à intervenir : l'engueulade est méritée. Il se tasse davantage quand ma sœur tourne les talons et s'éloigne à grands pas. Mon cœur se serre à la vue du visage peiné de Laura : elle ne mérite pas ça.

« Ça va ? je demande à Laura en essayant d'évaluer l'ampleur des dégâts.

— Ça va impec, Flynn. »

J'emboîte le pas de ma sœur en direction de l'hôtel. « Je sais qu'Amy se sent terriblement mal, j'explique en marchant derrière elle. Elle a trop bu, ses paroles n'avaient aucun sens. Je l'ai souvent entendue répéter son discours et il ne ressemblait absolument pas à *ça.* »

Laura se mord la lèvre dans un effort évident pour garder son sang-froid. « Laisse tomber, Flynn, d'accord ? »

Elle gravit quatre à quatre les marches en pierre et je la suis à l'intérieur. Nos bagages ont été entassés sur un chariot non loin de là. Ils m'évoquent le travail acharné de ces dernières semaines, tout ce que j'ai planifié pour ce week-end. J'étais si déterminée à être une demoiselle d'honneur parfaite, à faire de mon mieux, à compenser pour les fois où j'ai mal assuré.

« Attends ! » Je lui attrape le bras. Un parfum de fleurs et de cire d'abeille flotte dans le vestibule. « Je voulais te donner quelque chose. Enfin, Amy voulait te donner ça. »

Je vais chercher mon sac à main, d'où je sors la photo de papa, Laura et moi.

En la voyant, elle prend une vive inspiration et l'accepte sans un mot. Elle la contemple longtemps.

« J'adore cette photo », elle murmure. De l'index, elle caresse le visage de papa. « On a perdu les négatifs et on n'en avait qu'une seule, chez Amy.

— Je sais. » Pourquoi je n'avais jamais pensé à la lui donner ? Pourquoi ai-je présumé que son chagrin était moins intense que le mien ? Ma gorge se noue, mon émotion déborde et m'oblige à serrer les lèvres pour empêcher les larmes de couler tandis que Laura dessine les contours du visage paternel.

À cet instant précis, Flynn déboule entre les lourdes portes dorées. Laura tressaille alors qu'il se dirige vers nous dans ma robe désormais quasiment transparente, laissant dans son sillage des empreintes de pas mouillées.

Il est encore ivre, incapable de fixer son regard, et il nous adresse un sourire maladroit entre ses boucles humides.

« Flynn était en train de me montrer ça, dit Laura d'un ton sec. Merci. Je l'adore », elle ajoute avant de déglutir.

Flynn semble perdu et je l'attrape par le bras. « Allez, viens, on va monter se changer », je dis d'une voix forte en l'entraînant loin de Laura avant qu'il n'ouvre la bouche et ne détruise cette paix relative.

« Ch'crois que j'ai vomi sur un homme en kilt », il bafouille.

Ah mais put…

Je vais récupérer la clé à la réception et je me sens coupable d'accepter l'aide du portier pour monter nos bagages à la chambre. Mais au moins, ça me libère et je peux me concentrer à gérer Flynn. Il s'appuie contre moi jusqu'au premier étage.

« Ne vomis pas sur la moquette, s'il te plaît », je dis quand j'ouvre la porte et que je découvre une étendue immaculée de tons blancs, gris et beiges.

Des brins de lavande sont posés sur les oreillers, la couette est pliée d'un geste expert, les draps sont d'une douceur incomparable. J'installe Flynn dans un fauteuil blanc crème, puis je vais tirer les rideaux gris afin que le lourd tissu masque le ciel nocturne constellé d'étoiles brillantes. Je distingue par la fenêtre les contours de l'île au milieu du lac, où scintillent encore les guirlandes. Je suis reprise d'une envie de pleurer. J'avais tellement hâte de partager ce week-end avec Laura, je voulais créer avec elle des souvenirs parfaits.

Si cette soirée m'a appris une chose, c'est qu'on doit absolument retrouver nos corps.

« Je n'arrive pas à croire que tu te sois saoulé, je murmure à Flynn, affalé dans le fauteuil.

— C'est pas ma f-faute si t'es ré-rétamée au bout d'trois verres, il s'insurge en se levant, les bras écartés comme un funambule.

— Trois ?

— Amy, ça tangue de pa-partout dans la chambre. »

Je me prends la tête entre les mains et je fais les cent pas tandis qu'il s'effondre sur le lit, bras et jambes en croix, exhibant ma culotte rose sous la robe remontée. Pile à cet instant, quelqu'un frappe à la porte, je bondis pour laisser entrer le portier non sans réajuster la robe de Flynn au passage. Le portier ne peut contenir un sourire en coin lorsqu'il dépose nos bagages et repart en toute discrétion. Je suis gagnée par un élan de colère.

« Oh, mon Dieu, il faut absolument qu'on permute, je lâche avec un soupir frustré.

— Qu'est-ce que tu v-veux qu'je f-fasse ? marmonne Flynn en levant les bras au ciel sans quitter sa position allongée sur le lit. Que j'aille marcher sous un aut' orage ? Que je m'é-m'électrocute avec le sèche-che-cheveux d'l'hôtel ?

— Je ne sais pas, Flynn, mais on ne peut pas rester comme ça.

— On a qu'à dormir un peu et on trouvera une s-solution demain », il marmonne, et je sais qu'il est déjà en train de s'assoupir.

Comment peut-il dormir dans un moment pareil ? Mais je n'ai pas de solution. Qu'est-ce qu'on pourrait faire ? Est-ce que je devrais simplement partir ? Pourquoi est-ce que ça nous arrive, d'abord ?

« Bon, allez, dormons un peu et à notre réveil, ce sera terminé, on aura retrouvé nos corps respectifs, j'affirme avec détermination, comme si j'y croyais vraiment.

— Et sinon ?

— Alors... (Je m'assieds à côté de lui.) Alors on... »

Mais je l'entends ronfler et je comprends qu'il s'est déjà endormi.

28
AMY

Dix ans plus tôt

Papa va venir. Il me l'a promis. Je tire sur ma jupe et je me sens trop bien habillée dans le petit pub crasseux. Mes entrailles se contractent quand je songe à ce que je m'apprête à faire. Sur le point de vomir, j'ai envie de courir aux toilettes, de m'asperger le visage d'eau froide pour la quatorzième fois, mais je serre ma feuille de papier entre mes mains et je prends une profonde inspiration. Brian m'a dit de prendre mon temps et d'y aller quand je me sentirai prête. J'ai envie d'attendre papa. Je ne peux pas imaginer me lancer sans le voir au milieu du public venu en petit nombre. Je l'imagine lever les pouces dans ma direction et annoncer d'un ton fier à son voisin : « C'est ma fille. Mon petit pinson. »

Je tends le cou quand la porte du pub s'ouvre et qu'un homme entre, coiffé d'un énorme chapeau de cow-boy noir. Je me rends compte que c'est papa et je fronce les sourcils en comprenant peu à peu ce que ça signifie. Il s'approche de moi et mon front se plisse davantage quand je vois ce qu'il tient.

« Qu'est-ce que tu fais, avec ton chapeau ? je lui demande d'un ton soupçonneux.

— C'est pour chanter un petit truc ensemble », il répond avec un sourire.

J'ai une boule dans l'estomac et la langue pâteuse. « On en a déjà parlé hier soir. On ne va pas chanter ensemble. »

Il adresse un salut de la main à deux habitués, comme s'il ne m'avait pas entendue, et mon cerveau mouline. Je ne veux pas le vexer. Papa a toujours été mon plus grand fan mais il sait aussi que cette soirée est capitale, il sait à quel point j'ai envie de me forger une identité en tant que compositrice-interprète.

« Je me disais qu'on pourrait chanter *Jackson*. J'ai enfilé ça pour l'occasion ! »

Je suis censée incarner June Carter et lui, Johnny Cash. Papa adore la country ; on a des cassettes et des CD de tous les chanteurs country, morts ou vivants – Tammy Wynette, Hank Williams, John Denver, Billie Joe Spears. Il chante d'une voix grave et rocailleuse, et l'accent traînant du Sud vient remplacer son accent de Bristol. J'adore certains de ces morceaux, moi aussi, mais ce n'est pas la voie musicale que je veux suivre. J'écris mes propres chansons, maintenant. J'ai déjà enregistré un single mais je ne l'ai pas encore fait écouter à papa, j'ignore pourquoi. Cette pensée me fait grimacer intérieurement.

J'ai envie d'en composer d'autres, de sortir un album. Et cette soirée, aujourd'hui, c'est une étape importante. Papa le sait parfaitement, et pourtant, voilà qu'il me demande de chanter en duo. Son chapeau, est-ce que c'est un argument imparable pour m'empêcher de refuser ?

« Rien qu'une seule chanson. On peut faire *Walk the Line*, si tu veux. Tu l'adores. »

Il tend le bras et dépose le chapeau sur ma tête. Son geste me fait l'effet d'un électrochoc. Je me sens ridicule et bête, comme si je ne contrôlais rien. Une terrible colère m'enflamme le cœur.

« Papa, arrête. »

Je retire le chapeau qui tombe par terre. J'ai le souffle court et je vois son visage s'assombrir. Plusieurs personnes regardent dans notre direction et je me lisse les cheveux, gênée. Sans un mot, il ramasse son chapeau.

« J'ai apporté le CD d'accompagnement. Je vais le mettre et on va juste… »

Je n'arrive pas à croire qu'il insiste. Je m'étais préparée mentalement pendant des semaines avant de le lui annoncer hier soir. Il m'avait promis qu'il comprenait. Il me l'avait promis.

« Papa. Je n'ai pas envie de chanter cette chanson.

— Ça va être nickel chrome, Am, on a toujours chanté ensemble ici, le mercredi soir. »

C'est vrai. J'ai commencé à chanter dans ce pub avec papa alors même que, assise sur un tabouret de bar, mes pieds ne touchaient pas le sol. Cela avait entraîné une longue discussion entre le gérant et papa au sujet des mineurs dans les débits de boissons. On a sûrement chanté plus de deux cents reprises, depuis – à un moment, le gérant envisageait même d'afficher notre photo derrière le comptoir. J'étais à moitié catastrophée à cette perspective, et à moitié déçue quand il ne l'a pas fait. Papa a toujours été le moteur de notre duo – il nous inscrit à des concours de karaoké, il achète des partitions pour qu'on répète, des CD pour qu'on chante avec le bon accompagnement. J'ai un boulot à mi-temps dans une agence immobilière qui me permet de travailler ma musique – papa ne me demande jamais quand je compte emménager dans mon propre logement. Il veut me garder près de lui. Maman se fâche, elle estime que je dois prendre mon indépendance mais papa lui réplique que ça me permet de répéter pour nos duos, alors elle cède systématiquement.

Et c'est plus facile. Pas de loyer à payer, des soirées à chanter avec papa, des moments à composer dans ma chambre, à écouter Laura se plaindre de son emploi de bureau routinier, la voir économiser chaque centime pour sauter le pas et déménager à Londres. « Et évidemment, toi, tu ne travailles que vingt heures par semaine. Et évidemment, maman te prépare ta boisson spéciale pour la gorge. » Une part de moi sait que la situation ne pourra pas durer éternellement. Je ne peux pas continuer à ignorer le monde extérieur, je dois être courageuse. Ces derniers temps, j'y pense de plus en plus, et hier soir, j'ai annoncé à papa que j'allais chanter toute seule. Que j'allais chanter un morceau de ma composition.

Ma paume moite se referme sur la feuille pliée et à moitié déchirée dans ma poche ; la chaleur du contact efface un peu les lettres écrites au stylo mais chaque mot est gravé dans mon cerveau, tellement j'ai répété la chanson au cours des dernières semaines. La mélodie passe en boucle dans ma tête, de l'instant où je me réveille à celui où je m'endors. L'excitation allume une étincelle en moi. Ce sera le premier soir où je testerai la réaction du public. L'espace d'une seconde, j'ai le cœur au bord des lèvres. Et voilà que papa débarque, non pas pour me soutenir comme promis, mais en portant un chapeau ridicule et en serrant un CD dans ses mains. Il traîne un deuxième tabouret sur la minuscule estrade en bois que Brian appelle avec grandiloquence « la scène », alors que ce n'est qu'une petite structure rectangulaire surélevée de quinze centimètres.

« Papa, je siffle. Sérieux, arrête ! »

Il lance un commentaire au barman et pose le tabouret sur l'estrade.

Je m'approche de lui. « Je t'ai dit que j'allais chanter un de mes morceaux, ce soir. »

Il dépose le CD dans le lecteur. « On commence par *Walk the...* »

J'élève la voix. « Je ne chanterai pas avec toi, papa ! »

Quelques regards se posent sur nous et les épaules de papa se raidissent soudain.

« Mais bien sûr que si, enfin.

— Je n'ai pas envie de continuer à chanter avec mon père dans des pubs merdiques. Je te l'ai déjà dit. Je veux être chanteuse. Une *vraie* chanteuse. J'ai enregistré un single.

— Un single ? »

Je remarque la surprise, puis la peine dans son regard. Mais, sous mes yeux, il se perche aussitôt sur un tabouret de la scène. Je ne peux pas croire qu'il ose faire ça, qu'il ignore ma demande. J'ai la tête qui tourne. Il me fait passer pour une imbécile. Certains habitués me dévisagent. Je croise les bras et je recule d'un pas délibéré parmi les clients du pub, trop fâchée pour être gênée.

Il croit vraiment que je vais céder et le rejoindre ? Papa et moi, on ne se dispute jamais – il m'arrive d'avoir quelques frictions avec maman, mais je suis la petite fille à son papa. Son portrait craché. Il n'a pas retiré le tabouret à sa droite et ce spectacle déchirant me pousse presque à m'asseoir à ses côtés. Mais je suis hors de moi et j'ai besoin qu'il entende à quel point c'est important à mes yeux. Bien qu'il m'ait toujours encouragée, je comprends désormais que ses attentes ont des limites – il veut que je reste ici, à chanter éternellement dans ce petit coin de Bristol. Moi, je veux plus que ça.

Il lève son micro alors qu'il entonne la première strophe et que la mélodie familière emplit le pub. Sa voix ne flanche pas mais il rive son regard dans le mien. Je sais combien il aime qu'on chante en duo. Il a toujours rêvé d'en faire son métier mais son père avait catégoriquement refusé que son fils unique soit chanteur. Il voulait qu'il trouve un vrai boulot, un boulot d'homme, un boulot qui ferait vivre sa famille. Alors mon père était devenu menuisier et ce n'est qu'à la mort de son père qu'il s'est remis à chanter.

Il m'y avait initiée dès que j'ai su parler et m'avait emmenée avec lui à ses petits concerts. Je l'observais, perché sur la scène, j'écoutais sa voix de crooner, je me réjouissais des applaudissements qu'il récoltait. J'étais accro à ces endroits – le doux parfum de bière, les bousculades au comptoir, les échanges enjoués. J'ai commencé à chanter avec lui, et nous sommes vite devenus célèbres dans les pubs qui nous accueillaient. À cette pensée, je me mords la lèvre. Et au même instant, sa voix déraille – est-ce qu'il a remarqué à quel point sa réaction m'a vexée ? Est-ce que ça lui importe ?

C'est alors que je le vois avec horreur écarquiller les yeux et porter les mains à sa poitrine. Le micro tombe.

Avant que mon cerveau ait eu le temps de comprendre ce qu'il se passait à quelques mètres de moi, mon père s'écroule, son corps tout entier s'effondre, les clients lâchent des cris stupéfaits en le voyant chuter. Un silence absolu règne pendant d'interminables secondes, on n'entend plus que la musique d'accompagnement, dans l'attente que mon père enchaîne. Ma gorge se serre, ma vue se trouble. Il va reprendre la chanson, d'une seconde à l'autre, il va se relever et reprendre le couplet.

Puis les gens se ruent vers lui, on crie des noms, on appelle une ambulance. Et moi, je reste plantée au milieu de la foule, totalement abasourdie. La feuille où j'ai noté les paroles de ma chanson tombe lentement tandis que les habitués du pub s'affolent autour de moi, qu'on me prend par le bras pour m'éloigner, que ma main tremble lorsqu'on me tend un verre d'eau. Je crie son nom, je demande où il est, je le cherche du regard. Et je l'aperçois, rien qu'un instant, entre les jambes des clients. Ses yeux grand ouverts et vides me fixent sans ciller. Quelqu'un se penche au-dessus de lui et le dissimule à ma vue. Papa. Mon papa.

29
FLYNN

De l'eau.

Vite, à boire.

Ouille, une porte. Qui l'a mise là ?

De l'eau.

Vite, de la lumière. Pas notre salle de bains. Hôtel.

La pièce est soudain inondée d'une lueur aveuglante. J'avance lentement vers le grand miroir sur le mur d'en face et je remarque un certain nombre de choses. Il est entouré d'ampoules qui se reflètent sur les surfaces en marbre gris. Des bouteilles miniatures sont alignées sur le rebord du lavabo, ainsi qu'un savon emballé dans un joli papier. Une silhouette me rend mon regard. Échevelée, les lèvres sèches, les vêtements débraillés. Je m'agrippe au lavabo et je me penche en avant pour poser mon front contre la vitre.

Je suis donc encore Amy.

Je ferme les yeux.

30
AMY

Flynn a dormi comme un bébé. Les bras écartés (comment peut-il prendre autant d'espace dans le lit, même dans un corps de femme ?), bouche ouverte, alors que je me suis agitée à côté de lui presque toute la nuit.

Flynn est meilleur que moi dans mon propre rôle.

À mon réveil, il n'est plus là ; mes doigts poilus serrent le drap et je comprends qu'on n'a pas regagné nos corps respectifs. Avec un sentiment d'horreur grandissante, je sens qu'il se passe un truc sous la couette. Je la soulève et je scrute d'un air de dégoût fasciné la pyramide qui se dresse entre mes jambes.

« Oh, mon Dieu », je murmure.

Je me lève d'un bond, je porte le regard vers mon bas-ventre, je me mets à faire les cent pas, comme si ça pouvait calmer le jeu.

« Oh, mon Dieu. »

Je commets l'erreur de relever la tête et j'aperçois mon reflet dans la psyché au cadre en bronze. J'y vois Flynn, les yeux vitreux, vêtu d'un slip et d'un haut maculé de boue. Je rugis malgré moi. Je rugis de peur, de panique et de tristesse.

Flynn, lui, sort en courant de la salle de bains, et ne porte que ma culotte rose pâle. « Amy, Amy, qu'est-ce qui t'arrive ? » Il écarquille les yeux et mes boucles brunes volettent de tous côtés.

Je scrute mon copain coincé dans mon corps et je pointe frénétiquement l'index vers lui. « ÇA ! ÇA ! Voilà ce qui m'arrive, Flynn. » Je me prends la tête entre les mains et je suis surprise de toucher une fois encore des cheveux courts et épais, une forme de crâne différente. « Je suis TOI. Je suis un homme. Je suis un HOMME. »

Flynn ne répond pas, ce qui m'énerve encore plus. Comment peut-il être aussi flegmatique ? Qu'est-ce qui pourrait bien le faire réagir, ce type ?

« Amy, on se détend, d'accord ?

— Comment tu peux être aussi calme ? Pourquoi tu n'es pas en train de PANIQUER ?

— Je suis en train de paniquer. C'est juste que... Je ne vois pas l'intérêt de hurler. Ça ne va pas nous aider. »

La logique agaçante de son raisonnement me donne envie de lui balancer un truc à la tête, mais je me rends compte que ce serait mal de frapper une femme. J'ai envie de rire et de pleurer et de me rouler en boule. Je choisis plutôt de m'affaler dans le fauteuil et de contempler la chambre d'un air idiot.

« OK », dit Flynn qui fait les cent pas devant moi en culotte. C'est du délire total. « Bon, on n'a pas retrouvé nos corps respectifs. Il faut donc qu'on réfléchisse à ce qu'on va faire à partir de maintenant. »

Il continue à parler, ses pieds s'enfoncent dans la moquette épaisse et beige tandis qu'il circule devant l'immense sommier à froufrous et la tête de lit en velours luxueux. Je fixe, hypnotisée, le grand tableau d'art moderne au-dessus, ses nuances éclatantes de rose et de violet. C'est une belle image fluide, les couleurs et les lignes s'entremêlent sur la toile blanche. Deux silhouettes entrelacées au point qu'on ne sait plus où finit l'une et où commence l'autre. « On pourrait se donner un coup de boule ? On pourrait aller sur Internet et faire des recherches sur... sur la foudre... »

Toute ma colère s'efface tandis que je contemple les silhouettes du tableau, comme si les deux personnes dansaient et finissaient par fusionner. Je me souviens de ce qu'on est venus faire dans cette chambre d'hôtel, le décor luxueux me rappelle combien ce week-end était censé être inoubliable.

« Ou on pourrait aussi appeler oncle Bernard. Il connaît plein de trucs, il a peut-être déjà entendu parler de ça. Il a étudié la physique à la fac, à l'époque... OU ALORS... on pourrait aussi...

— Il faut qu'on leur avoue tout », je murmure.

Il se tait et me dévisage.

« Il faut qu'on leur dise. Si jamais ce truc est irréversible, alors il faudra bien leur en parler, non ? » Ma voix est bourrue, hésitante. Je sens le lourd fardeau qui pèse sur mes épaules et ma poitrine. Est-ce que ça pourrait être irréversible ?

Flynn s'approche, s'agenouille devant moi et pose les mains sur mes cuisses, le regard rivé au mien. « Amy », il dit d'une voix tendre.

Je me rends compte que j'ai les larmes aux yeux.

« Amy, ce n'est pas irréversible. Ça ne l'est pas, d'accord ? Il faut juste qu'on comprenne ce qui s'est passé et comment revenir à la normale. Il faut garder confiance. » Il serre mes cuisses et j'acquiesce, j'aimerais tant ressentir le même optimisme que lui.

Flynn voit toujours le verre à moitié plein, là où moi, je dois souvent me rappeler qu'il y a du liquide dans le verre. Parfois, ce trait de caractère me tape sur les nerfs, sa capacité à trouver invariablement le côté positif. Mais dans la situation actuelle, c'est une bouée à laquelle me raccrocher. Il faut absolument que je le croie, me répéter que ce n'est pas irréversible, que je ne suis pas condamnée à vivre ainsi.

C'est la vitalité de Flynn qui m'a attirée vers lui ; il dégageait un profond charisme, une énergie débordante illustrée par des mouvements de mains extravagants, des rires à gorge déployée, des verres renversés et beaucoup d'humour. Après la disparition de papa, j'avais perdu mon étincelle intérieure et je me sens plus vivante depuis que je côtoie Flynn. Je bats soudain des paupières et je me rends compte qu'au fil des deux dernières semaines, j'ai dressé la liste de ce qui ne marchait pas entre nous, mais pas de ce qui fonctionnait.

Une série de petits coups frappés à la porte nous surprend tous les deux, on se raidit, puis on entend la voix de ma mère.

Pas maintenant…

« Vite, je souffle en jetant le couvre-lit en direction de mon corps à demi-nu. Sois moi. Fais-la partir. » Je plonge me cacher dans le lit pour épargner à ma mère le spectacle de l'érection matinale de Flynn.

Il pâlit en s'enveloppant du couvre-lit.

« Arrête, on dirait un vampire. Enroule-le comme une serviette de bain ! »

Il ne m'entend pas et ouvre la porte.

« Maman !

— Amy, franchement, tu as vu l'heure ? Qu'est-ce que tu… (Ma mère contemple la cape de fortune.) Euh, tu prépares un sketch ? Dépêche-toi, le minibus part dans cinq minutes…

— Le minibus ? » je répète d'une voix bourrue en m'asseyant dans le lit, prise de vertige. Ça ne peut pas déjà être l'heure de partir.

« Pas pour toi, Flynn, mon trésor, répond maman. Les garçons partiront seulement d'ici une demi-heure. Oh, et veille sur Geoffrey, s'il te plaît – il fait le fier-à-bras mais je crois qu'il n'est pas totalement rassuré. »

Cette information vient alimenter mon inquiétude. Qu'est-ce qui est prévu pour les hommes, aujourd'hui ?

Je cherche fébrilement une excuse : « Le problème, c'est que…

— C'est à toi, ça, Amy ? elle continue en ouvrant ma valise d'un grand coup. Enfile donc ça, d'accord ? » Elle brandit une robe d'été d'un beige immaculé sous le regard éberlué de Flynn. Elle secoue le vêtement à son intention. « Allez, Amy, dépêche-toi ! Non mais franchement, quelle mouche t'a piquée… »

Il accepte la robe tendue d'un geste mécanique. « Merci », il ajoute sans émotion.

Je grimace en entendant son ton robotique. Maman n'a pas l'air d'avoir remarqué.

« Ah, et n'oublie pas d'emporter ton deux-pièces ! ajoute-t-elle alors que je me lève d'un bond et entraîne Flynn dans la salle de bains pendant qu'elle retourne à la valise.

— Attends, maman… Trish, je me corrige en verrouillant la porte derrière nous. Merde, merde, merde, merde, merde », je marmonne.

Flynn s'est remis à marcher en cercle, la robe beige froissée dans sa main.

« Habille-toi », je lui dis. Je l'aide à l'enfiler. « Où est passé mon soutif ? » Je parcours la salle de bains du regard et je l'aperçois, abandonné sur le porte-serviette.

On frappe à la porte. « Mais pourquoi vous vous êtes enfermés là-dedans ? Oh, vous deux, franchement…

— Je suis aux toilettes ! » crie Flynn avec ma voix.

Je grimace et il panique en voyant mon expression.

« J'avais envie de faire caca, il ajoute et je lui gifle bras.

— Mais laisse donc sortir ce pauvre Flynn, alors! s'exclame maman tandis que je me frappe le front.

— Elle blaguait, je m'écrie. Je voulais juste qu'elle m'aide à choisir mes vêtements. » Je hausse les épaules. On n'est pas au top, niveau travail d'équipe.

J'aide Flynn à enfiler le soutien-gorge et la robe. Je ne peux m'empêcher de noter que je suis plus petite et moins rondouillette que je l'imagine souvent. Ça doit être dû à cet étrange point de vue, au fait que mes mains sont désormais plus grandes, parce que mon poids est pourtant un sujet d'inquiétude récurrent depuis des années. Cette pensée s'envole tandis que Flynn s'agite fébrilement.

« Flynn, arrête de remuer. » Dans mon nouveau corps, je peux facilement entraver ses mouvements, mais je relâche son bras dès que ma poigne semble trop puissante. Un curieux frisson me parcourt l'échine lorsque je prends conscience de ma domination physique. C'est un sentiment inédit, de considérer Flynn comme un être vulnérable, mais c'est plus fort que moi : je lisse ses boucles brunes en arrière et replace tendrement ses mèches derrière ses oreilles.

« On lui avoue tout? » murmure Flynn.

Ma mère crie : « Amy, allez, sors de là! Laura va nous étriper et enfiler nos entrailles en guise de jarretière. Il faut vraiment qu'on y aille. »

Elle frappe encore une fois, puis on entend des bruits de pas. « Oh, tiens, Laura. Tout va bien... Amy allait justement sortir! »

On écarquille les yeux en entendant Laura circuler dans notre chambre. « Allez, Amy.

— J'arrive! lance Flynn d'une voix étranglée. J'y vais? » il chuchote d'un ton paniqué.

La salle de bains tangue autour de moi et je ferme les yeux. « Je… Je… » Je ne sais pas quoi faire. Impossible de réfléchir. J'essaie de respirer profondément. « OK, c'est trop tard pour prendre une décision, alors on s'arrange pour survivre à la matinée. Ne dis rien, d'accord ? Essaie d'imiter mon comportement habituel. »

Il acquiesce. « OK. Et c'est quoi, ton comportement habituel ?

— AMY ! hurle Laura de l'autre côté de la porte. Allez, grouille-toi !

— Flynn, tu connais très bien mon comportement habituel. Sois détendu, fais comme si Laura était ta sœur, tu vois. Appelle-la par des petits surnoms, écoute-la… Je te demande simplement… d'être moi.

— D'être toi », il répète, lèvres tremblantes. Je me radoucis devant son air inquiet.

« AMY ! »

Je m'apprête à déverrouiller la porte en répondant : « Elle arrive. »

J'adresse un hochement de tête à Flynn.

« J'ARRIVE, TÊTE DE NŒUD ! » il beugle.

Je fronce les sourcils.

« C'est un petit surnom ! il souffle, paniqué.

— Essaie de prendre un autre ton. Là on dirait que tu rêves de lui arracher la tête.

— J'ARRIVE, tête de NŒUD ! »

Je grimace de nouveau, puis je reprends une expression neutre. « Bon, laisse tomber les surnoms. »

J'ouvre la porte et je vois Laura qui s'en va. « On se retrouve en bas, elle crie par-dessus son épaule.

— Amy, il faut qu'on y aille maintenant », dit maman.

Flynn m'adresse un hochement de tête, le visage encore plus pâle qu'avant. Il quitte la salle de bains et réajuste la robe d'un geste gêné tandis que ma mère annonce : « Parfait. Et Amy, j'ai pris ton deux-pièces! »

Flynn affiche un sourire nerveux. « J'ai trop hâte, il couine. Maman! Mamounette! » Et avant de lui emboîter le pas dans le couloir, il m'attrape par le bras. « Hé, attends. C'est quoi, un deux-pièces? »

Oh merde.

31
FLYNN

Je me hâte à côté de Trish sur la moquette rouge du couloir de l'hôtel, sous les lustres scintillants. On aurait besoin de plus de temps avec Amy pour réfléchir à la suite. Elle me dit d'adopter son comportement habituel mais je ne suis pas sûr d'en être capable – qu'est-ce qu'elle entend par là, exactement ? Je songe à mes quelques connaissances en matière d'immobilier et de musique, et je me demande si ça suffira.

Je me rends compte aussi que j'ai oublié mon portable – il n'y a jamais assez de poches dans les vêtements féminins, ce qui est particulièrement agaçant. Je dois prendre des nouvelles de Karim et de Bex – je ne devrais pas les laisser se dépêtrer seuls avec les magiciens absents et les clients furieux, même si je suis en pleine tempête personnelle.

« Amy, ma chérie, est-ce que tout va bien entre Flynn et toi ? Vous aviez l'air un peu tendus. »

Je serre les dents et je cherche une réponse. Changer de corps, ça a tendance à créer pas mal de tensions, oui.

« Flynn est si adorable, tu ris avec lui comme tu riais avec ton père. Il te fait beaucoup de bien. »

Je me sens un peu requinqué par sa remarque, je redresse les épaules. « C'est très gentil, Trish. »

Elle me décoche un regard bizarre. « Mais je t'en prie, Amy, elle répond en insistant bien sur mon prénom. Je suis heureuse. Je suis heureuse qu'il soit à tes côtés au cas où… »

Elle laisse sa phrase en suspens, le visage soudain plus grave. « Bref, je suis juste heureuse. » Trish n'a pas l'air dans son assiette. Elle m'attrape le bras et se serre contre moi.

« Je t'aime, Amy. »

Je me raidis dans son étreinte et j'ai la langue pâteuse. J'essaie de réagir naturellement. Pourquoi j'ai tellement de mal à la laisser m'enlacer? « Merci », je réponds d'un ton guindé.

Heureusement, Trish ne relève rien. « Allons-y, on va se faire bichonner! »

J'acquiesce avec un sourire, soulagé, et je savoure le plaisir de marcher en rythme tout contre elle. Je n'ai pas l'habitude de ce contact intime et complice, et ça me plaît. On longe le couloir jusqu'à la cage d'escalier rutilante aux courbes élégantes qui mène au rez-de-chaussée.

Le visage inquiet de Laura se lève vers nous, ainsi que ceux d'un groupe d'invitées qu'Amy reconnaîtrait sans aucun doute. Un peu à l'écart, j'aperçois une femme que je connais, pour le coup, une femme qui n'aurait jamais dû se trouver ici.

Je croise son regard alors que je descends d'un pas maladroit, heureux que Trish s'accroche à moi et me soutienne. Elle a noué ses cheveux blonds en queue-de-cheval et la lumière caresse sa peau lisse. Elle m'adresse un curieux sourire en coin que je ne lui rends pas. L'angoisse me saisit. Je ne peux pas gérer tout ça aujourd'hui.

« La voilà! » chantonne Trish.

Laura me jette un coup d'œil agacé. « Kia, préviens le chauffeur du minibus qu'on est *enfin* au complet. »

J'ai un vague souvenir d'avoir entendu Amy me dire que Kia était leur cousine. Elle me décoche un regard glacial avant de sortir en hâte.

« Salut, les filles ! » je lance d'une voix enjouée. Sois joyeux, Flynn, sois amusant, intègre-toi au groupe ! Que t'a demandé Amy ? D'être détendu ! D'employer des petits surnoms ! Non, surtout pas de surnoms !

« Vive toi, ma sœur, Laura ! » je dis à Laura qui me toise, perplexe.

Le sang me bat les tempes, chaque élément scintillant du vestibule se réfléchit douloureusement dans mes yeux. Derrière moi, au-delà de deux larges portes en chêne ouvertes, j'aperçois les garçons d'honneur qui se prélassent au buffet du petit déjeuner, la table déborde de cafetières à moitié pleines, de plateaux de croissants, de pâtisseries et de fruits frais. Un délicieux arôme de café et de pain chaud flotte dans l'air et mon estomac gargouille.

« Je peux aller chercher quelque chose au buffet avant le départ ? » je demande, l'air de rien, en me dirigeant vers la porte.

Laura croise les bras. « Si tu étais descendue à l'heure convenue, Amy… »

Je contemple la table d'un regard languissant. Jay me voit et m'adresse un clin d'œil. Son geste me déstabilise. Jay et moi, on n'échange jamais de clin d'œil. Je fronce les sourcils et je sens monter une migraine. Bien évidemment, le clin d'œil ne m'est pas destiné. Il est pour Amy. Je cille des deux yeux et il arque les sourcils. La journée va être longue.

En désordre, les femmes s'engouffrent avec leurs gros sacs en toile par la portière coulissante du minibus qui attend au point mort dans l'allée. Tanya s'attarde, fait mine de rattacher son lacet qui me semble parfaitement noué, et je détourne le regard lorsqu'elle me frôle en passant. Je me cale dans un siège du fond, content que Trish soit montée juste derrière moi. J'ai la nette impression que Tanya cherche à attirer mon attention.

J'éprouve une vague de chaleur dans le ventre. Laisse Amy tranquille, je pense soudain avec colère.

Je ferme les yeux dans l'espoir d'apaiser les pulsations qui me martèlent les tempes avec insistance et je m'appuie contre la vitre. Au centre de la cour, des jets d'eau jaillissent toujours de la fontaine en direction du ciel désormais bleu clair ; l'orage de la veille est déjà de l'histoire ancienne, la journée s'annonce radieuse.

« C'est parti ! » déclare Trish en me serrant la cuisse sous le tissu beige de ma robe. Je sursaute et me redresse. Trish ne m'avait encore jamais touché la cuisse.

Je sens que ça va être bizarre, aujourd'hui.

Puisque je ne peux plus communiquer avec Amy, je vais devoir réfléchir longuement avant de parler, rester sur mes gardes, alerte. Me comporter comme elle. Comprendre enfin ce qu'elles appellent un « deux-pièces » avant d'atteindre notre destination mystère.

Je peux m'en sortir. Quoi qu'il se passe aujourd'hui. Je dois m'en sortir.

32
AMY

J'ai envie de faire pipi et je me suis retenue aussi longtemps que possible. Je m'assieds en hâte sur la cuvette et je fais comme si tout était normal, j'essaie de fredonner une chanson. Ne baisse pas les yeux, Amy, tu n'es pas obligée de regarder.

Je ne vais pas pouvoir me cacher dans cette chambre indéfiniment, je le sais bien, mais je compte tenter le coup. La baignoire aux pieds de lion et aux lignes courbes serait l'endroit idéal pour me noyer. Je n'ai jamais été à l'aise dans l'eau. L'été dernier, Flynn a voulu m'initier au surf, ce qui n'a pas été très concluant. Il glissait sur chaque nouvelle vague d'un air ravi, quand moi, je buvais une bonne tasse d'eau salée et je me prenais la planche dans le nez.

Ce souvenir en appelle d'autres, tous ces week-ends passés avec Flynn. Nos escapades semblent avoir le don de nous rapprocher. Se balader sur la plage, partager des frites fumantes dans des cornets en papier journal, se prélasser sur la moquette en écoutant de la musique sur sa chaîne Hi-Fi pendant qu'il interrompt sans arrêt ma lecture. Il me fait rire comme personne et, pendant ces week-ends, je me délecte de son plaisir enfantin à savourer les plaisirs du quotidien, de son obsession à profiter de l'instant présent. Je sais pourtant que je ne peux pas vivre éternellement dans cette bulle – ce n'est pas la réalité. Ce ne sont que des week-ends.

Les garçons d'honneur sont encore dans le restaurant quand j'arrive dans mes vêtements propres.

« Flynn ! s'écrie Jay avec un salut de la main depuis sa chaise. Je t'ai gardé un sandwich au bacon. On va bientôt partir.

— Alors, Amy a apprécié son petit bain de minuit dans le lac ? » demande Eddie en me fixant de ses yeux bleus froids et moqueurs.

Plusieurs éclats de rire bruyants me donnent la chair de poule. Même Jay s'esclaffe, ce qui m'agace.

« Elle ne s'est pas blessée, merci de t'en inquiéter, je lance d'un ton sec.

— Amy m'a l'air d'une nana qui sait s'amuser », enchaîne Eddie avant de m'adresser un hochement de tête entendu, comme s'il me connaissait parfaitement. Ce qui n'est pas le cas.

« Je ne suis pas… Enfin… (Je me racle la gorge.) Je ne suis pas sûr qu'Amy se décrirait dans ces termes-là. »

Je lisse mon T-shirt kaki d'un air pincé.

« Oh, c'est toi qui as dû la dompter et l'assagir, me rétorque Eddie. Depuis quand t'es devenu un bourreau des cœurs, Flynny ? » Il me fait un clin d'œil qui me tire une grimace.

Malgré son ton plaisantin, son regard est glacial ; je me demande si Flynn et lui se sont vraiment appréciés pendant leur adolescence, ou si je ne suis pas en train d'assister à ces prétendues « taquineries » qui servent de prétextes aux hommes pour cacher leurs véritables sentiments.

« Arrête, Eddie. Amy est réglo », lance Jay, et j'éprouve une vague de reconnaissance. Jay le pense-t-il sincèrement ? Je contemple ses allures impeccables, sa montre luxueuse, ses lunettes de soleil de marque. Je ne me suis jamais résolue à lui faire entièrement confiance et j'ai de bonnes raisons pour ça. Mais du coup je me demande si je ne l'ai pas mal jugé.

Un aboiement retentit soudain et Reggie s'élance vers moi en traînant sa laisse dans son sillage. À la porte, Geoffrey, mon beau-père, regarde fixement sa main vide.

« Je crois que mon épaule ne sera plus jamais comme avant. » Il fait un pas en avant et s'éponge le front avec une serviette en tissu abandonnée sur la table du petit déjeuner. Une miette de croissant reste collée à son front.

Reggie bondit sur moi et me tire un couinement de panique. Une seconde plus tard, le voilà qui recule, se tapit au sol, rive son regard sur moi et retrousse ses babines en laissant échapper un long grognement.

C'est plus fort que moi ; je recule, je percute la table, les mains levées devant moi, et je lâche un nouveau cri haut perché. Dans la salle, les hommes se taisent et nous observent, Reggie et moi. Le chien est plaqué au sol et s'apprête à me bondir dessus.

« Jay, retiens-le, fais quelque chose ! je couine. Couché, chien-chien ! Couchéééééé ! »

Eddie éclate de rire et m'imite :

« Couchéééééé ! »

Jay se penche en avant et saisit le chien par le collier. « Tout va bien, mon gros, tout va bien. Rafe ne vient pas avec nous, il doit rester joignable en permanence par ses employés de la City. Il pourra s'occuper de Reggie pendant ce temps-là. » Le gars en question scrute son portable et réagit à peine alors que Jay lui amène le chien. « Je ne suis même pas sûr qu'un chien serait content d'aller là où on va », s'esclaffe Jay en confiant la laisse à Rafe, impassible, qui ne décroche pas les yeux de son téléphone. Mes épaules se détendent légèrement, je suis au moins libérée de cette contrainte.

Je me rends compte que je n'ai jamais demandé à Laura ce qu'avaient prévu les garçons d'honneur pendant qu'on profiterait de notre matinée de détente entre filles. Je ne connais pas trop les amis de Jay mais, une chose est sûre, je n'ai pas grand-chose en commun avec eux. Ils doivent tous gagner des millions, posséder un yacht et trois maisons.

« On va où, déjà ? je demande, sur les talons de Jay alors que notre groupe traverse le vestibule et descend les marches en pierre de l'hôtel.

— Ben, vers la côte, si j'en crois le nom de notre activité », se moque Eddie en ouvrant la portière du minibus.

Je plisse le nez. « C'est quoi le nom de notre activité ?

— Du canyoning côtier », il dit en détachant chaque syllabe.

J'ai une vague idée de ce que ça peut être.

« Le moniteur nous retrouve là-bas », explique Jay qui baisse ses lunettes de soleil sur son nez et suit Eddie dans le minibus.

Une décharge d'appréhension me fait sursauter et je répète : « Le moniteur ?

— Pour sauter de la falaise ! On ne va pas faire ça sans supervision. Je veux pouvoir marcher jusqu'à l'autel le jour de mon mariage.

— Sauter de la f… » Mes orteils se figent sur le marchepied du minibus. « Vous savez quoi… j'ajoute en regardant l'hôtel par-dessus mon épaule, je crois que je vais, euh… » Ma voix faiblit.

« Allez, Flynn. » Jay maintient la portière ouverte. Je déglutis. Je ne peux pas vendre la mèche.

« T'as peur, mon petit Flynny ? » lâche Eddie en bouclant sa ceinture.

Je monte dans le minibus, la gorge serrée.

« Ça va, mon pote ? » demande Jay. Il m'assène un coup de poing dans le bras alors que je prends place à ses côtés.

« Ouille ! Je, je, euh… Je ne me sens pas très bien dans ma peau, aujourd'hui », je parviens à articuler d'une petite voix.

33
FLYNN

On nous dépose devant un grand bâtiment en bois aux immenses baies vitrées. Des carillons tintent doucement dans le vent tandis qu'on avance vers les marches du perron où une femme blonde en tunique noire nous attend, pieds nus, paumes jointes en guise de salut.

« Bienvenue au Moreton Hall Spa. Nous sommes heureux de vous accueillir pour votre “Expérience sensorielle”. »

Elle s'incline et sa longue tresse glisse sur son épaule.

Un spa. La dernière fois que je suis allé dans un spa, Amy m'a dit que je la stressais. Je ne m'étais pas rendu compte que je pianotais sur mes accoudoirs à un rythme soutenu et agaçant. C'est que je préfère m'activer, je n'aime pas rester assis à lire ou à réfléchir.

On entre derrière la femme et j'essaie de paraître aussi enthousiaste que les autres. J'entends beaucoup de petits cris extatiques devant les tongs aux motifs dorés qu'on nous distribue. On me confie une énorme pile de serviettes moelleuses, un peignoir aussi doux et léger qu'un nuage, puis on m'invite à suivre le troupeau. Derrière sa pile de serviettes, Laura semble aux anges, ce qui est parfait. Je ne dois pas oublier la mission qu'Amy m'a confiée : m'assurer que Laura passe un merveilleux moment.

« Allez, toutes au spa ! » je lance avec un grand sourire.

Dans un coin, Trish passe deux fois plus de temps que les autres à remplir le questionnaire médical. À mon approche, j'ai l'impression qu'elle se dépêche de plier la feuille, mais c'est peut-être juste mon imagination.

Le vestiaire dégage un parfum de vanille, des vases d'où sortent des bâtonnets parfumés sont posés sur chaque surface plane et de petites enceintes diffusent des mélodies à la flûte de pan.

Je m'attarde longtemps devant la porte des vestiaires pour femmes, puis Trish apparaît derrière moi. « Allez, viens ma chérie. Tout va bien ?

— Oui, très bien ! je réponds en ravalant un cri de panique quand j'entre après elle dans la pièce. Tu parles que je vais bien ! »

Tanya est la première à s'être changée. Elle porte un bikini et elle sort de son sac une bouteille de prosecco comme une magicienne malicieuse. « Ce qui se passe entre les demoiselles d'honneur reste entre les demoiselles d'honneur. »

Elle déclenche quelques rires haut perchés parmi les femmes qui se déshabillent.

Je reste figé, je dirige mon regard vers le plafond, vers les spots de lumière tamisée, le haut des casiers, l'alarme incendie – tandis qu'elles retirent toutes leurs vêtements autour de moi.

J'entre dans une cabine à l'angle du vestiaire et je brandis le fameux « deux-pièces », qui s'avère un assemblage complexe de tissu et de lanières.

« Tu es prête, Amy ? demande Trish devant la porte.

— Oh, oui, on est prêtes, moi et ma poitrine ! »

Je lâche un éclat de rire étrange et je ferme les yeux.

On se détend, Flynn, sois normal.

J'émerge de la cabine, mal à l'aise, inquiet de sentir des lanières et du tissu se glisser dans chaque interstice de ce corps. Je tire le bas du maillot tandis que j'enroule une serviette autour de mon cou comme une cape. Laura me décoche un regard noir. Elle a noué la sienne autour de sa poitrine et je comprends que je dois l'imiter.

« J'ai tellement hâte ! elle dit.

— Moi aussi, je couine en la suivant hors du vestiaire. *Girl power* ! »

Allez, Flynn. Tout va bien. Tu es Amy. Tu vas y arriver. Ce n'est qu'un groupe de femmes qui partagent un moment de détente. Ne fais pas ton rabat-joie.

Voûté et gêné, je débouche dans l'espace extérieur. Personne ne regarde dans ma direction. Je contemple l'endroit, avec ses jacuzzis chauffés au feu de bois, ses douches à ciel ouvert, ses immenses baignoires remplies de décoctions de plantes.

Les filles ont toutes l'air de s'amuser : elles se complimentent sur leurs tatouages respectifs et la couleur de leurs ongles d'orteils, des éclats de rire explosent partout. Si je ne me sentais pas comme un poisson hors de l'eau, je pourrais apprécier le côté reposant des lieux. On n'entend personne se faire appeler Gras-du-Bide, se faire claquer les fesses à coups de serviette ni se moquer d'un tatouage merdique.

Il flotte un parfum de lavande et de chlore. La femme blonde nous explique les différents endroits du jardin.

« Vous terminerez votre expérience là-bas, près du foyer, les pieds nus dans une bassine en cuivre d'eau tiède. Vous aurez le temps de vous focaliser sur votre corps et ses liens renouvelés avec la Terre, vous méditerez tandis qu'on vous enveloppera dans des couvertures et qu'on vous servira une tisane. Ce sera l'occasion de vous recentrer sur l'instant présent. »

Six rondins de bois sont installés autour d'une structure qui ressemble à une grande parabole satellite remplie de braises. Elles luisent d'un halo orange et emplissent l'air d'une odeur de charbon. Les effluves me rappellent les feux de joie aux célébrations annuelles de la Bonfire Night et, gêné, je sens la tristesse déferler en moi. Le mois d'octobre, c'est toujours le plus difficile pour moi, depuis quelques années. *Ça suffit, Flynn, ne commence pas.* Je ne peux m'empêcher de jeter un coup d'œil à Tanya, qui semble concentrée comme si elle s'apprêtait à passer l'examen du « Spa en extérieur ».

Ça me fait un choc de la voir ici, et pas seulement parce qu'elle est à moitié nue. Je pensais ne jamais la recroiser, et le temps défile soudain devant mes yeux, se brouille. J'ai l'impression que c'était il y a une éternité et tous mes souvenirs d'elle me reviennent brutalement.

Elle lève les yeux vers moi et je tressaille lorsqu'elle m'adresse un sourire doux. Je ne peux pas le lui rendre. Je tourne les talons dans mes tongs dorées et je m'éloigne.

34
FLYNN

Cinq ans plus tôt

Tanya est assise dans le couloir quand je frappe à sa porte. C'est étrange car je l'aperçois à l'intérieur, à travers le verre fumé, adossée au mur, jambes allongées, mais elle ne réagit pas, même quand j'appuie sur la sonnette. Je lui téléphone, je vois sa silhouette remuer, soulever quelque chose, le scruter, le reposer par terre. Je la rappelle. Elle répète son geste, sauf que cette fois elle appuie sur une touche et je tombe directement sur son répondeur. Je fronce les sourcils, je me penche en avant, je soulève le battant de la boîte aux lettres au milieu de sa porte et je prononce son nom.

« Putain ! » elle s'exclame avant de se relever en hâte.

Je fronce davantage les sourcils. Que s'est-il passé ? Ce n'est pas du tout comme ça que j'imaginais les choses. Elle ne savait même pas que je passerais ce soir.

Elle met une éternité à ouvrir la porte, le suspense me rend plus nerveux encore. Je sais ce que j'ai à faire, juste entrer et sortir ; rompre le plus proprement possible. C'est mieux pour tout le monde si je fais ça vite, sans m'attarder, en lui promettant de rester amis. On est ensemble depuis presque un an ; je ne veux pas d'un anniversaire de couple qui me rappelle les raisons de mettre un terme à cette relation. On n'est pas fait l'un pour l'autre.

Elle vient de pleurer.

C'est une mauvaise nouvelle, car j'ai la quasi-certitude que mon discours, répété sur le chemin jusqu'ici, va lui tirer des larmes. Donc je vais faire pleurer une personne qui vient déjà de pleurer, et j'ai l'impression d'être encore plus minable.

Elle doit pourtant savoir que ça nous pendait au nez. Ça fait plusieurs semaines qu'on se parle à peine. Elle a ignoré la plupart de mes messages, elle filtre mes appels, elle a annulé notre soirée d'aujourd'hui à la dernière minute en me sortant une excuse ridicule (qu'elle s'était blessée au pied à la salle de sport, plus tôt dans la journée).

Elle attend que la décision vienne de moi, je crois.

Et j'ai beau rêver d'une relation de couple stable, j'ai beau détester l'idée de me retrouver seul, une fois encore, je sais que Tanya n'est pas la bonne personne. Pas celle que j'ai attendue toute ma vie. Les souvenirs que j'ai de ce genre d'amour sont fugaces, mais je me rappelle papa, la façon dont il nous enlaçait, ma mère et moi, la façon dont il la regardait. Les sentiments que j'éprouve alors sont intenses et réels, et mon corps tout entier rêve de trouver la personne qui me permettra de ressentir ça. C'est rare, je le sais. Maman n'a jamais connu ça avec Patrick, malgré leurs simulacres tape-à-l'œil : les longues vacances, le renouvellement des vœux de mariage, l'enthousiasme excessif des discours aux fêtes d'anniversaire. Il suffisait à papa de poser la main dans le creux de son dos pour qu'elle s'appuie contre lui, comme irrésistiblement attirée.

Je sais donc que je dois en passer par là : je dois rompre avec elle. Elle est jolie et mes amis la trouvent amusante. Elle est amusante, c'est vrai. Ses insécurités sont touchantes. Je la comprends, moi aussi j'ai besoin d'être rassuré, mais je ne le réclame jamais à voix haute. Elle n'est pas certaine de connaître sa place dans ce monde, et moi, je suis déjà à moitié perdu. Plus que tout, je refuse de passer ma vie avec une femme qui se transforme pour me plaire, ou pour plaire à mes amis ; je ne peux pas être en couple avec une menteuse, même si ce sont de petits mensonges, des mensonges inoffensifs. Je ne peux pas être en couple avec un autre moi-même. « On est en retard à cause de la circulation » (il n'y avait pas d'embouteillage, on s'est juste disputés avant de partir et elle a dû prendre le temps de se remaquiller), « Mais si, je t'avais dit que j'étais sortie avec lui ! » (deux minutes après m'avoir juré qu'elle n'avait jamais vu ce type de sa vie), « J'adore les films d'action » (lors de notre premier rendez-vous ! Elle déteste les films d'action). Elle ne sait jamais sur quel pied danser, et moi non plus. Ses vérités semblent bâties sur des sables mouvants et c'est trop instable pour moi.

Je veux une femme qui ait des opinions solides et tranchées. Qui sait qui elle est. Je saurai la reconnaître quand je la croiserai.

« Comment va ton pied ? » J'ai pu me tromper, et elle pleure peut-être parce qu'elle a vraiment mal au pied. J'éprouve une pointe de culpabilité. « C'est douloureux ? »

Tanya me dévisage comme si j'avais deux têtes, puis elle se souvient clairement de ce qu'elle m'a raconté. J'ajoute ça à la liste de ses nombreux petits mensonges. Elle m'affirmera qu'il n'y a pas eu mort d'homme, que c'était toujours mieux que de m'avouer qu'elle n'était pas d'humeur à me voir, mais ça vient renforcer ma détermination.

« Il fallait que je te voie », j'annonce après avoir pris une profonde inspiration.

Elle jette un nouveau coup d'œil à son téléphone et je fronce les sourcils, je me demande un instant ce qui a pu provoquer cette brève expression étrange sur son visage.

Elle a réellement l'air bouleversée.

« Je… » Je m'interromps aussitôt, j'ai conscience de ne pas pouvoir faire ça ce soir. Ce serait cruel. Peut-être que je ne pleure jamais, mais je déteste voir les autres souffrir. Je ne lui demande pas ce qui ne va pas, car ce n'est pas mon point fort. Je cherche plutôt comment détendre l'atmosphère, la distraire.

Elle me prend de court quand elle annonce, sans croiser mon regard, d'une voix si basse que je l'entends à peine : « Je suis enceinte.

— Bon, allez, on va se déten… Hein ? »

Ma phrase se termine en un couinement brusque.

« Je suis enceinte. »

Je bats des paupières. Deux fois, trois fois. La porte est toujours ouverte et une rafale de vent froid nous enveloppe ; elle se referme en claquant et je sursaute.

Putain de merde.

Toutes les pensées que j'essayais de mettre en ordre pendant mon trajet en métro s'éparpillent soudain. Les idées qui s'entrechoquent et se superposent habituellement dans mon cerveau sont réduites au silence par cette phrase simple. Trois mots.

Qui viennent tout changer.

Quelques heures plus tôt, j'étais sûr de moi, je savais ce que j'allais faire et pourquoi. À présent, tout est chamboulé.

Tanya va porter mon bébé. Je ne listerai pas tout ce qui nous rend incompatibles, je ne vais pas me débiner. Tanya est enceinte et, en cet instant, tout le reste s'efface. Tout le reste me paraît surmontable. Parce qu'il n'y a pas le choix. Tanya est enceinte, et moi, je n'irai nulle part, je resterai à ses côtés.

Je redresse les épaules alors qu'elle se met à sangloter, le corps tourné vers moi. Je fais un pas en avant pour la consoler.

« Hé, tout va bien. Tout va bien. C'est une bonne nouvelle, une très bonne nouvelle. »

Sa poitrine se soulève.

« Hé, viens là, viens là. Arrête, tout va bien. »

Elle comble la distance entre nous.

Un bébé.

Je jette un coup d'œil dans le miroir du couloir, je serre son corps contre le mien, et j'éprouve une curieuse décharge de sentiments. L'espace d'une seconde, j'ai l'impression que mon propre père me rend mon regard. Puis il disparaît. Et je reste seul.

Ce bébé-là connaîtra son père. Ce bébé sera couvert d'amour.

« Chuuut. C'est une bonne nouvelle. »

35
AMY

Je suis au bord d'une falaise dans une combinaison en néoprène et j'ai envie de vomir. Le vent s'affole et notre moniteur, Scott, nous explique dans son fort accent du Devon ce que l'avenir nous réserve. Je n'arrive même pas à être déconcentrée par sa combinaison roulée jusqu'à la taille qui dévoile ses tablettes de chocolat.

Les gars échangent des claques dans le dos et des bourrades taquines alors qu'on s'apprête à sauter dans l'eau. C'est difficile de comprendre ce qu'ils éprouvent tous sincèrement – certains doivent avoir peur aussi, non ? Avec sa carrure de rugbyman, Eddie affiche des muscles saillants sous sa combinaison. Jay a retiré ses lunettes de soleil, qu'il semble porter en extérieur comme en intérieur. Geoffrey, livide et engoncé dans sa combinaison trop petite d'où pend encore l'étiquette du magasin, fait mine d'être motivé. En contrebas, la mer agitée s'écrase contre les rochers. Il n'est pas dans son élément. Il se sent plus à l'aise dans un tricot de corps, ses lunettes perchées sur son crâne tandis qu'il lit des catalogues de semences potagères. Il n'est pas courageux – il lui a fallu quatre ans après la mort de papa pour inviter maman, alors qu'il travaillait comme prof à mi-temps dans la même école qu'elle. Je lui adresse un sourire tremblotant et il hoche la tête.

« Bon, ça va être amusant », il déclare en déglutissant lorsqu'il tend le cou et regarde en bas de la falaise.

Je tire sur mon gilet de sauvetage obligatoire qui ne m'apporte aucun réconfort depuis que Scott m'a fait signer un document où je m'engageais à ne pas intenter de poursuites judiciaires en cas de décès.

Je fais un pas en avant. « Alors, Geoffrey, tu es inquiet, toi aussi ?

— Oui, Flynn, fiston, oui. Enfin, non, on est venus pour s'amuser, hein, rien que pour s'amuser. »

Il pâlit davantage à chaque seconde qui s'écoule.

C'est donc ainsi que se comportent les hommes ? Ils font croire qu'ils vont bien quand ils sont clairement terrifiés ? Est-ce qu'il y en a un parmi eux au moins qui a envie de sauter de cette falaise, ou bien le font-ils pour prouver quelque chose à une entité abstraite qu'ils ont créée dans leur esprit : le « Mâle authentique » ? J'ai l'intuition que Geoffrey pourrait devenir mon allié dans cette histoire : on pourrait renoncer ensemble.

Jay et Eddie s'élancent en poussant des cris joyeux et, horrifiée, je vois Geoffrey les suivre avant que j'aie eu le temps de le convaincre du contraire.

« Soyons des hommes ! » il hurle avant de disparaître dans les flots.

J'ai la chair de poule. Le vent me fouette et me rapproche du précipice, où les gars crient et s'éclaboussent dans l'eau en contrebas. Je n'aurais jamais parié que Geoffrey serait capable de se jeter d'une falaise. Je m'interroge un instant sur tout ce que j'ignore à son sujet.

« Je ne peux pas », je décrète en secouant la tête, bras croisés tandis que Scott s'approche, son visage incroyablement bronzé fendu d'un large sourire.

« Mais si tu peux, mon pote.

— Je... Je ne suis pas ce genre de mec. Toi, tu es le genre de mec à sauter. À t'écouter, je dirais même que tu es le genre de mec à porter des shorts en hiver, mais moi, je suis plus un homme d'intérieur... »

Il interrompt mes balbutiements en posant la main sur mon bras. Sa poigne est ferme et je me tais aussitôt. « Tu t'appelles Flynn, c'est ça ? »

J'acquiesce bêtement et je retiens un cri lorsqu'une nouvelle rafale me secoue et agite les hautes herbes qui chatouillent mes pieds nus.

« Tu veux qu'on le fasse ensemble, Flynn ? » il propose. Il a des pattes d'oie quand il sourit. Même pétrie d'inquiétude, je ne peux m'empêcher de remarquer à quel point il est canon.

« Nan. Nan, je préfère ne pas le faire du tout. Même avec toi. Enfin, c'est sympa de ta part de le proposer. J'imagine qu'en temps normal, les gens sont toujours partants pour... faire des trucs avec toi... »

Il se fige un instant avant de rejeter la tête en arrière et d'éclater de rire. « D'accord, mon pote, tu sais quoi ? On va faire ce premier saut à deux, et quand tu seras dans l'eau, on trouvera une solution pour la suite. T'es d'ac ?

— Non, pas trop. »

Il guide mon corps réticent au bord du précipice, j'ai un goût de sel sur les lèvres. La lumière du jour ternit lorsqu'un nuage cache le soleil.

« Trois, deux, un... et... » Scott m'entraîne avec lui et on chute vers le néant.

Je tournoie puis je sens un choc monstrueux avant d'être submergée d'eau de mer. Les cris et les acclamations sont étouffés, je me débats et me tortille dans l'eau, enveloppée par l'obscurité. Je bats des pieds pour remonter à la surface, je crache de l'eau salée, je jure et j'aspire l'air à grandes goulées, je bats des paupières, surprise. Les cris enthousiastes d'encouragement me remontent le moral, c'est vrai, et je nage en regardant le visage des hommes aux yeux brillants et aux joues rouges. Je ne peux m'empêcher d'éprouver de la fierté.

La chevelure épaisse de Scott est aplatie sur son crâne. « Allez, les gars, on continue. »

Une heure plus tard, mon nouveau corps est éreinté et on s'arrête dans une grotte : un lieu sombre aux parois couvertes d'algues, d'où tombent des gouttelettes. On a escaladé, on a rampé, on a nagé autour de gros rochers tandis que les vagues nous giflaient. On a sauté d'une falaise, de plusieurs rochers, on est hors d'haleine et on regarde Scott nous montrer un dernier passage sous la surface.

« Ne renonce pas, Flynn, mon pote, il m'encourage.

— Non, c'est bon, très peu pour moi ! Je vais rester ici et attendre les secours. »

Scott rejette sa magnifique tête mouillée en arrière et rit.

Il n'y a plus que lui et moi dans la grotte, et j'ai juste envie de m'asseoir sur un rocher plat et de pleurer au milieu des berniques. Je songe avec fureur à Flynn qui se prélasse en ce moment même dans un spa de luxe. Pourquoi les hommes n'ont-ils jamais envie de se détendre dans un jacuzzi ou un sauna ?

Cet imbécile de Scott trop sexy finit par me traîner dans le tunnel sous-marin et les autres me dévisagent lorsque j'émerge derrière lui en me bouchant le nez. Seul Geoffrey affiche un sourire compatissant.

De retour au bâtiment d'accueil en bois, on enfile tous des serviettes à capuche et on sirote du café chaud dans des tasses thermos logotées. Grâce à la caféine, à la chaleur de la boisson, à la serviette autour de ma tête mouillée et de mes oreilles frigorifiées, j'arrive à me détendre, surtout en sachant que j'ai accompli un exploit sans y perdre la vie. À contrecœur, je dois bien admettre que c'était agréable de me sentir courageuse.

Scott lève sa tasse à mon intention. « Flynn, mon pote, tu t'es bien débrouillé, très bien débrouillé. »

Je l'apprécie bien plus, maintenant. Je n'ai même plus du tout envie de lui intenter un procès.

« Merci, je réponds, rayonnante. Je n'aurais jamais réussi sans toi. Tu es un moniteur au top, tellement patient et attentif. Merci b… »

Plusieurs gars me dévisagent.

Scott se met à rougir et quand il sourit, je remarque une minuscule entaille dans son incisive. « C'est toi qui as fait tous les efforts, mon pote.

— Bon, allez, on repart avant que vous vous rouliez des pelles, tous les deux », crie Eddie qui s'éloigne vers le minibus.

Tout le monde bavarde tandis qu'on grimpe à bord et qu'on s'installe. Soulagée de pouvoir bientôt retrouver Flynn et me reposer, je boucle ma ceinture et j'écoute d'une oreille distraite les bavardages autour de moi.

« Et toi, Eddie ? C'est du long terme ? Tanya a l'air sympa, dit un des hommes.

— Et canon », aboie un autre mec depuis la banquette avant.

Je me fige. Tanya. Ce n'est pas un nom courant. Mais c'est impossible.

Et tout à coup, une pièce du puzzle se met en place. La fille d'hier soir, elle me disait quelque chose. Je l'avais cherchée sur les réseaux sociaux, il y a quelque temps – évidemment.

Mais Flynn m'en aurait forcément parlé, non ? Même malgré tous nos problèmes, il m'en aurait parlé.

« Ouais, elle est géniale. » Eddie me regarde en prononçant ces mots. Puis il se tourne sur son siège et affiche un petit sourire mauvais. « J'espère que ce n'est pas trop bizarre pour toi, Flynn, j'allais en parler sur le groupe WhatsApp, puis après j'ai pensé que ça ne te dérangerait pas… »

Je sens tous les regards braqués sur moi. Geoffrey gratte le plancher du bout de sa chaussure dans le silence qui s'éternise.

« Non, non, je réponds. Ce n'est pas bizarre du tout. »

Le moteur démarre et le minibus tremble. J'ai la nausée.

« On a toujours eu les mêmes goûts en matière de femmes. Tu te souviens de Penelope Harkness ? Canon, elle aussi », lâche Eddie avant de rire, la tête rejetée en arrière.

Je l'entends à peine, une série de questions bouillonne en moi. Avant de pouvoir me retenir, certaines m'échappent. « C'est super. Alors, comment ça se passe entre vous ? Elle va bien ? Elle t'a expliqué pourquoi elle avait rompu avec Fl… – pfiou – rompu avec moi ? C'était sérieux ? Moi j'avais l'impression que c'était sérieux.

— Tu lui fais subir un interrogatoire, mec ? s'esclaffe Jay en baissant ses lunettes de soleil pour me regarder.

— Ha ha ! j'aboie trop fort. (Les autres mecs n'osent même plus me regarder.) Désolé, non, je voulais juste… Ouah, Tanya, ça remonte, cette histoire, ça remonte à longtemps. Super. J'ai hâte de la voir et de prendre de ses nouvelles…

— Ça ne te dérange pas, alors ? continue Eddie avec un sourire en coin. Tu n'y vois aucun inconvénient ?

— Ça ne me dérange pas. » Je déglutis, inquiète de constater que les mots ne sortent pas. « Pas du tout… mec », j'ajoute en m'efforçant d'avoir l'air naturelle, normale. Sans donner l'impression que mon univers s'écroule. « C'est impec. »

Tanya. La fameuse Tanya.

« Impec. » J'adresse un sourire crispé à Eddie qui se retourne sur son siège.

Tanya ! Mais c'est quoi ce bordel, là ?

36
FLYNN

Je me sens étrangement fourbe d'être un homme au milieu d'un groupe exclusivement féminin, et j'ai passé les trois quarts du temps dans le hammam pour éviter tout le monde. Je suis quand même obligé de faire des pauses et de boire beaucoup d'eau, mais à mesure que les heures passent, je commence à me convaincre que je vais pouvoir survivre à cette épreuve et faire honneur à Amy.

Les conversations entremêlées que j'ai pu entendre de loin jusqu'à maintenant sont animées et rapides : parents malades, copains merdiques, poils de menton rebelles, connards de supérieurs hiérarchiques qui se tiennent toujours trop près. Certains éléments sont profondément intimes et je suis fasciné d'écouter les réactions des autres femmes. Aucune moquerie, ni commentaires déplacés, ni blagues douteuses. Si ma vie avait été différente et que j'avais eu des amies filles dans ma jeunesse, je me demande ce que j'aurais partagé avec elles.

Mon cœur se serre en voyant deux personnes entrer dans la cabine – Laura et Tanya. À en croire leurs rires, le courant passe entre elles.

« J'allais sortir et…

— Am, je te cherchais partout ! Reste avec nous ! s'écrie Laura. Tanya me parlait de sa nouvelle appli de muscu qui va sortir, *PushIt*…

— On dirait un nom de MST. »

Laura se tait et je me gifle intérieurement. Amy ne m'a donné qu'une seule mission et je dois faire de mon mieux.

« Oui, c'est un peu vrai, admet Tanya. Alors, Amy, c'est la première fois que tu es demoiselle d'honneur ? »

J'aperçois tout juste les yeux de Tanya à travers la vapeur.

« Ouaip », je réponds machinalement. Même sa voix réveille je ne sais quoi en moi, me chatouille la peau.

« Mais non, corrige Laura qui agite la main dans ma direction. On a déjà été deux fois demoiselles d'honneur ensemble.

— Oui. À part ces deux fois-là, effectivement. » J'aurais dû sortir de la cabine quand j'en avais encore le temps.

« Ton discours d'hier soir était touchant, à propos de ton père, ajoute Tanya, la tête inclinée sur le côté. Je suis vraiment désolée, Laura, pour votre perte.

— Merci, lui rétorque Laura avec un sourire reconnaissant. C'est gentil à elle, hein, Amy ? »

Elle attend de moi que je dise quelque chose d'aimable, je le sais. Je suis censé dire quelque chose d'aimable. S'il y a bien un truc que j'ai appris ce matin, c'est que les femmes échangent des propos aimables dans ces moments-là. J'ouvre la bouche, mais quatre années de tristesse et de rage douloureuse viennent entraver ma langue.

« Très. »

Laura adresse un sourire gêné à Tanya.

« Fait trop chaud ici », je me hâte d'ajouter. Je me lève et j'ouvre la porte, la peau dégoulinante de sueur. Le sourire de Laura s'efface, je sais que je ne me montre pas amical du tout mais c'est impossible ; je ne peux pas bavarder normalement avec Tanya, comme si rien ne s'était jamais passé. Je ne peux pas faire semblant.

Tout le plaisir que j'éprouvais à écouter les bavardages des filles a disparu. Leurs conversations sont désormais agaçantes, leurs rires trop aigus. Je reste caché à claquer des dents derrière un gigantesque pot en pierre, à attendre que vienne l'heure du retour à l'hôtel. Si je reste ici, elles m'oublieront peut-être et « Aïe ! »

Quelqu'un s'est faufilé derrière moi et vient de me pincer le coude.

C'est Laura.

« Amy, qu'est-ce que tu fabriques ?

— Je... Je... » Je regarde autour de moi, en quête d'une explication. « Je furète », j'ajoute d'un ton lamentable en arrachant une tige qui ressemble (ou pas) à une mauvaise herbe dans le pot de fleurs.

« Qu'est-ce qui t'arrive ? Arrête d'être bizarre et désagréable, intègre-toi avec les autres. » Son ton se radoucit. « Je comprends que tu puisses être intimidée ou... »

Intimidée ? C'est ce que Laura s'imagine ? Amy se moque ouvertement des endroits comme ça et des gens qui les fréquentent, elle leur fait la leçon sur la pollution et le gâchis, sur le prix d'un abonnement mensuel qui pourrait financer l'apport en eau d'un village africain tout entier.

« Mais tu viens d'être hyper impolie avec Tanya, c'était vraiment la honte. »

Je parle sans réfléchir. « C'est une connasse », je déclare d'un ton renfrogné en regrettant presque aussitôt mes paroles. Ta gueule, Flynn.

Trop tard, la douceur de Laura disparaît et son visage se transforme en un masque furieux. « Tu viens à peine de la rencontrer, sérieusement. C'est la copine du témoin de Jay. Pourquoi tu dis ça ?

— Elle dégage un truc pas net. »

Laura lève les yeux au ciel. « Oh, super, tu vas faire genre que tu t'es déjà fait une opinion sur une personne parce qu'elle a grandi dans une grande maison ou qu'elle était inscrite dans une école de bourges ? Tu ne la connais pas, Amy.

— Je ne fais jamais ça. » Et je repense à Amy, je la revois lever les yeux au ciel dès que j'évoque mes années à l'internat en école privée, s'empresser de préciser qu'elle était inscrite dans une immense école publique et qu'elle a réussi sans l'aide de personne.

« Elle est juste… elle est… Je… » Comment vais-je pouvoir me sortir de cette impasse ? « Elle est juste… On dirait le genre de fille qui cause des problèmes. »

Laura prend une profonde inspiration et me dévisage. « Bon, écoute Amy, je ne sais pas ce qui cloche chez toi en ce moment et j'essaie de ne pas être désagréable parce que je t'aime. Tu penses que Jay est un gros bourge, que ses amis sont horribles, je le sais. Mais honnêtement, si tu acceptais de donner une chance aux autres et… » Elle prend une autre inspiration et se frotte les yeux. « Je me suis dit que tu voudrais te rattraper après hier soir, mais j'ai l'impression que tu t'en fous complètement.

— Mais non, mais non, je proteste en sentant mes entrailles se nouer d'inquiétude.

— Alors comporte-toi comme si ça t'intéressait. S'il te plaît. Fais-le pour moi. »

Oh, mon Dieu, je ne veux pas tout faire foirer, c'est important pour Amy. Il faut que je redresse la barre. « Je suis désolée, je dis d'un air sincère. Je suis vraiment désolée, je vais faire plus attention. »

Laura pince les lèvres et la tristesse quitte un instant son visage. « D'accord, elle dit en m'enfonçant l'index dans les côtes avec un petit sourire. Hé, tu savais que maman envisageait de se faire tatouer ? Une colombe sur la clavicule.

— C'est toujours mieux qu'un cœur avec Geoffrey écrit dedans, non ? » Je reçois son rire comme une récompense. C'est cette Laura-là que je connais, la sœur d'Amy avec un rire franc et un regard doux. Je n'ai pas le droit de merder.

De retour dans la cabine du hammam, je m'oblige même à rire quand Tanya blague et affirme que c'est beaucoup mieux que le nuage de vapeur quotidien de son lave-vaisselle.

« … et cette vapeur est censée stimuler la fertilité, taquine Trish en riant. Je dis ça comme ça, Laura.

— Maman, je ne suis même pas encore mariée !

— Je blague ! Je blague ! »

Mes muscles se crispent.

« Je ferais mieux de sortir vite, alors », déclare Tanya.

Je relève brusquement la tête, choqué par ses propos qui me nouent les tripes.

À travers la vapeur, je sens le regard de Tanya rivé sur moi et je ferme les yeux de toutes mes forces. Je voudrais être partout ailleurs qu'ici.

Ça stimule la fertilité.

Et pour la première fois, j'éprouve une terreur viscérale à l'idée que ce week-end fasse tout basculer.

Et que je ne puisse rien faire pour empêcher le désastre.

37
AMY

Tanya ?

Je n'arrive pas à me concentrer sur le trajet du retour. Le minibus s'arrête pour laisser descendre Eddie qui s'engouffre dans un pub et en ressort avec un plateau de shots. Il oblige tous les passagers à jouer au « jeu de l'eau » (chacun choisit un verre qui contient soit un alcool blanc soit de l'eau). Il rencontre d'abord un peu de résistance – un type prénommé Pete affirme qu'il est totalement sobre, mais personne ne lui demande pourquoi ni ne semble s'en inquiéter, on lui ordonne juste d'arrêter de faire sa chochotte et de boire. Je le regarde avaler le liquide à petites gorgées et je regrette qu'il y soit contraint.

J'ai l'impression d'avoir un temps de retard pour tout, je ris avec quelques secondes de décalage. Ça fait une éternité que je tiens mon verre sans bouger. « Je déteste la sambuca », je marmonne.

Seul Geoffrey semble remarquer quelque chose. Il fronce ses sourcils gris broussailleux en reposant son verre sur le plateau (de la tequila).

« Donne, Flynn », il murmure en me prenant discrètement le mien des mains avant de l'avaler cul sec. Il grimace. « De la sambuca ! » il toussote, avant de le rendre sans que personne n'ait rien remarqué.

J'arque les sourcils et articule un merci silencieux. Je n'ai jamais passé beaucoup de temps avec Geoffrey. J'ai beau vouloir le bonheur de ma mère, je pense que j'ai parfois de la peine à admettre que Geoffrey la rend heureuse. Je lui adresse un sourire, reconnaissante de ce petit acte de gentillesse.

Mon cerveau vibre de questions que je voudrais poser à Eddie mais je sais que j'ai affiché un comportement étrange et imprévisible jusqu'à présent, je dois cesser d'attirer l'attention. Si j'en crois les dernières heures, je comprends pourquoi Flynn ne me raconte presque rien. Les conversations entre eux s'aventurent rarement sur le terrain personnel.

Tanya est l'ex de Flynn. Ça, je le sais. Mais il ne parle jamais d'elle, il agite la main pour écarter mes questions, ou il rétorque qu'il préfère se concentrer sur le présent. Je ne suis pas franchement du genre à manquer d'assurance, j'ai confiance en Flynn, mais son visage change toujours pendant une milliseconde avant qu'il ne m'adresse un sourire ou un haussement d'épaules, des gestes qui me laissent à penser qu'il cache quelque chose de bien plus grave. Tanya est comme un immense point d'interrogation, une des raisons qui me donnent l'impression frustrante qu'un fossé se creuse peu à peu entre Flynn et moi. Pourquoi veut-il qu'on emménage ensemble, si c'est pour garder ses distances ?

Et le fait qu'elle soit présente au mariage me déroute. Hier soir, je croyais que Flynn était simplement bouleversé par l'échange de nos corps et qu'il contemplait un couple au hasard. Je comprends désormais qu'il l'a reconnue. Et qu'il s'est bien gardé de me le dire.

C'est lui qui a rompu, je le sais, donc je me rassure en me répétant que la décision venait de lui. Mais il ne m'a pas clairement expliqué pourquoi. Flynn n'est presque pas sur les réseaux sociaux donc je n'ai pu glaner que quelques rares informations : Tanya adore *Danse avec les stars*, elle estime que *Peep Show* est la meilleure série télé de tous les temps, elle ne s'habille jamais en noir, elle déteste les transports en commun. Je me fustige d'avoir gardé en mémoire tous ces détails, de leur donner de la valeur. Mais Flynn n'a pas pris la peine de remplir les pointillés.

Et voilà qu'elle est sur la liste des invités du week-end. Et que Flynn s'est muré dans sa coquille de silence. Je vais peut-être pouvoir en apprendre davantage, comprendre Flynn et son passé. C'est peut-être le côté positif de toute cette histoire.

Ma curiosité supplante soudain mon envie de fuir. Si je suis dans le corps de Flynn, alors bien sûr que je vais pouvoir en apprendre davantage. S'il n'évoque jamais son passé, Tanya le fera peut-être. Ça ne signifie pas que je n'ai pas confiance en lui, je m'empresse de penser.

Mais à mesure qu'on cahote sur les étroites routes de campagne, qu'on longe des champs constellés de moutons et de bottes de foin, une petite voix me chuchote : *Pourquoi ne t'a-t-il pas parlé d'elle, hier soir? Pourquoi ne pas t'avoir simplement annoncé qu'elle était là, pourquoi ne pas avoir fait les présentations?*

Ces pensées alimentent ma curiosité. Il n'y a aucun mal à chercher des réponses.

38
FLYNN

Je dois convaincre Amy de partir. Tout de suite. Je souhaite que la paix fragile avec Laura dure et je me cale sans bruit dans un coin du minibus sur le trajet du retour. J'ai juste à trouver Amy et à la persuader de partir. Les enjeux sont devenus trop grands et notre mystérieux échange de corps n'a pas l'air d'être réversible.

Je jette un coup d'œil à Tanya devant moi dans le minibus : je ne laisserai rien ni personne détruire mon couple.

On roule sur les graviers de l'allée circulaire devant l'hôtel et je m'agite nerveusement, prêt à sortir en trombe. Rester ici me paraît dangereux. Mon plan d'action est tombé à l'eau, mais c'est ma relation tout entière qui risque d'y passer, si on reste.

Je suis le premier à descendre. « Amy, tu vas où ? s'écrie Laura dans mon dos.

— Il faut absolument que je voie Flynn.

— Mais j'ai besoin d'aide pour… »

La demande de Laura reste en suspens derrière moi tandis que je me précipite dans le vestibule, mes cheveux humides et mes boucles collées à ma nuque par l'huile épaisse.

Je gravis les marches et longe le couloir. Laissez-moi sortir d'ici.

La chambre est déserte, Amy n'est pas rentrée. Je suis gagné par la panique à l'idée qu'elle se soit blessée, j'espère qu'elle n'a pas pris de risques. Je peste une fois encore sur le tour qu'ont pris les événements.

J'ai toujours été plus à l'aise en compagnie des hommes – une école pour garçons, des sports en équipes masculines, pas de sœur. Je n'ai jamais vraiment fréquenté de filles ou de femmes, pas au point de développer des amitiés profondes, et j'avais toujours entendu dire qu'entre elles les femmes étaient chiantes et médisantes, que les hommes se parlaient plus franchement. Au spa, j'ai pu saisir au vol une large gamme de conversations, j'ai décelé une solidarité au sein d'un groupe très disparate et je me demande maintenant si ce n'est pas plutôt ça, la vérité.

Je jette un coup d'œil à mon reflet dans le miroir, qui me rappelle que je suis Amy. Mû par un accès de rage, je donne un coup furieux dans le pied du lit et je me cogne le gros orteil – enfin, l'orteil d'Amy.

« Putain de merde », je lance en ouvrant mon sac de voyage pour ranger mes affaires. Je trouve mon portable, la batterie totalement à plat, et je le mets en charge. Aussitôt rallumé, il tinte à mesure que les messages se déversent. Je dois tous les lire ; j'espère que Karim et Bex vont bien. Le travail me semble tellement loin d'ici mais j'éprouve cette panique familière qui me rend responsable d'eux, je me dois de veiller sur eux, ou ils risqueraient de démissionner.

C'est alors que mon regard se pose sur le compartiment latéral de mon sac. Je ne peux pas m'empêcher d'en sortir le petit écrin cubique qui s'y cache.

Je m'affale au pied du lit et je scrute le diamant qui scintille, plein d'espoir. Le reste de l'anneau est parsemé de pierres minuscules. Elles reflètent la lumière des fenêtres et dessinent des arcs-en-ciel qui dansent sur le mur beige face à moi. Je voulais me lancer tête baissée dans le mariage, avoir des enfants, me caser.

On frappe à la porte et, sans réfléchir, je me lève, je traverse la chambre en pensant de justesse à fermer l'écrin et à le cacher dans mon poing fermé.

C'est Tanya, les joues roses et fraîches, ses cheveux blonds ondulés qui lui tombent en cascade sur les épaules comme une sirène. Elle porte une robe légère bleu pâle qu'elle avait achetée pendant un de nos week-ends dans le Devon. Ce souvenir me rend un instant muet.

« Salut, Amy, désolée, je sais que c'est un peu bizarre de débarquer comme ça. Les gars ne sont pas encore rentrés alors je me demandais si on pouvait en profiter pour discuter un peu. »

Elle prend mon silence choqué pour une invitation et entre dans la chambre. Sans un mot, je ferme la porte derrière elle.

« Oh, quelle belle vue ! Nous, on est de l'autre côté, on donne sur le kiosque. C'est magnifique. Le lac est tellement sublime… »

Je ne m'étais pas retrouvé dans la même pièce que Tanya depuis cet horrible jour. À l'époque où j'avais l'impression que tout se mettait en place, que l'avenir était radieux.

Elle est encadrée par l'immense fenêtre, elle joue avec une mèche de cheveux et l'image me renvoie malgré moi dans le passé.

« Bon, c'est un peu gênant, mais j'ai cru sentir que tu ne m'appréciais pas beaucoup et… (elle lève la main en parlant plus vite) je comprendrais totalement que Flynn ait pu te parler de moi, et que c'est pour cette raison que tu ne m'aimes pas. »

Je croise les bras et je relève le menton d'un air de défi, le poil déjà hérissé. « Ne te flatte pas trop, Tanya. Flynn ne m'a rien dit du tout. »

Elle semble se recroqueviller et j'essaie de tempérer mes propos, de penser comme Amy. Il est absurde d'imaginer que Tanya puisse déceler ce qui nous arrive, avec Amy, mais je ne tiens pas à engendrer davantage de problèmes.

Le simple fait de la revoir fait déferler en moi des sentiments que je croyais avoir enterrés il y a longtemps. Mon ventre se serre alors que je contemple son visage familier. Elle se mordille la lèvre, signe qu'elle est nerveuse. C'était inutile de rouvrir le couvercle de cette boîte à souvenirs. S'il leur arrive de ressurgir, je fais toujours la même chose – je verrouille la boîte un peu plus fermement dans mon esprit et je me concentre sur l'instant présent.

La voir ici me fait cependant vaciller. C'est plus fort que moi, je me fustige intérieurement mais je ne peux contenir la question, j'ai très envie de savoir mais j'aurais préféré qu'elle ne soit pas là pour réveiller ces pensées.

« Comment va Charlie ? » je lâche brusquement. Je ne voulais pas que ma voix paraisse aussi fragile. Je voudrais ravaler ma question. Je ne veux pas savoir, je ne veux pas penser à tout ça.

Elle arque les sourcils. « Ah, donc Flynn t'en a quand même parlé. »

J'acquiesce brièvement et la douleur avale ma réponse. « Rien qu'un peu », je murmure en repensant à ce que j'avais éprouvé en les voyant ensemble, en apprenant la vérité.

Le visage de Tanya se détend. « Charlie va très bien, ouais, merci. Bon, alors, avant le retour de Flynn... (Elle revient à ce qui l'intéresse, typique de Tanya.) Je voulais juste m'assurer qu'il ne m'avait pas fait passer pour une salope. Parce que je n'avais rien prévu de tout ça et j'étais convaincue qu'il me trompait !

— Il ne te trompait pas », je lâche d'un ton glacial. Mon désespoir laisse rapidement place à la colère. Puis je me rends compte que cette situation pourrait apporter une solution à mon problème. « Écoute, Tanya. Je te serais reconnaissante de ne pas adresser la parole à Flynn ce week-end, si ça ne te dérange pas. Mieux vaut ne pas remuer le passé, d'accord ?

— Si tu veux, elle répond en jouant de nouveau avec une mèche de cheveux.

— Très bien », je réponds, heureux que le problème soit résolu et qu'elle puisse enfin quitter la chambre. Je ne veux pas la croiser ce week-end plus que de nécessaire. « Bon, merci d'être venue discuter », je m'oblige à ajouter. Je veux qu'elle s'en aille, qu'elle cesse de me remettre en mémoire les pires instants de ma vie.

« Oui, pas de problème, euh... Merci à toi de m'avoir écoutée. Je suis rassurée que Flynn n'ait pas peint un horrible portrait de moi. C'est un mec bien. » Et ses mots me blessent. Si j'étais si bien que ça, pourquoi les choses se sont-elles passées comme ça ?

« Oui, t'inquiète », je dis d'un ton sec en la guidant vers la porte. Son parfum familier me donne envie de la prendre dans mes bras avant de la jeter dans le couloir. J'ouvre la porte et je cille tandis que le parfum s'échappe.

« Et j'espère que tu es heureuse avec lui, elle ajoute sur le palier en scrutant mon visage.

— Très heureuse, oui. Vraiment très heureuse », j'insiste, mâchoire serrée.

Tanya recule dans le couloir et mes muscles se détendent. J'entends un bruit sur ma droite qui me fait tourner la tête. J'aperçois Amy à l'autre bout du couloir, qui regarde Tanya quitter la chambre.

« Flynn », salue Tanya tandis qu'elle passe devant Amy avant de me jeter un coup d'œil par-dessus son épaule.

Amy acquiesce en réponse, l'air éberlué. Puis elle pose le regard sur moi, debout sur le seuil. Je sens les bords de l'écrin s'enfoncer dans la chair de mon poing serré, un rappel physique de tout ce que j'ai à perdre. J'essaie de sourire, de paraître détendu, d'empêcher Tanya d'envahir mes pensées. Mais je ne peux contenir cette soudaine envie de courir après elle, de lui demander plus de détails. Mon cœur s'est de nouveau fêlé – je n'étais peut-être pas aussi guéri que je le croyais, finalement.

39
AMY

Quand j'entre dans la chambre, Flynn est en train de balancer des affaires sur le lit, avec sa robe beige en désordre et ses cheveux longs dégoulinants. C'est la tempête dans mon cerveau, une flopée de questions s'y entrechoquent à toute vitesse. Tanya est-elle venue parler à Flynn ou à moi ? Que faisait-elle ici ?

« Elle voulait quoi ? »

Flynn ignore ma question et zippe la fermeture de sa trousse de toilette. Je sais parfaitement qu'il m'a entendue.

« Flynn ? »

Il refuse de croiser mon regard. « Écoute, Amy, tu l'as dit toi-même hier soir, c'est de la folie. Il faut qu'on parte d'ici. »

Qu'est-ce qu'il me cache ? Je suis habituée à l'entendre détourner la conversation – il écarte toujours habilement les questions à son sujet – mais je n'ai jamais eu à me méfier de lui. « Pourquoi elle était ici ?

— Et il faut que je téléphone à Bex et à Karim, ou plutôt que tu te fasses passer pour moi. Ils m'ont envoyé des messages mais je veux les avoir au téléphone, je veux savoir comment se passent les événements prévus aujourd'hui…

— Flynn, arrête de changer de sujet…

— Je ne change pas de sujet… C'est pour le boulot.

— Arrête de parler de boulot ! »

Il me répond d'un ton calme mais je remarque le mouvement nerveux de ses doigts : « Tu peux parler, toi, ce n'est pas ton travail. Je n'aurais jamais dû les laisser gérer ce week-end sans moi. »

Je me frotte les yeux de mes deux poings. « Flynn... je murmure en essayant de tempérer ma voix. Qu'est-ce que Tanya faisait ici ? »

Il marque une pause et il détourne tellement les yeux que c'en est presque comique.

« Elle voulait... emprunter un truc.

— Quoi ?

— Un... un peu de lait. Ils n'en ont plus. »

Je lève les mains au ciel. « Tu mens. »

Il ne réfute pas.

« Pourquoi tu me mens ? Tu veux partir à cause d'elle ? »

Son regard se pose frénétiquement sur chaque recoin de la pièce et confirme mes soupçons. « Non ! Je pense juste que ce serait une bonne idée d'aller consulter un médecin. On pourrait aller à l'hôpital, demander à être examinés. Ils ont peut-être déjà eu des cas similaires. Il y a peut-être même des spécialistes de ce genre de problème ?

— Flynn, on ne peut pas s'en aller. Plus maintenant. »

L'ennui, c'est qu'il ne s'agit plus seulement de Laura. J'ai ressenti un changement, une curiosité inédite. Cette expérience dans un corps différent est folle et terrifiante, mais si je dois rester coincée dans le corps de Flynn, alors je peux au moins en profiter pour comprendre certaines choses. « De quoi elle voulait me parler ? je l'interroge.

— Qui ça ? il marmonne comme s'il ne savait pas.

— Comment ça, *qui* ? Tanya, ton ex, l'ex dont tu n'as jamais mentionné la présence au mariage de ma sœur. Ton ex, blonde, mince et hyper canon. Ton ex, qui vient de quitter notre chambre.

— Elle est en couple avec Eddie. Et ce n'est pas d'elle qu'il est question, il ajoute d'un ton ferme en lançant sa trousse sur la pile d'affaires.

— Bien sûr que si, c'est d'...

— Non, pas du tout! » il hurle.

Je bats rapidement des paupières. Flynn se met rarement en colère. Je peux compter les occurrences sur les doigts de ma main. Quand un homme m'avait engueulée en pleine rue à cause de notre poubelle de recyclage, et quand un videur m'avait traitée de salope. Mais ce n'est jamais contre moi. Même le jour où j'ai cassé son ordinateur portable en renversant une tasse de thé sur le clavier, il n'a pas crié.

Il se passe la main dans les cheveux, un geste typique de Flynn, mais ses doigts s'emmêlent dans mes cheveux. « Ouille. Je pense juste qu'on devrait aller se faire examiner par un médecin », il conclut, avant de traîner ma valise jusqu'au lit et d'y ranger nos affaires.

Ma frustration déborde soudain.

« On ne peut pas partir, je dis d'une voix forte, et je me mets à sortir les affaires à l'instant où il les dépose.

— Arrête, il proteste en reposant la brosse à cheveux dans la valise.

— Toi, arrête, je rétorque en sortant la brosse.

— Amy, arrête!

— Non, toi, arrête! » Je fais un pas en avant et je surplombe Flynn de toute ma hauteur. Il tressaille lorsqu'il lève les yeux vers moi. Cette inversion me déstabilise, ce sentiment de domination physique m'est absolument inconnu. Je recule, surprise, le souffle court.

Laura ne frappe pas à la porte, ou bien notre dispute était si bruyante qu'on ne l'a pas entendue entrer. Elle est soudain là, au milieu de la chambre, et elle nous dévisage d'un regard noir.

« Amy, pourquoi tu es descendue aussi vite du minibus et… » Elle s'interrompt lorsqu'elle remarque Flynn en train de préparer les valises. « Amy, qu'est-ce que tu fais ?

— Il faut qu'on s'en aille », il répond en replaçant sa trousse de toilette dans le sac.

Laura fait un bond. « Amy, c'est une blague ? Parce qu'elle n'est franchement pas drôle.

— Ce n'est pas une blague », lui rétorque Flynn. Il s'assied sur le sac plein à craquer pour le fermer, ses jambes écartées dévoilent ma culotte blanche.

Un vent de panique souffle immédiatement. C'est la goutte d'eau : Laura était déjà agacée, et maintenant son visage s'affaisse.

« Am, tu es sérieuse ? S'il te plaît. Ne pars pas, s'il te plaît…

— On ne va pas partir, Laura, je lui promets. Fly… Amy traverse une… elle a… » Pourquoi je n'arrive pas à trouver un mensonge facile ? Qu'est-ce que je pourrais bien dire ? « On ne va pas partir, je répète. On ne te lâcherait jamais comme ça le week-end de ton mariage – pas vrai, Amy ? » Je prends un ton d'avertissement.

Flynn est assis sur le sac et affiche une expression maussade. Laura attend. Puis elle s'essuie le visage où dégoulinent des larmes de colère. « Amy, je ne sais pas ce qui t'arrive ni pourquoi tu choisis spécifiquement ce week-end pour laisser éclater tes drames personnels, mais il faut vraiment que tu arrêtes de faire ta grosse conne d'égoïste. Tu sais très bien que j'ai besoin de toi ici. Je veux juste que tout se passe bien, que Jay et sa mère soient satisfaits, alors… alors… »

Elle s'empoigne les cheveux d'un geste désespéré et une crevasse s'ouvre soudain en moi. Je déteste voir Laura dans cet état, j'ai tellement l'habitude de son sang-froid, de son calme, de ses regards sévères et de ses conseils de sœur aînée. Elle a l'air si triste et à bout de nerfs.

Je fais un pas en avant et pose une main gigantesque sur son épaule. « Hé, tout va bien. On est venus pour t'aider, je lui dis en arquant un sourcil à l'intention de Flynn.

— Flynn. » Elle repousse ma main d'un haussement d'épaule et parvient à peine à dissimuler son air dégoûté. « Ce n'est pas à toi de résoudre la situation. C'est entre Amy et moi. »

Je laisse retomber ma main sur mon flanc.

« Oui, mais… Amy ne comptait pas partir pour de bon, elle parlait de partir… bientôt, pour la répétition du *flashmob.* »

Flynn relève brusquement la tête, les yeux écarquillés.

Laura le toise d'un air soupçonneux puis elle renifle. « Amy… c'est vrai ? »

Le visage de Flynn est un mélange confus d'émotions, ses lèvres tremblent mais il parvient à lui répondre d'un léger hochement de tête.

« Bon, d'accord, dit Laura qui tourne les talons pour quitter la chambre. D'accord. J'ai besoin de toi, Amy.

— Elle sera à tes côtés », je m'écrie dans son dos lorsqu'elle franchit le seuil.

Flynn se lève presque aussitôt et bafouille : « Je ne peux pas, Amy. Je ne vais pas y arriver. »

Son angoisse me chamboule. Flynn ne se laisse jamais aller comme ça, et son changement de comportement m'alarme. Je n'ai pas l'habitude qu'il me demande quoi que ce soit ni qu'il s'agite nerveusement. J'ai beau m'interroger sur les causes exactes de son inquiétude, il me fait tout de même de la peine.

Pour la première fois du week-end, j'ai tellement envie de faire en sorte que tout fonctionne. J'écarte un moment mes autres sentiments. « Si on parvient à travailler en équipe, on peut s'en sortir », je le rassure.

L'expression maussade sur son visage – sur *mon* visage – ne change pas. Est-ce parce que je suis dans son corps que j'éprouve son enthousiasme et son énergie ? « Allez ! On va s'entraider. Je vais t'apprendre la chorégraphie et tu m'apprendras... »

Il lève les yeux vers moi : « L'équivalent de neuf ans de leçons privées de tennis ?

— Bon, on réfléchira à ça plus tard. Viens. » Je lui tends la main et je me surprends une fois encore à pouvoir le tirer facilement d'un seul coup, d'une simple contraction du biceps. « On peut y arriver.

— Tu crois ?

— Absolument », j'acquiesce d'un air déterminé.

L'espoir hésitant qui flotte sur son visage me fait prendre conscience qu'il demande rarement de l'aide, et que je lui en propose rarement. Cet imperceptible changement de comportement est-il lié à l'échange de nos corps ? Est-ce que je perçois sa vulnérabilité depuis qu'il est plus petit que moi ? Que je suis plus grande que lui ? Est-ce que ça pourrait être aussi simple ?

Il s'approche et je lui adresse une révérence comique, une main tendue.

« Accordez-moi cette danse », je dis en l'attirant à moi, hilare devant son expression surprise. C'est toujours lui qui détend l'atmosphère entre nous, toujours lui qui m'aide à relativiser. Le changement est agréable.

Pendant une incroyable seconde, on se retrouve comme avant. Flynn et Amy. Amy et Flynn. Les soirées dans mon appart de Clifton, la musique qui s'échappe à plein volume des enceintes, les morceaux de musique aléatoires, Flynn qui m'agrippe par la main, qui me fait danser sur le tapis, qui frôle le canapé et me fait tournoyer d'un air théâtral. Si ma journée a été épuisante – un compromis immobilier qui tombe à l'eau, une vente en cascade qui n'aboutit pas, un propriétaire pénible ou une visite désagréable –, tout se dissipe sous mon plafond mansardé en compagnie de cet adorable labrador géant en forme d'être humain qui est aussi mon meilleur ami.

Mais sous ses airs désordonnés, il est attentionné, il fait systématiquement la vaisselle si j'ai préparé le repas, il m'apporte une tasse de thé avec ce quart de sucre improbable que j'aime ajouter. Il semble toujours déborder d'énergie, il rebondit sur ses talons dès qu'il téléphone. Ces derniers temps, je me suis focalisée sur mes inquiétudes, sur l'idée qu'il n'était peut-être qu'un simple mec marrant parmi tant d'autres, sans plus. Mais alors que je lui tiens la main et qu'il me sourit, je me souviens de tous ces moments incroyables passés avec lui.

Je l'observe, la langue tirée entre les dents, concentré à effectuer correctement chaque pas de danse, et j'éprouve une vague d'amour pour mon petit ami coincé dans mon corps, qui s'efforce d'apprendre une chorégraphie compliquée.

Il lève les yeux vers moi, soudain gêné, alors qu'il tente de faire une vague avec ses bras, sans grand succès. « Je m'y prends mal ? » Son inquiétude est évidente mais il se donne à fond.

« Tu t'en sors très bien », je réponds. Ses épaules et l'expression de son visage se détendent, et mon cœur gonfle d'amour pour lui.

Il peut y arriver. On peut y arriver.

40
FLYNN

J'ai les nerfs à fleur de peau quand je descends, vêtu d'une longue robe verte avec des froufrous qu'Amy m'a demandé d'enfiler. Je peux y arriver, je me répète. Je veux y arriver. Pour Amy. Tout part en vrille ce week-end, mais cette danse est ma bouée de sauvetage. Il y a eu comme une révélation, dans notre chambre, une façon nouvelle d'être ensemble, et j'ai éprouvé un soulagement certain quand Amy a pris le contrôle du week-end. C'est agréable de ne pas porter tout seul le fardeau de l'inquiétude.

La salle de bal est caverneuse et des voix de femmes rebondissent sur le parquet ciré lorsque j'ouvre le lourd battant de la double porte. D'imposants lustres scintillent au plafond et le papier peint à fleurs miroite chaque fois qu'un rayon de soleil s'immisce par les immenses baies vitrées. Des têtes se tournent à mon approche. Je me redresse et je me répète les encouragements prodigués par Amy quand j'ai quitté la chambre, quelques minutes plus tôt.

J'en suis capable.

« Amy ! lance Laura. Tu passes au premier rang avec moi. Bon… » Elle claque des mains et saisit son téléphone où elle sélectionne une chanson.

Les autres filles attendent en deux rangées et je vais me poster au milieu à côté de Laura. Surpris, je constate que Tanya est au deuxième rang. Qu'est-ce qu'elle fait ici ? Elle a rencontré Laura il y a quelques secondes à peine, et elle participe à sa danse ? J'ai dû la regarder de travers parce qu'elle me sourit et m'explique, comme si elle avait lu dans mes pensées : « Salut ! Laura avait besoin d'un peu plus de monde. »

Sa présence me déstabilise et à l'instant où Laura se glisse à mes côtés, je loupe les notes d'ouvertures de *Don't Stop Believin.* La chorégraphie qu'Amy vient juste de m'apprendre. Laura et Amy doivent initier le *flashmob* ensemble, de manière coordonnée.

Elle pousse un soupir agacé et court remettre la chanson au début.

« Désolée », je dis en me tassant à son retour. Elle m'adresse un sourire crispé.

Cette fois je me débrouille mieux, mais ça va trop vite et j'ai du mal à me déplacer avec tout ce tissu. Je fourre un pan de ma robe dans ma culotte, comme un filet de pêche qui pend, et je recommence. Je suis en nage et j'ai conscience d'être incapable de remuer ce corps avec autant d'aisance qu'Amy. Mes mouvements sont raides et saccadés, Laura ne cesse de me décocher des regards en coin qui me font rater encore plus les enchaînements. Plus je panique, et plus la chorégraphie se mélange dans ma tête.

« Amy – on peut recommencer si tu veux », dit Laura avant de pousser un gros soupir.

J'acquiesce, la langue entre les dents. Je suis sportif – je peux y arriver. C'est de la danse, rien de plus.

Les mouvements de Tanya, évidemment, sont impeccables. Elle semble danser sans effort et je tourne la tête malgré moi, bouillonnant de fureur, pour regarder ses gestes fluides. J'oublie le mouvement suivant.

Laura m'adresse un regard perplexe puis elle relance la chanson du début. Je mouline des bras, on dirait plus un appel à l'aide qu'un pas de danse. Je veux prouver à Tanya que j'en suis capable, moi aussi. Mes mouvements se font plus déchaînés à mesure que mon esprit de compétition prend le dessus.

Laura se glisse vers moi. « Amy, qu'est-ce que tu fabriques ? elle demande du coin de la bouche.

— Je crée un truc nouveau.

— Eh ben, arrête. Tu m'avais dit que tu maîtrisais la choré.

— Je la maîtrise, je proteste en songeant à toutes les heures qu'Amy a passé dans le salon à parfaire ses mouvements.

— Tu t'es entraînée, au moins ? » Laura paraît vexée et j'ai les joues en feu lorsque je remarque le regard de certaines filles autour.

Mes épaules se voûtent. C'est impossible.

« C'est reparti ! » s'écrie Laura. Je vais décevoir Amy.

Je n'arrive pas à trouver un rythme naturel, je trébuche dans le vide, je remue les hanches par à-coups, j'agite les bras. Le corps évolue de concert avec l'esprit, et cette vérité ne m'a jamais paru aussi évidente qu'en cet instant.

Comment vais-je pouvoir m'en sortir ? Il va me falloir gagner du temps. Du temps pour maîtriser la chorégraphie, ou du temps pour trouver une excuse convenable et échapper à cette corvée.

« Ouille ! je m'écrie en m'agrippant la jambe. Mon muscle. Je me suis fait un claquage. » Ce qui pourrait être le cas, sincèrement – certains mouvements m'ont obligé à étirer ce corps de manière plutôt improbable. Laura ne peut dissimuler son agacement tandis que je boitille avec exagération jusqu'à une chaise le long du mur, où je m'affale.

« On peut t'attendre », elle rétorque.

J'agite la main. « Non, allez-y, je vais vous regarder. C'est... à l'aine. » J'espère que cette précision évitera les potentielles questions et je pose la main sur mon entrejambe. « Claquage de l'aine. »

Laura m'adresse un hochement de tête sec et elle relance la musique. Comment vais-je gérer cette relation avec elle ? Je n'ai jamais eu de frère ni de sœur, cette coexistence semble semée d'embûches. Je ne suis pas habitué à voir ce côté complexe de Laura ; elle et moi, on s'entend bien, d'habitude. Dans le corps d'Amy, par contre, c'est comme si j'avançais en terrain miné, sans savoir à quel moment précis je vais tout faire sauter.

Je n'ose plus me lever. J'éprouve un respect inédit pour Amy, pour ce qu'elle est capable d'accomplir dans ce corps. En toute honnêteté, j'avais toujours considéré la danse comme un passe-temps frivole. Le sport, c'est important, notre culture le place d'ailleurs au centre de tout : il requiert du talent, des efforts et des capacités physiques. Mais alors que je regarde ces femmes enchaîner autant de mouvements compliqués, je comprends que les réussir exige tout autant de talent et d'application. Avec tristesse, je me rends compte que je ne peux pas me joindre à elles sans trahir mon manque d'entraînement et tout le travail qu'il me reste à fournir. J'ai besoin d'aide. J'ai besoin d'Amy.

La séance se termine enfin ; le tournoi de tennis va bientôt débuter et quelques femmes présentes sont attendues pour jouer en double.

« Bon, merci à toutes, dit Laura à celles qui commencent à partir. C'est agréable de voir que certaines d'entre vous ont fait l'effort de préparer cette surprise importante. » Elle se tourne vers moi. « Vous savez combien ça me tient à cœur de faire ce seul et unique cadeau à Jay. »

Tanya me grimace un sourire compatissant qui me démoralise un peu plus.

Qu'est-ce que je vais dire à Amy quand je la reverrai ? Puis-je faire comme si tout s'était bien passé, ou dois-je aussi me taire à ce sujet ?

Je déglutis, je me relève et me dirige vers la porte ; je me souviens trop tard que je suis censée boiter. Pas de bol – Laura a tout vu.

« Ça va mieux, ton claquage, visiblement », elle crie dans mon dos.

Je ferme les yeux et je me demande combien de secrets je vais pouvoir encore cacher à Amy en l'espace d'un seul week-end.

41
AMY

Je le vois franchir les portes et disparaître dans la salle de bal. Mon cœur bat la chamade. Je prie pour que Flynn se souvienne de certains mouvements de la chorégraphie : si je voulais décrire son style de danse, je dirais qu'il est enthousiaste mais qu'il manque de délicatesse.

« Flynn. »

Par moments, il parvenait à remuer mon corps avec insouciance. J'ai vu gigoter certaines parties de moi que je n'aime habituellement pas voir gigoter – mais plutôt que de m'en inquiéter et de le juger, je me suis surprise à sourire et à l'encourager.

« Flynn. »

Une large main sur mon épaule me tire un cri aigu et je me retourne brusquement.

Eddie lâche un rire méprisant. « Ouah, mec, c'était quoi ce bruit ? »

Mon cœur s'emballe tandis que j'essaie de me reprendre. « Désolé, je lâche avant de tousser, histoire de cacher ma gêne. Désolé… mec. J'étais, genre, dans mes pensées.

— Tu te motives pour le tournoi ? Je vais aller me changer. Je vais sortir mes meilleurs coups, mon pote. (Il bombe le torse.) Il faut bien que quelqu'un te batte.

— Ha ha, je rétorque en tirant sur mon polo blanc immaculé. Ouais. Je vais gagner plein de sets.

— Ça va comment tes services, en ce moment ?

— Oh… » Je m'interromps un instant et je cherche la formulation correcte. « Ça va, je service bien. »

Il fronce les sourcils et j'ai l'impression que ma réponse est tombée un peu à côté de la plaque.

Mais qui peut bien organiser un tournoi de tennis la veille de son mariage ! Ce week-end ressemble à une cérémonie pompeuse du Gold Duke d'Édimbourg. On devrait tous repartir avec une médaille de participation.

« Où est Tanya ? » je demande. C'est peut-être l'occasion idéale de fouiller dans le passé de Flynn pendant qu'il est occupé dans la salle de bal.

Eddie lève les yeux au ciel. « Aucune idée, un truc de filles en rapport avec la danse. C'est top secret. »

Je jette un coup d'œil par-dessus mon épaule. Elle est là-bas, avec Flynn. Eddie plisse les yeux quand je me retourne. « Pourquoi tu veux savoir ?

— Juste comme ça », je réponds aussitôt en percevant de la menace dans sa voix.

Mon intuition se confirme quand je le sens plaquer sa main sur mon épaule et serrer un peu trop fort. « Eh ben, laisse-la tranquille, d'accord ? Ça vaudra mieux pour tout le monde. » Il affiche un sourire glacial et je repense une fois encore à ce qui s'est passé. Pourquoi Eddie l'aurait-il amenée ici ? J'observe ses yeux froids et je sais qu'en temps normal je le cataloguerais de « chambreur », avec son côté grossier et ses reparties désagréables.

« Elle est avec moi, maintenant, mon pote », il déclare, et le mot *pote* n'a rien d'amical dans sa bouche.

« À plus tard. » Je traverse le vestibule et m'éloigne de lui avant de reculer lorsque Patty surgit des portes à tambour, avec ses cheveux en carré rigide et ses colliers de perles. Elle est flanquée d'une boule de fourrure.

« Tiens, voilà l'homme de la situation ! » Elle me tend aussitôt la laisse. Reggie grogne à mon intention et semble aussi réticent que moi.

« Arrête, Reggie. Flynn, sors-le un peu. Jay m'a dit que tu l'adorais et tu ne l'as presque pas vu du week-end.

— Je… mais… » Je n'ai aucune excuse. Flynn était censé s'occuper de Reggie. Je prends une profonde inspiration et saisis la laisse à contrecœur.

« Un petit tour, alors. »

Miracle, Reggie se laisse guider dehors tandis que je lui murmure : « Ne me mords pas, s'il te plaît, ne me mords pas. »

On s'éloigne sur la pelouse où des hommes et des femmes en uniforme accrochent des guirlandes de lampions autour d'un kiosque à musique et disposent des fleurs. La magie qui se prépare me rappelle pourquoi les convives se sont réunis en masse dans cet endroit splendide. Je n'arrive pas à croire que Laura va se marier ici. Je ne vois soudain plus l'extravagance des lieux, mais leur beauté, et j'ai honte d'avoir été aussi prompte à critiquer. Mes taquineries n'avaient rien de bienveillant, elles étaient alimentées par mes théories sur le capitalisme, la répartition inégale des richesses, toutes ces choses qui nous poussaient aux manifs, avec elle et mon père. J'aimerais tant être avec elle en ce moment, partager les préparatifs de demain, m'enthousiasmer des épisodes à venir. Pourquoi fallait-il que je râle sur les dépenses engendrées ? Sur l'opulence des lieux ? Il faut parfois que je mette un voile sur mes valeurs et que je profite de l'instant présent – comme Flynn, je songe soudain avec un sursaut.

D'une main tremblante, je détache la laisse de Reggie et je plisse les yeux, prête à fuir en cas d'attaque. Mais il tourne sur lui-même et bondit, la joie personnifiée. Je ne peux contenir un petit sourire soulagé en le regardant gambader.

Le lac est placide, le ciel se reflète à la perfection sur la surface lisse. De temps à autre, un insecte ou un canard dessine des vaguelettes qui font tanguer légèrement les barques à l'amarre. Deux flamants roses se tiennent sur une patte au bord de l'eau et se lissent les plumes en imprimant à leur cou une élégante courbe. Reggie batifole et je me détends tandis qu'il avance, truffe au sol, le long de la berge.

Dans le corps de Flynn, je me sens en meilleure forme physique. Je savoure cette force nouvelle, mes mouvements fluides et vigoureux. Il y a toujours un décalage, j'ai l'impression de tanguer à bord d'un bateau quand je me déplace, mais je commence à maîtriser ses membres, j'aime la perspective inédite de pouvoir observer tout au-dessus des autres, je me sens puissant et compétent. J'ai négligé le sport, ces dernières années, je vais parfois à des séances de pilates quand la culpabilité se fait trop pressante, mais j'ai envie de ressentir tout ça dans mon propre corps, je veux pouvoir courir et danser et gravir des montagnes sans avoir à faire une pause chaque seconde pour reprendre mon souffle.

On pénètre dans la forêt, la canopée parsème le sol d'ombres mouvantes et, l'espace d'un instant, j'apprécie la solitude, je regarde ce chien fou tournoyer et aboyer devant des souches ou des feuilles mortes. Son enthousiasme m'évoque celui de Flynn, nos promenades qui sont toujours ponctuées de ses petites exclamations. Mais qu'est-ce que ça cache? J'ignore toujours ce qui se dissimule derrière cette façade enjouée.

Devant moi, un banc fait face à la prairie. Deux personnes y sont assises, la femme a posé la tête sur l'épaule de l'homme. Il me faut un moment avant de comprendre qu'il s'agit de ma mère et de Geoffrey. Il a passé un bras autour d'elle et la scène est intime. Je m'apprête à les appeler mais je me ravise et je m'approche à pas de loup pour écouter leur conversation. Ils parlent à voix basse.

« Il va falloir que tu leur annonces... »

Mon dos se raidit. De qui parle-t-il ?

« Tu te sentiras soulagée de l'avoir fait. »

Annoncer quoi ? À qui ? Mon cœur se met à tambouriner. Pourquoi maman prend-elle un ton aussi grave ?

« Ce n'est pas le moment, Geoffrey.

— Elles peuvent l'encaisser, Trish, ce sont des adultes, maintenant.

— Ce seront toujours des bébés à mes yeux. »

Mon estomac se tord en comprenant qu'elle parle de nous et qu'elle nous cache quelque chose. Je fais un pas en avant, une brindille craque et Reggie s'incruste dans la scène. Geoffrey tourne la tête.

« Ah, salut, mon jeune Flynn. » Ses paroles sonnent faux et j'éprouve une vague de colère contre lui, car il semble au courant d'un secret qui m'échappe. Je connais ma mère depuis vingt ans de plus que lui. Je suis sa fille : ça devrait peser plus dans la balance.

Est-ce que maman s'essuie les yeux avant de me faire face à son tour ? Ma colère se dissipe aussitôt et je ne ressens plus qu'une immense confusion.

« Flynn, mon trésor, tout va bien ?

— Oui, tout va très bien, je réponds après un temps de silence. Ouais. » J'ai la tête qui tourne. Que se passe-t-il ? « Ouais, tout va très bien. »

42
FLYNN

Je ne suis pas d'un naturel nerveux mais c'est plus fort que moi, je me poste derrière le grillage, les doigts agrippés au métal, et je regarde Amy errer sur le court de tennis, complètement perdue.

Les deux terrains au gazon impeccablement taillé sont bondés d'invités qui s'échauffent ; les autres se prélassent au soleil. Amy m'a à peine adressé la parole quand je l'ai vue, et, d'un air abasourdi, elle m'a confié Reggie, surexcité au bout de sa laisse. Je me suis senti soulagé sur le moment car je ne voulais pas lui révéler à quel point la répétition de danse avait été catastrophique mais je m'inquiète à présent qu'elle n'aille pas bien. On aurait dû faire en sorte qu'elle ne joue pas, trouver une excuse.

Impossible que le tournoi ne soit pas un désastre. Même avec ma carrure et mon mètre quatre-vingt-dix, elle semble curieusement vulnérable, épaules voûtées, démarche hésitante, mouvements saccadés et incertains. Mes tripes se tordent malgré moi, tant je compatis. Mais à ma grande honte, une part de moi-même craint pour ma réputation.

Le sport a toujours été le truc qui me définissait, mon nom a toujours été synonyme de prouesses athlétiques. Je passais des heures entières, dans mon enfance, à lancer, à frapper, à attraper une balle ou un ballon contre le mur du garage, rêvant d'un partenaire de jeu. La maison était trop froide et triste pour que j'aime y passer du temps et la monotonie de l'entraînement répétitif me vidait l'esprit.

C'était la seule chose qui me donnait confiance en moi, et qui m'avait accordé un accès facile au monde des hommes. Les autres garçons au collège et au lycée admiraient mon habileté naturelle à frapper une balle avec une raquette ou une batte. C'était comme une langue étrangère que je parlais couramment sans effort.

Est-ce que j'ai le temps de tirer Amy de là ? Je ne veux pas qu'elle me prive de ce seul et unique atout dans ma vie.

Mais je repense à l'expression de son visage, quand elle m'apprenait la chorégraphie dans la chambre, elle qui veut à tout prix que le week-end se passe sans encombre pour sa sœur. Alors je prie en silence et je croise les doigts.

« Salut », lance Laura qui me tend un scone surmonté de crème fouettée et de confiture sur une assiette. Elle se poste à mes côtés.

« Oh, merci », je réponds en acceptant l'assiette.

Je n'ai presque rien mangé de la journée et j'enfourne le scone en laissant tomber des miettes sur la robe longue qu'Amy m'a obligé à porter. Quand je lève les yeux, Laura me dévisage avec une grimace.

« Quelle goinfre. (Elle lâche un rire, heureusement, et je l'imite d'un air gêné.) Je suis désolée pour la danse, j'étais un peu stressée. Tout ira bien, on le fait pour s'amuser.

— Je vais répéter plus tard, je rétorque, soulagé de la voir plus détendue.

— C'est la seule responsabilité que j'ai, ce week-end. Alors j'ai envie que ce soit parfait.

— Ça le sera.

— Merci. » Elle reste à côté de moi et regarde les joueurs rejoindre leur partenaire des doubles mixtes. « Jay m'a dit que Flynn avait failli jouer en double pour l'équipe du Sussex.

— Du Hampshire.

— Ouais, un truc comme ça. Franchement, les hommes et le sport… » Elle gonfle les joues. « C'est le seul moment où ils s'autorisent à pleurer.

— C'est faux ! » je m'exclame et Laura me décoche un regard bizarre. « Enfin, c'est important, non ? (Je toussote.) C'est comme ça que nous, enfin, que les hommes se retrouvent, se rapprochent et créent des liens. »

Laura m'écoute, puis elle incline la tête sur le côté. « J'aimerais bien qu'ils mettent autant de passion dans d'autres domaines », elle murmure en observant les joueurs.

Je songe à mes amis. Ils se mettent facilement en colère mais je ne me souviens pas en avoir vu beaucoup pleurer. J'ai toujours trouvé Jay très en phase avec ses émotions, mais même lui ne pleure jamais. La dernière fois que je l'ai vu verser des larmes, c'était après avoir perdu un match de foot. Et il n'était pas sorti de son lit au lendemain de la défaite de Chelsea contre Leicester pour la coupe d'Angleterre. Les hommes devraient-ils appliquer ces émotions à leur vie quotidienne ? Je suis décontenancé en prenant conscience qu'il y a une part de vérité dans les propos de Laura.

C'est à cause du sport si ma relation avec Eddie a dégénéré au lycée. Il ne m'a jamais pardonné d'avoir été nommé capitaine de l'équipe de cricket pour notre dernière année. Mais ce n'est quand même pas pour ça qu'on a perdu le contact, si ?

Laura lâche un long soupir. « Bon, je ferais mieux d'aller voir si maman va bien… »

Je pense à Amy, qui veut tant faire plaisir à Laura, à l'ambiance dans notre chambre d'hôtel, à la scène d'hier soir, et j'attrape Laura par le bras alors qu'elle s'éloigne.

« Hé, avant que tu y ailles. Je suis désolée pour avant, pour la danse. C'est un peu tendu entre Flynn et moi, en ce moment, et j'ai la tête ailleurs. »

Laura pivote et se place face à moi. « Je m'étais promis de ne pas m'en mêler ce week-end, de me concentrer uniquement sur mon mariage. Mais… (elle souffle par le nez) est-ce que ça a un rapport avec le fait que tu n'as pas du tout envie d'emménager avec lui, comme on en a parlé hier au téléphone ? Ou tu as fini par le larguer pour de bon ? Parce que tu m'avais assuré que tu ne le ferais pas ce week-end. » Ses mots se déversent comme un torrent furieux.

« Je… » Je reste bouche bée et mon cerveau peine à enregistrer tout ce qu'elle dit. Quoi ? Qu'est-ce qu'Amy a dit hier ?

« Ou tu étais plutôt dans l'exagération ?

— Dans l'exagération, je répète.

— C'est ça ? » Elle lève les yeux au ciel. « Donc il n'y a pas de drame en vue ? Tu avais juste envie de me faire flipper en menaçant de larguer ton copain le jour de mon mariage ?

— Le larguer, je répète, paniqué. Pourquoi Amy voudrait-elle me largu… larguer Flynn ? »

Elle plisse les yeux. « Pourquoi tu parles de toi à la troisième personne ?

— Je… » Mon cerveau est en surchauffe. Amy avait-elle vraiment l'intention de me larguer ? Laura est sérieuse ? Je savais qu'elle était inquiète à l'idée que j'emménage chez elle, c'est pour cette raison que j'avais l'intention de faire mes preuves et de marquer le coup ce week-end, mais j'ignorais que c'était si grave. Mes inquiétudes me brouillent soudain la vue. « Je suis juste… Je…

— Bon, si tu veux mon avis, je ne pige pas ta réaction. La plupart des femmes adoreraient être en couple avec un mec qui demande à emménager aussi vite ensemble, qui s'engage… »

J'ai la tête qui tourne, ses mots se mélangent et s'entrechoquent, je peine à les comprendre.

« On ne va pas se séparer », je déclare – une promesse que je me fais à moi-même ? Je songe à notre chambre, à l'écrin caché au milieu de mes vêtements.

Me larguer ?

Les joueurs continuent à s'échauffer sur le terrain et servent tour à tour. J'ignore pourquoi, mais Amy a décidé de se planter au milieu du court, où elle se protège la tête entre ses bras et se baisse à intervalles réguliers pour éviter les balles.

« Qu'est-ce qu'il fabrique ? demande Laura, sourcils froncés. Il ne peut jamais être sérieux deux secondes ? »

Cette question, associée à notre conversation, m'oblige à durcir le ton. « Certaines personnes ne se sentent pas obligées de communiquer leur stress en permanence. » Une réflexion que j'ai souvent eu envie de lancer à Amy, incapable de comprendre une chose élémentaire : ce n'est pas parce que je n'évoque pas explicitement mon stress que je n'en ressens pas du tout.

Laura croise les bras. « Tu parles pour moi, là ?

— Hein ? Non !

— Parce que je serais beaucoup moins stressée si ma demoiselle d'honneur principale ne passait pas son temps à disparaître des radars. »

Comment la situation a-t-elle pu dégénérer aussi vite ? Laura ne s'adresse jamais à moi sur ce ton.

À cet instant, Reggie vient me renifler la main. Je m'accroupis pour lui caresser la tête et plonger le visage dans sa fourrure douce.

Laura reste là, bras ballants. « Je croyais que tu avais peur de lui. »

Sans cesser d'enlacer Reggie, je lève les yeux vers elle et je secoue la tête. « J'ai surmonté tout ça.

— OK, elle articule, le front plissé. J'ai l'impression de ne plus trop te reconnaître, en ce moment. »

Je n'arrive pas à croiser son regard et je replonge le visage dans la fourrure de Reggie pour éviter de répondre. De cette position, je peux observer les invités et voir qui participe au tournoi. Patty, ses chaussettes blanches remontées jusqu'aux genoux et ses cheveux gris au carré maintenus en arrière par des barrettes, est en pleine conférence tactique avec Amy qui acquiesce bêtement. Jay se tient à côté de sa partenaire. Et forcément, c'est Tanya.

Ce week-end est décidément foireux.

43
FLYNN

Deux semaines plus tôt

Je me demande souvent où je serais, si j'avais rencontré Amy avant Tanya et avant tout ce qui s'est passé avec elle. Si j'avais rencontré Amy, et que mon père n'était pas mort, et que le doux foyer partagé avec ma mère n'avait pas implosé. Si j'étais resté dans mon école publique londonienne avec mes amis de toujours, avec des parents qui s'aimaient. Serais-je devenu un homme complètement différent ?

Je suis effrayé. Tous les indices sont réunis. Depuis quelque temps, elle me pose davantage de questions, elle se frustre de mes réponses creuses ou des détails trop vagues. Certains de mes petits mensonges viennent en contredire d'autres, ou se muent en plus gros mensonges. « Je croyais que ton père t'avait rapporté des poupées russes ? » « Je croyais qu'il t'avait appris à pêcher ? » « Tu m'avais dit que ta mère n'était pas là, tu ne veux pas que je la rencontre ? Tu as honte de moi ? » Je panique, tout part en sucette. Et je ne veux pas qu'elle me quitte, je ne peux pas faire foirer cette relation parce que j'ai besoin d'Amy. Je le sens au plus profond de moi, je sais qu'on peut se compléter, se rendre mutuellement meilleurs.

J'essaie souvent de lui offrir davantage, il faut que j'arrive à lui faire confiance, mais les souvenirs du passé, de ce qui s'est produit les fois où je me suis ouvert à quelqu'un, me ramènent invariablement sur une pente familière. Si on s'installe ensemble, si je peux lui prouver que je m'engage avec elle pour toujours, je sais que le reste suivra naturellement. Et quand je serai certain qu'elle ne me quittera pas, je pourrai me détendre.

J'ai passé ma vie à jongler avec les inquiétudes, à afficher un masque serein et courageux. Je suis célèbre pour ça, au boulot. Je sais gérer des centaines d'exigences, des mails et des échanges furieux, des factures impayées, des artistes absents, des clients qui décommandent en dernière minute ou qui changent subitement d'avis. On doit être réactifs, on doit satisfaire tout le monde, on doit rester enjoués et positifs et faciles à vivre. C'est le boulot idéal pour moi. C'est un masque que je porte en permanence. Un masque que je porte depuis l'enfance. Refouler mes inquiétudes, ravaler ma peur, rester joyeux, en mouvement, ne pas repousser les autres en râlant. Ne pas craquer.

Être un homme.

Rester en couple avec Amy, c'est comme un imprévu professionnel compliqué à régler. Si elle me repousse, je me persuade que c'est faux. Je me demande comment venir à bout de ce problème. Comment être proactif et retourner la situation à mon avantage. Je ne peux pas me permettre de la perdre.

On est faits l'un pour l'autre. Elle a besoin de moi autant que j'ai besoin d'elle, je le sais. Je veux être celui qui détend les rides entre ses sourcils, qui fait naître un sourire sur ses lèvres. Je veux être là pour la voir reprendre confiance en elle, je veux la motiver à être courageuse. Je veux être aux côtés de quelqu'un qui se bat pour les autres, qui se bat pour améliorer ne serait-ce qu'un minuscule coin de cette planète.

Elle est authentique et, en sa présence, je me sens authentique moi aussi, ancré.

Si je réussis à lui prouver que je suis prêt à m'engager, je suis sûr de pouvoir apaiser ses inquiétudes à mon sujet. Elle est capable de comprendre que le reste suivra, si je lui prouve à quel point je rêve de passer ma vie avec elle, non ?

« J'ai envie de vivre avec toi. »

Je fais mine de ne pas remarquer la surprise fugace sur son visage. Je dois me persuader que notre relation peut marcher. Que je peux y arriver, rien qu'à la force de ma volonté.

« On devrait emménager ensemble », je continue.

Elle tripote la couette et la panique bouillonne en moi. Ce n'est pas ce qu'elle veut ?

« Je paierai ma part, on fera moitié moitié, si c'est ça qui t'inquiète. »

Mon commentaire badin m'échappe naturellement et elle lâche un petit rire. Est-ce que j'y décèle de l'incertitude ? J'affiche une expression légère et optimiste. Elle refuse de croiser mon regard.

« Je vais y réfléchir », elle répond.

Je me rassure en me disant que c'est un oui, un *oui peut-être*. Comment puis-je concrétiser tout ça ?

Il faut que je m'efforce de la rassurer, lui faire comprendre que je suis sérieux. Ça ne suffira pas de m'installer avec elle ; il faut que je lui prouve qu'elle est la femme de ma vie.

J'ai alors un meilleur plan. Laura et Amy sont proches, elles l'étaient du moins, et je veux prouver à sa famille, au monde entier, que je suis prêt à m'engager avec elle pour toujours. Que je veux bâtir une vie avec elle. Le mariage de Laura est dans deux semaines. Deux semaines, ça me suffira pour préparer ma demande. Ce sera une preuve irréfutable que je veux m'impliquer sur le très long terme.

Je ravale mon inquiétude et je commence à penser à la logistique. C'est comme planifier un événement professionnel à la dernière minute. Je songe à l'emplacement splendide du mariage de sa sœur, au fait que tous ses proches seront présents.

Il y aura du monde, une foule entière de témoins. Cette idée me galvanise. Personne ne pourrait dire non, dans un lieu pareil. Elle ne refusera pas, elle pourra éventuellement dire que ça va trop vite, qu'on devrait d'abord vivre ensemble, mais je pense qu'elle dira oui. Bien sûr, qu'elle dira oui. Quand tout va entre nous, je sais qu'elle m'aime, elle aussi. Je sais que je peux être l'homme qu'elle veut que je sois. On s'amuse tellement bien, ensemble.

Je suis perdu dans mes planifications quand elle lève les yeux vers moi.

« J'ai juste besoin d'un peu de temps », elle murmure.

Et j'acquiesce machinalement, l'esprit déjà focalisé sur des projets bien plus ambitieux.

« Oui, bien sûr », je la rassure. Je suis soulagé de la sentir se détendre, se lover contre moi lorsque je passe mon bras autour de ses épaules. « Je t'aime, Amy Norman », je déclare d'une voix trop forte.

Elle chuchote quelque chose contre mon bras. Je crois qu'elle dit je t'aime. Oui, c'est forcément ça.

44
AMY

La réalité me frappe de plein fouet. Je suis en tenue de tennis et tout le monde s'attend à admirer mon jeu exceptionnel. Je suis une star du sport, une légende parmi les invités aujourd'hui. Je bats des paupières.

La dernière fois que j'ai touché une raquette, c'était en 2009, et c'était pour essayer de déloger la chaussure de Pauline Michael du toit de l'école. La raquette a cassé une fenêtre (au premier étage).

Le visage de Flynn derrière le grillage m'indique qu'il a tiré les mêmes conclusions. Au fil des deux années passées ensemble, je n'ai jamais réussi une seule fois à attraper les clés qu'il me lançait. Son expression ne fait qu'augmenter mon stress.

Je regrette qu'on n'ait pas pu discuter davantage avant qu'on me traîne sur ce court. Je voulais qu'il me rassure, qu'il me dise que mes inquiétudes au sujet de ma mère n'étaient que le fruit de mon imagination.

« Flynn ! »

Je suis du genre à dramatiser, là où Flynn garde toujours son calme. J'ai beau m'agacer de ne pas le voir réagir, j'ai parfois besoin de son flegme apaisant. En cet instant précis, j'ai envie de l'entendre m'assurer que ma mère va bien, que je n'ai pas à m'inquiéter.

« Flynn ! »

J'entends une femme crier le nom de Flynn – mon nom, évidemment. Je me retourne et j'aperçois Flynn qui agite la main derrière le grillage. « Tu vas t'en tirer à merveille. »

J'éprouve toujours un choc à me voir moi-même, bien que l'expression de mon visage soit typique de celle de Flynn : les yeux écarquillés et un large sourire aux lèvres. Je ne peux rien faire d'autre que hocher la tête.

« Flynn, tu fais équipe avec Patty, crie Jay. Moi, je serai avec Tanya. »

Je regarde Tanya marcher vers Eddie dans sa robe de tennis à la coupe parfaite, sa queue-de-cheval blonde qui se balance à chacun de ses pas. Ils sont tous les deux beaux, blonds, de vrais mannequins. Je devrais être satisfaite. Je vais avoir l'occasion d'en apprendre davantage. Une soirée entière de tennis m'attend. Mais mon estomac se retourne quand je vois Patty approcher à petites foulées, en criant à quelqu'un que j'ai joué en double pour l'équipe du Hampshire quand j'étais ado.

Je déglutis et serre le manche de ma raquette. J'aurais dû partir avec Flynn quand j'en avais encore la possibilité. Je suis totalement en dehors de ma zone de confort. Je ne me souviens même pas des règles. Il n'y a pas une histoire de *deuce*? J'ai grandi en mangeant du foot à tous les repas. Mais depuis des années, je ne retiens rien en matière de sport, regarder les matchs me fait trop de peine car ça me rappelle papa, et je n'ai jamais vraiment été intéressée par la discipline en elle-même, c'était plus une excuse pour passer du temps avec lui.

Non loin de moi, j'entends Patty répéter l'anecdote à Tanya et à Eddie.

« Il a joué pour une équipe du comté, quand même ! »

Parce que oui, Flynn est un as du sport.

Tanya répond qu'elle est au courant et je me rends compte avec stupeur que Flynn a dû le lui raconter un jour. Je me sens bouillir de l'intérieur. Comment puis-je connaître ce détail de son adolescence, alors qu'une si grande partie de sa personnalité m'échappe ? Je pensais sincèrement que notre lien était profond, mais est-ce que je ne suis pas une copine parmi tant d'autres, finalement ?

Eddie lève les yeux au ciel. « On verra bien comment il joue, après tant d'années. »

Je me mets en place et je réfléchis à un moyen de m'entretenir avec Tanya en privé. Elle pourrait peut-être m'éclairer sur le mystère qui entoure leur relation passée. Flynn n'est pas le genre d'homme à avoir un passé sombre et tumultueux. Je ne veux pas me méfier mais je sens planer un léger doute, une intuition, comme un petit fil presque invisible sur lequel j'ai envie de tirer.

Toutes ces pensées s'effacent lorsque Patty vient me parler de notre tactique. Elle me place du côté revers parce que je suis le joueur le plus assuré de nous deux.

« Je pense que c'est une erreur. Je devrais plutôt être du côté *à l'endroit.* » Elle fronce les sourcils. « De l'autre côté. Je ne veux pas faire de jaloux. Et je suis un peu rouillé.

— Ne sois pas aussi modeste. »

Quand je m'éloigne pour prendre position, elle doit me rattraper et me préciser de quel côté du terrain elle parlait. J'acquiesce et je m'y rends en faisant semblant de plaisanter. Je fais le clown et elle pince les lèvres.

Le match commence. Patty se rend compte rapidement que je suis le maillon faible. Quand je me baisse une fois de plus et que j'esquive une reprise de volée, quand je pousse un cri alors qu'un nouvel ace passe en sifflant à côté de moi, quand j'essaie de frapper une balle au milieu du court et que ma raquette cogne la sienne, la tension monte d'un cran.

À la fin du match, qu'on a perdu de façon lamentable, je titube vers la table installée près du court et je récupère une bouteille d'eau.

Patty s'est éloignée à grands pas, sans doute pour se plaindre auprès de Jay qui avait dû lui affirmer que Flynn était une légende du sport. Je reste seule. Tanya récupère une bouteille posée sur une chaise non loin de moi. Je prends une profonde inspiration et je m'approche d'elle.

« Salut, je dis d'un ton aussi nonchalant que possible.

— Oh, salut. » Elle sursaute et de l'eau goutte sur son menton. Elle l'essuie d'un geste frénétique.

Mon cœur bat la chamade. Elle est là, devant moi, la femme qui emplit mon esprit de questions depuis deux ans. De près, sa peau est encore plus lisse, ses yeux plus pétillants, et j'éprouve un mélange d'admiration et d'envie.

« C'était gentil à toi », elle dit en montrant le court.

Je suis perdue.

« De faire semblant d'être nul. J'avais oublié que tu n'avais pas l'esprit de compétition, pas comme… » Elle laisse sa phrase en suspens.

« Ah, ouais. Ouais, je trouve que c'est plus sympa de laisser une chance aux autres, je rétorque et j'acquiesce d'un air sincère.

— C'est gentil à toi. Tu as toujours été gentil. »

Je ne réponds pas, une centaine de questions tournoient dans mon cerveau.

« Ta copine me déteste, tu sais », elle lâche soudain.

Je ne l'avais pas vue venir, celle-là. Je cherche une répartie. « Oh ! Ça, c'est Amy tout craché. Elle est jalouse. De mes ex. Les femmes, hein ? » Je lève les yeux au ciel et me balance d'un pied sur l'autre en lâchant un rire que je n'ai jamais entendu Flynn émettre.

Tanya fronce les sourcils. « Oui, si on veut.

— Mais ça ne me dérange pas que tu sois ici. Pas du tout. Tu peux tout me dire. Vraiment tout. » Je lui décoche un regard intense et elle détourne les yeux vers le court.

Eddie est avec Jay et d'autres garçons d'honneur. Elle se tourne brusquement vers moi et elle se met à parler à une vitesse folle qui me déroute. « Écoute, Flynn, je voulais justement te parler, je voulais te dire... En fait, si je suis venue ce week-end, c'était en partie pour te voir. Je pense encore à ton dernier message, quand tu m'as vue avec Charlie, je voulais... Je voulais juste te dire que je comprends ce que tu as ressenti. Et je suis désolée. »

Elle s'interrompt, lâche un profond soupir de soulagement et ses épaules se détendent.

« D'accord, je rétorque en essayant d'enregistrer ce qu'elle vient de me dire, d'en démêler le sens. D'accord, merci de t'excuser. C'est... c'est sympa. »

Quel message ? Flynn m'a toujours dit qu'il avait rompu avec elle. Il m'a d'ailleurs toujours donné l'impression de ne pas apprécier Tanya du tout. Et il n'a jamais mentionné le prénom Charlie. C'est qui, ce Charlie, et pourquoi Flynn aurait été perturbé de le voir avec Tanya ?

« Alors... » Elle hésite et replace une mèche derrière son oreille. « Alors, tout va bien entre nous ?

— Est-ce que tout va bien entre nous ? » je répète lentement en réfléchissant à ce qu'elle vient de me balancer d'un seul coup.

Patty me fait signe de venir, un autre match va commencer. « Il faut que j'y aille. »

Est-ce que tout va bien entre nous ?

45
FLYNN

J'éprouve une envie viscérale d'être sur le terrain, plutôt que d'observer depuis le grillage. Le bruit sourd des balles de tennis, les exclamations, les encouragements, c'est la bande-son de mon petit coin de paradis. Les échanges, les règles, la simplicité, le rituel : je connais ma place dans cet univers. Elle ne change pas, je sais qui je suis. Et depuis que j'ai changé de corps, j'éprouve un manque, c'est comme une drogue ; j'ai un besoin irrépressible de ressentir les endorphines que me procure le sport.

Et c'est insoutenable de regarder Amy bondir dans tous les sens, faire des moulinets frénétiques avec sa raquette, le regard paniqué. Ou pire, de la voir se baisser pour esquiver la balle, comme elle l'a fait à plusieurs reprises. Patty s'est mise à empiéter sur son côté du terrain et à la couvrir. De temps à autre, Amy me jette un coup d'œil, en sueur et inquiète, et je ne peux rien faire d'autre que de lui grimacer un sourire ou de lever les pouces. Mes encouragements ont un goût amer chaque fois que je repense aux propos de Laura. Amy a-t-elle vraiment prévu de rompre ? Mes pires frayeurs vont-elles se réaliser ?

« Flynn n'est pas très concentré, aujourd'hui », lance une voix derrière moi.

Geoffrey a dégoté un scone quelque part, et un reste de crème fouettée s'accroche à la commissure de ses lèvres.

« Tiens, Geoffrey. Ouais, il… il a du mal à trouver son rythme. »

À cet instant précis, Amy se baisse en couinant pour éviter une balle servie sur elle. Geoffrey incline la tête sur le côté. « Flynn est un vrai gentleman, il laisse l'adversaire gagner.

— Oui, oui. Il a dit que ce serait peut-être sa stratégie aujourd'hui, effectivement.

— C'est vraiment un type sympa.

— Merci, Geoffrey. » Je lui adresse un large sourire et il fronce les sourcils.

Trish nous salue depuis l'autre côté du terrain, deux verres de prosecco dans les mains.

Geoffrey se poste soudain tout près de moi et se met à chuchoter : « Si tu veux discuter avec ta mère ce week-end, Amy, ce serait bien. De tout et n'importe quoi. Et si Flynn te dit qu'il nous a vus… Peu importe, fais juste en sorte de passer du temps avec ta mère, d'accord ? »

Il jette un coup d'œil furtif par-dessus son épaule et je ne peux contenir un rire perplexe. « Ça va, Geoffrey ? Qu'est-ce que vous mijotez, Trish et toi ? »

C'est bizarre, tout ça ; j'ignore pourquoi Geoffrey se montre soudain aussi mystérieux. Nos conversations tournent habituellement autour de la voile, du sport, du réchauffement climatique. Il ne s'aventure jamais sur le terrain de l'intime ou de l'énigmatique. C'est peut-être comme ça qu'il s'adresse à Amy, en temps normal ?

« Rien, rien, je voulais simplement savoir si Flynn t'avait raconté quelque chose, mais visiblement il n'a rien dit. Enfin, il n'y a rien à… (Il tire sur le col de sa chemise et ma perplexité s'intensifie.) Je pense juste que tu devrais bavarder avec elle, avec ta mère, ça lui ferait plaisir.

— D'accord, Geoffrey, d'accord mon pote. Ça roule, j'irai lui toucher deux mots. »

C'est à son tour d'avoir l'air confus alors que je m'apprête à lui asséner une claque dans le dos mais que je me ravise au dernier moment et opte pour une caresse maladroite qu'Amy aurait très bien pu lui faire, d'après moi. « Merci. »

Il s'éloigne, la goutte de crème toujours accrochée à sa lèvre.

Je repense à notre conversation tandis que j'approche du club house. Je grimace en me cognant la hanche contre une table. Est-ce que je m'habituerai un jour à ce corps ? À cette sensation déconcertante que mon cerveau et mes membres ne sont pas synchronisés ? Tout, dans mon attitude, me semble trahir de façon manifeste que je ne suis pas Amy, mais Geoffrey n'a rien remis en question.

Les murs sont lambrissés et les noms d'anciens capitaines scintillent sur des plaques dorées. Dans l'air flotte une odeur de renfermé, comme dans une pièce mal aérée où traînent de vieilles chaussettes. C'est l'odeur des cours de sport, et l'espace d'un instant je suis submergé par une envie incontrôlable de retourner à mes années d'école, quand la vie était structurée et simple, quand je comprenais clairement les règles.

Je pousse la porte des toilettes et je vois aussitôt un homme posté devant un urinoir.

Eddie se retourne.

« Tiens, salut », je lance sur le seuil. Si je reste planté là, ce sera bizarre, mais si je ressors, je dois aller dans les toilettes des femmes, un lieu terrifiant mais qui doit certainement sentir le parfum et le soleil.

Il est en tenue de tennis, une tache verte de gazon sur le short, et il affiche une expression affolée. « Mais qu'est-ce qu...

— Pardon », je rétorque en tournant les talons.

J'ai la main sur la poignée quand il se ravise et s'écrie :

« Dis à ton mec de ne plus s'approcher de ma copine. »

Je me fige avant de me retourner lentement. Eddie fronce ses sourcils blonds et bombe le torse, menton relevé. Qu'est-ce qu'il raconte ? Que s'est-il passé ?

« Il ne s'approcherait jamais d'elle, de toute façon, je réplique et chaque syllabe dégouline de dédain.

— Eh ben si, et il lui a fait peur.

— Il lui a fait peur ? Mais de quoi… » Peur ? Malgré le rire dissonant que je viens d'émettre, j'ai les nerfs en boule. Que s'est-il passé ?

« Dis-lui de la laisser tranquille. Il faut qu'il tourne la page. C'est du Flynn tout craché, ça, il veut toujours être le chouchou de tout le monde. »

Je suis choqué de sa façon de me parler, ou plutôt de parler à Amy, comme s'il ne pouvait pas me supporter.

Le chouchou ! Tourner la page ! Je n'arrive pas à y croire. Je n'ai jamais parlé de Tanya, je n'ai presque pas pensé à elle au fil des dernières années. Et les rares fois où ça m'a effleuré, je me suis efforcé de refouler ces pensées avec tous les autres souvenirs que j'ai enfouis.

« Il a tourné la page ! » Je ne voulais pas crier et je ne m'attendais pas non plus à voir Jay apparaître à la porte au même instant.

« Amy ?

— Je… oh, et puis merde. » Je le bouscule pour entrer dans les toilettes des femmes, soulagé qu'elles soient désertes. Je remarque, malgré ma frustration, qu'elles sentent effectivement le parfum.

C'était quoi, ce délire ? Qu'est-ce que Tanya a raconté à Eddie ? Pourquoi Eddie dirait un truc pareil ? Je me rappelle toutes les fois où Eddie m'a balancé des petits commentaires désagréables – c'était lié ? Ou y a-t-il autre chose de plus grave ? Mon estomac se noue. Inquiet, je jette un coup d'œil dehors. Le comportement inhabituel de Geoffrey, les paroles effrayantes de Laura, et maintenant ça. Que se passe-t-il ?

46
AMY

Pas de veine, il se trouve que Patty est une sorte de prodige démoniaque du tennis. Jay m'a expliqué qu'ils avaient un court chez eux (forcément), donc on arrive à se hisser à la poule suivante du tournoi. Les heures passent ; j'ai l'impression que les matchs sont interminables tandis que l'après-midi ensoleillé laisse lentement place à la douceur du soir. Heureusement, j'ai l'impression que la plupart des gens me prennent pour un gentleman qui retient ses coups – seule Patty est agacée par mes bonnes manières.

Les règles commencent à me revenir en mémoire, les lignes de touche, les carrés où doivent atterrir les services, et j'ai passé une grande partie des matchs à regarder Patty courir aux quatre coins du terrain avec l'énergie d'une adolescente. Elle est incroyable : les cheveux ramenés en arrière par un bandeau en tissu éponge, une réserve abondante de boissons énergisantes et de bananes, un grognement déstabilisant à chacun de ses coups.

Je cours d'un pas pesant derrière elle, je fais de mon mieux pour toucher la balle mais rien de très glorieux. Patty a cessé d'annoncer aux invités que j'ai joué pour l'équipe du Hampshire. Derrière le grillage, j'aperçois Flynn qui m'observe dans sa robe longue verte, les articulations serrées autour des alvéoles métalliques, une expression pensive sur le visage. Il doit tellement regretter de ne pas pouvoir être à ma place, ça me rend un peu triste pour lui.

« Tanya et Jay, c'est à vous. »

Patty leur fait signe et je déglutis avec peine en me rendant compte que notre prochain match va commencer.

Tanya arrive à petites foulées, elle marque quelques pauses en chemin pour faire des étirements. Jay est appuyé au grillage, souriant, et il bavarde avec Laura. Je les observe un instant, la façon dont ils se penchent l'un vers l'autre avec aisance et simplicité, Laura qui rejette la tête en arrière et éclate de rire. Ils sont tombés amoureux si vite et si intensément que je m'étais toujours méfiée. Je craignais que ce soit passager. J'avais de bonnes raisons de ne pas faire confiance à Jay.

De loin, ils semblent faits l'un pour l'autre, et j'aimerais tant que ma relation avec Flynn s'arrange. Avec lui, je me sens plus détendue, il calme les bruits parasites dans ma tête. Pourquoi a-t-il fallu changer de corps pour que je le comprenne ? Pourquoi suis-je prête à tout foutre en l'air ?

« Flynn. (Patty m'enfonce le doigt dans le bras.) Allez, c'est à toi de servir. »

Les services ont sans doute été ma pire humiliation du jour et je commets l'erreur de regarder Flynn quand je parviens à enchaîner ma quatrième double faute d'affilée. C'est extrêmement difficile de comprendre comment envoyer la balle par-dessus le filet dans ce petit carré en face. On a un jeu de retard et Patty ne dissimule presque plus son mécontentement.

C'est à Tanya de servir et je ne peux m'empêcher d'admirer sa silhouette, sa robe de tennis à la coupe parfaite, ses longues jambes bronzées qui paraissent s'allonger quand elle prend son élan, cambre le dos et frappe la balle avec force. J'arme ma raquette à l'instant où je sens la balle siffler à mon oreille.

« Quinze zéro. »

Le match se poursuit de cette manière et on est en bonne voie de se prendre une immense raclée. Le score est de cinq jeux à zéro, et je sens presque le parfum des scones et des gâteaux que je rêve de manger, je sens pétiller les bulles de prosecco. Déconcentrée, je me positionne devant le filet tandis que Patty sert dans mon dos.

Je ne sais pas exactement comment ça arrive. Tanya renvoie la balle et s'élance vers le filet. La balle décrit un arc au-dessus de moi et j'ai la certitude que je peux la toucher, je veux en toucher au moins une, je veux essayer de sauver les meubles. J'arme mon bras, je ferme les yeux et je cueille la balle en plein vol.

Presque simultanément, j'entends le son satisfaisant de ma raquette et je regarde d'un air ravi la balle qui ne vole plus au-dessus de ma tête mais qui se dirige dans la direction opposée. Le ravissement se transforme aussitôt en horreur, quand je suis la balle des yeux et la vois s'écraser sur le visage de Tanya.

Sa raquette tombe dans un claquement, elle se prend la tête entre les mains, Jay accourt et je suis figée de terreur. Je scrute l'arme au bout de mon bras et l'effroi me gagne.

« Elle est morte ? je murmure à Patty qui s'est postée à côté de moi.

— On va leur accorder le match », elle répond avec un soupir méprisant.

Tanya va s'asseoir sur la touche, un cercle rouge parfait s'épanouit sur sa joue et je me mords la lèvre.

Ils ont demandé un temps. Je m'éloigne du terrain comme un zombie, encore stupéfaite par la force et la vitesse de mon mouvement, et je me sens mal.

J'ai juste envie de partir, de m'enfuir d'ici. Quelque part derrière moi, j'entends deux femmes discuter.

« Je rêve ou… il pleure ? »

47
FLYNN

Je ne vois plus Amy. J'écoutais un invité âgé me parler de son boulot de comptable tout en gardant un œil sur elle et son match, et une seconde plus tard Tanya se prenait la tête entre les mains, Jay venait voir si elle allait bien, le match était annulé et Amy avait disparu.

Je fais abstraction de tout ce qui m'entoure et je fonce dans l'escalier de l'hôtel, mort d'inquiétude. Que s'est-il passé ? Pourquoi est-elle partie ? Elle n'est pas au bar, ni dans la salle de billard, ni dans l'orangerie. Les serveurs qui mettent en place les tables du dîner me dévisagent quand j'entre en trombe, échevelé, en quête d'Amy. Elle n'est pas non plus dans la chambre.

Elle est partie ? Elle s'est enfuie ? Elle oserait me faire un truc pareil ? Que s'est-il passé entre Tanya et elle ?

Je dois arranger les choses. Je dois rappeler à Amy que je l'aime. Qu'on s'aime, que rien de tout ça ne devrait nous éloigner. Paniqué, je contourne l'hôtel, le gravier crisse sous mes semelles et des bandes violettes strient désormais le ciel du crépuscule.

Je scrute la pelouse, l'herbe tondue à la perfection qui se fond dans le lac placide, l'île presque entièrement enveloppée d'obscurité. Difficile de croire qu'on était là-bas, hier soir à peine. J'ai l'impression que c'était il y a des siècles. Tout est chamboulé, tout change si vite. À cet instant précis, je repère sa silhouette solitaire dans le kiosque à musique.

Elle est voûtée, tête baissée, et je suis frappé une fois encore de constater que la situation est complètement folle : je suis en train de me regarder moi-même, d'observer mon propre corps affaissé. Ce week-end est parti en vrille. Il faut qu'on se rappelle l'un à l'autre qu'on peut s'en sortir, ensemble. Je repense à sa révérence dans notre chambre, à son rire alors que je tentais d'imiter avec raideur ses pas de danse. Je repense à nos mains entrelacées dans le reflet du miroir.

Puis je repense aux paroles de Laura, à l'éventualité qu'Amy n'envisage pas l'avenir avec moi.

Cette idée me frappe de plein fouet et je retourne en courant dans notre chambre, hors d'haleine, j'y prends le nécessaire et je redescends. Pendant une seconde, il me semble entendre quelqu'un crier le nom d'Amy mais je continue, je sais ce qu'il me reste à faire pour redresser le cap, pour rappeler à Amy qu'on s'aime, qu'on peut traverser n'importe quelle épreuve à deux. Désespéré, je me répète que j'ai juste besoin de temps, il faut que je gagne du temps.

Elle est toujours là, seule et triste. Je m'engage sur l'étendue de pelouse, le lac scintille plus loin, les lueurs douces du crépuscule teintent l'eau en rose. Des criquets lancent leurs rythmiques ensommeillées et les guirlandes lumineuses semblent m'adresser des clins d'œil à mesure que j'approche.

« Amy… »

Elle ne réagit pas, elle contemple le lac fixement, perdue dans ses pensées.

« Amy », je répète plus doucement.

Elle ne me regarde même pas, elle ferme les yeux et répond d'une voix épuisée : « Laisse-moi tranquille, Flynn. »

Je trébuche sur les marches qui mènent au plancher poussiéreux. Le parfum des roses enroulées autour des piliers du kiosque embaume l'air.

« Flynn. Je n'ai pas envie de te parler.
— Il faut pourtant qu'on parle. On doit traverser ça ensemble.
— Est-ce que Tanya va bien ?
— Oui. Elle va bien. »

Amy rive toujours son regard devant elle, le corps voûté, ses vêtements de tennis froissés.

Le silence s'installe. Dans mon esprit, elle va se retourner, acquiescer en me voyant. En se rappelant qu'il s'agit de nous. Amy et Flynn. Le couple tellement fusionnel qu'on leur crie souvent d'un ton blagueur d'aller se trouver un hôtel, le couple qui rit des mêmes bêtises (un bambin qui lâche des jurons en public, des vidéos YouTube où des gens glissent et tombent), le couple qui part en week-end improvisé à Paris, au pays de Galles, dans le Norfolk, et qui y passe toujours de bons moments parce qu'ils se suffisent l'un à l'autre.

« On ne fait plus rien ensemble », elle déclare, simplement, et cette phrase éveille une peur profonde en moi. Toutes les perspectives de notre avenir à deux s'effacent soudain, remplacées par d'autres pensées – Amy qui m'accuse de ne pas l'écouter, son inquiétude à l'idée d'emménager avec moi trop tôt, toutes les choses qui ne la font pas rire, ses questions que j'évite systématiquement, les paroles de Laura.

« Amy.
— Je pensais te connaître, elle ajoute brusquement. Parfois, j'ai l'impression de ne pas te comprendre, ou que tu ne me comprends pas. Je me disais que ce n'était pas si grave que ça, qu'on n'était pas en couple depuis longtemps, qu'on trouverait des solutions. Mais au moins j'avais la certitude de pouvoir te faire confiance…
— Tu peux me faire confiance. »

Je fais un pas vers elle. Elle pivote dans ma direction, mon corps solide fait presque ployer le petit siège sur lequel elle est assise. « Je n'en suis pas si sûre. Qu'est-ce que tu m'as caché ? À propos de Tanya ? »

Elle incline la tête sur le côté.

Ma voix se durcit à l'instant où je me remémore les paroles d'Eddie dans les toilettes. « Je ne sais pas ce qu'elle t'a raconté, mais je ne te cache rien à propos d'elle. Le passé est derrière nous, et je ne vois pas en quoi ça devrait nous affecter…

— C'est bien ça le problème, Flynn, on est différents. Je veux tout savoir, je veux partager le passé avec toi, que ça nous rapproche.

— On est déjà proches ! »

L'évocation de notre avenir et ma terreur du passé viennent précipiter ma décision.

« Je t'aime, Amy, je t'aime sincèrement. »

Elle lâche un petit soupir. Je ne veux pas la voir voûtée comme ça, à tout remettre en question, il faut que j'agisse et que je marque le coup.

« Et… »

Je n'hésite pas une seule seconde. J'ai besoin qu'elle voie, qu'elle comprenne, à quel point je suis sérieux.

Je mets un genou tremblant à terre, ma robe relevée sur la cuisse. Amy s'est figée sur le siège, elle me surplombe et me dévisage, les yeux écarquillés. Je la regarde d'un air solennel.

« Flynn…

— Amy, je sais que la situation actuelle est foireuse, mais je t'ai littéralement dans la peau et je veux passer le restant de mes jours avec toi. Même si on n'arrive pas à rétablir l'ordre naturel des choses, j'ai besoin de savoir que tu resteras avec moi et qu'on affrontera tout ça à deux. »

Elle a l'air stupéfaite ; elle est paralysée, les bras ballants. Puis elle descend du siège, elle recule d'un pas et se cogne au pilier du kiosque.

Je sais que la scène ne se déroule pas exactement comme je l'ai prévu mais j'ai la conviction que mon geste poussera Amy à se souvenir de ce qui est essentiel, lui prouvera combien je suis sérieux. Elle n'a pas dit oui, mais sa bouche s'ouvre et se ferme, s'ouvre et se ferme, alors j'espère qu'elle s'apprête à accepter.

Elle porte les mains à son visage; j'aperçois dans un rai de lumière la cicatrice qui luit aux articulations de ma main gauche. « Je n'y crois pas.

— Je sais, je lui rétorque avec un large sourire. C'est fou et inattendu, je sais, mais je veux t'épouser, Amy. Je t'aime. Il faut qu'on emménage ensemble, qu'on aille de l'avant. Je me suis toujours senti bien avec toi. J'aime tout, chez toi. Même quand tu es… moi.

— Je n'arrive sincèrement pas à y croire », elle répète, le visage pâle sous les poils courts de sa barbe.

Ce n'est pas la réaction que j'attendais. Le *oui* tarde à venir, c'est plus long que je l'imaginais. Je suis pétri d'inquiétude. C'est ma dernière cartouche, je le sais. Depuis que je lui ai proposé d'emménager avec moi, je l'ai sentie s'éloigner lentement. Je n'ai plus d'autre solution pour la retenir.

« C'est pourtant vrai, je déclare en brandissant la bague un peu plus haut afin qu'elle voie scintiller le diamant, l'anneau de platine serti de petites pierres précieuses, afin que l'instant s'ancre dans la réalité.

— Je n'arrive pas à croire que tu choisisses un moment pareil. Après la journée qu'on a passée, avec tout *ça* (elle agite la main autour d'elle), tu penses sincèrement que c'est la meilleure chose à faire? Oh, mon Dieu, Flynn. » Elle enfouit son visage entre ses mains.

J'ai toujours un genou à terre; ma jambe se contracte douloureusement, mon sourire se désagrège.

On m'a rabâché toute ma vie que les femmes ne rêvaient que de ça. De vœux sincères. Je pensais que c'était la seule et unique façon de sauver la situation.

« Même si je n'étais pas dans... TON CORPS, même si j'avais prévu de répondre oui, tu crois réellement, alors que je t'ai répété mille fois que ce week-end était important, que c'est le bon moment pour me poser la question ?

— Je... je t'aime, je lui réponds en cherchant désespérément mes mots. Je t'aime et je veux t'épouser, Amy. Fonder une famille. Il n'y a pas de mauvais moment pour annoncer ça, si ? »

Elle ouvre la bouche mais se fige soudain, le regard attiré par quelque chose derrière moi. Et sa bouche s'ouvre davantage, ses sourcils s'arquent.

« Oh, mon Dieu », elle lâche.

Je me retourne. Et j'aperçois trois visages hébétés qui nous dévisagent depuis les marches du kiosque.

48
AMY

C'est complètement dingue. Pourquoi Flynn choisit-il ce moment précis pour faire ça ? Comment peut-il ne pas comprendre que le timing est mauvais ? Et se marier ? Il y a deux semaines, il me proposait d'emménager ensemble et je n'ai même pas encore accepté. Ce week-end n'a fait que m'embrouiller davantage l'esprit. Je vois souvent combien Flynn est génial, tous les efforts qu'il fournit. Mais aussitôt, j'entends des choses qui viennent ternir le tableau.

J'adore être avec Flynn, vraiment. Mais j'ai parfois l'impression de ne pas le connaître. Il détourne toutes les conversations que j'entame sur les difficultés et les traumatismes de son passé.

Je sais que son père est mort quand il était petit, mais il n'a partagé avec moi qu'une poignée de souvenirs hyper standards – un tour avec lui sur une grande roue, la fois où il lui a ébouriffé les cheveux après un match de rugby et lui a collé la honte devant un copain. Il refuse de me présenter à sa mère – il trouve toujours une excuse, mais il pense forcément que je ne suis pas assez bien, pas assez classe. Il a été en couple avec Tanya presque aussi longtemps qu'avec moi, et pourtant je ne sais rien de leur relation.

J'ai envie que la personne avec qui je choisis de passer le restant de ma vie soit capable de partager, d'avoir des discussions profondes. Et si on ne savait que s'amuser, rire, sans rien de plus ? Ce week-end me prouve à quel point je le connais mal.

Ça me dépasse. Comment peut-il imaginer que ce soit le bon moment ? La seule chose qu'on puisse faire, c'est de passer ces deux jours sans encombre, puis de trouver une solution pour remédier à la situation.

J'éprouve une vive terreur à l'idée que cet échange soit irréversible, mais je la ravale. Je dois d'abord m'occuper de cette histoire de demande en mariage. Je le dévisage, un genou à terre, ma robe étalée autour de lui ; il a l'air plein d'espoir et je suis bien obligée de me rappeler que Flynn n'est pas un mauvais type. Depuis deux semaines, j'essaie de me convaincre du contraire, mais c'est faux.

J'ouvre la bouche pour répondre, pour m'expliquer, quand j'entends un bruit sur les marches du kiosque. Je lève les yeux et j'aperçois le visage horrifié de ma sœur qui contemple la scène : moi, un genou à terre, qui demande mon copain en mariage la veille de ses propres noces. Derrière elle, Tanya tire Eddie par le bras mais je les ignore aussitôt, je ne vois que l'expression de Laura : un sentiment de trahison et de dégoût.

Je dois tout lui expliquer sur-le-champ – je ne veux pas qu'elle se fasse de fausses idées. Avant que j'aie pu réagir, cependant, Eddie bouscule Laura et avance à grands pas dans ma direction. Il pince les lèvres et son corps est crispé. Il s'arrête devant moi. Il est imposant, les muscles bandés.

« Mais qu'est-ce que tu fous, bordel ? il lance.

— Arrête, Eddie », intervient Tanya derrière lui sans me regarder.

Eddie tend son énorme paume devant son visage. « Je gère. » Puis il se tourne vers moi, nos yeux sont au même niveau. « Je ne pensais pas devoir te faire une remarque ce week-end, mais de toute évidence tu m'y obliges. Alors je te préviens, t'as intérêt à garder tes distances, il dit en détachant bien chaque mot.

— C'est ce que je fais depuis le début. » Mon cœur s'emballe lorsque Eddie avance et entre dans mon espace personnel. Mon dos heurte le pilier, les pétales de rose me chatouillent la peau et son visage furieux n'est plus qu'à quelques centimètres du mien.

« Tu as fait exprès de la frapper avec la balle, articule Eddie en me postillonnant sur le visage.

— Je ne pense pas que c'était délibéré, tente d'argumenter Tanya.

— On a tous été témoins. (Eddie m'empoigne par le col et j'écarquille les yeux.) Elle m'avait mis en garde mais je ne pensais sincèrement pas que Flynny allait faire des embrouilles, il n'en a jamais fait, il est trop gentil… » il crache presque. Comme si la gentillesse était un crime.

« Lâche-le immédiatement », ordonne une voix derrière lui.

C'est Flynn, debout dans ma robe longue, ses cheveux bouclés en bataille, le regard féroce.

Eddie ne prend pas la peine de jeter un coup d'œil par-dessus son épaule – une femme qui essaie de s'interposer, ça ne lui fait clairement ni chaud ni froid.

Je sens qu'il va me cogner, je me recroqueville et je ferme les yeux en attendant l'impact.

Quand je les rouvre, je constate que Flynn, du haut de mon mètre soixante, a bondi sur le dos d'Eddie, sa robe relevée autour des cuisses, et il hurle « Lâche-le » en boucle.

Eddie s'efforce de déloger la petite personne accrochée à lui comme s'il était dans une mêlée de rugby, sous les yeux médusés de Tanya et Laura qui observent cette curieuse danse sur le plancher du kiosque.

« Oh, mon Dieu, Amy, mais descends de là. » Laura s'est postée derrière eux et elle tire sur la jambe nue de Flynn. Tanya me regarde sans bouger.

Je me sens complètement démunie, mon corps tremble encore des menaces d'Eddie, j'ignore pourquoi Tanya s'imagine que Flynn peut présenter un danger. Qu'il veuille la blesser délibérément. Ça ne lui ressemble pas. Si ? Mais qu'est-ce qui s'est passé entre eux, bordel ?

Flynn a glissé, ses bras s'accrochent toujours à la taille d'Eddie, Laura le tire par les deux jambes, on dirait la course de brouette la plus dingue du monde.

Est-ce que je devrais intervenir ? C'est absurde. Il faut que je parle avec Laura mais j'ai l'apparence de Flynn et j'ai la tête qui tourne à observer cette scène incongrue. J'ai besoin de réfléchir. On n'aurait jamais dû venir. C'est parti complètement en vrille.

« Arrêtez, je lance d'une voix tremblante. Arrêtez. » Je m'élance vers eux.

Je vois son poing trop tard, mais je le sens s'écraser contre mon crâne.

« Putain ! » je hurle en me prenant la tête entre les mains. Eddie recule sa main et se frotte les articulations. Tanya s'écrie « Mais c'est pas… » Flynn glisse enfin de la taille d'Eddie et atterrit lourdement sur le plancher, échevelé et hors d'haleine.

Laura a fait un pas en avant, elle hurle sur Flynn qui réajuste sa robe et qui semble prêt à se ruer de nouveau sur Eddie pour me venger du coup de poing.

« Je n'arrive pas à croire que tu aies demandé Flynn en mariage, pile ce week-end.

— Eddie, oh mon Dieu, tu l'as frappé.

— Tanya, il t'a envoyé la balle en pleine tête. Il aurait pu te tuer.

— Ce n'était pas volontaire, je ne… Putain. (Je me masse l'œil.)

— Tu cherches à me vexer, c'est ça ? Tu ne supportais pas que le week-end tourne autour de moi, hein ? » Laura s'acharne toujours sur Flynn, étalé par terre. Je déteste qu'il me donne l'air aussi ridicule, mais j'ai trop mal pour dire quoi que ce soit.

Tout le monde hurle en même temps. Je scrute Flynn qui me rend mon regard. Il affiche une expression fugace de confusion. C'est la seule personne au monde qui comprenne ce qui est en train de se passer, le désastre qui s'annonce.

« C'est faux.

— Tu l'as demandé en mariage », proteste Laura qui scrute toujours Flynn d'un air fâché. Flynn la remarque à peine, il se redresse péniblement pour venir me voir.

« Ça va ? »

Je grimace lorsqu'il me touche le visage. « Il faut qu'on aille mettre de la glace sur ton œil. »

J'écarte brusquement sa main sans penser à ma douleur, je veux juste arranger la situation avec ma sœur. « Ce n'est pas ce que tu crois, Laura.

— Eddie, viens, on retourne à l'hôtel, dit Tanya, les larmes aux yeux.

— Laura, crois-moi, s'il te plaît. »

Laura fait volte-face. « Flynn, sérieux, laisse tomber. Ne t'en mêle pas. »

Je me fige – qu'est-ce que je peux répondre à ça ? Je veux lui avouer la vérité mais je ne veux pas envenimer la situation. Notre infortune risquerait d'attirer toute l'attention et de supplanter le reste des événements.

Flynn semble comprendre qu'il doit se réconcilier avec Laura à ma place. De mon œil valide, je le supplie en silence : Ne te plante pas, Flynn, s'il te plaît.

« Laura… Flynn a raison, ce n'est pas ce que tu crois. Je…

— Donc la boîte contient juste une paire de boucles d'oreille, c'est ça ? » elle lâche avec un geste de la main vers l'écrin qu'il tient encore.

Il déglutit et replie les doigts autour de la boîte. « Eh bien… (Il ne peut retenir un regard paniqué dans ma direction.) J'essayais de… Je ne pensais pas…

— C'est exactement le problème, Amy, tu ne *penses* pas. Je n'arrive sincèrement pas à croire que tu aies choisi ce moment précis pour te faufiler jusqu'ici et faire ça dans mon dos. C'est pile à cet endroit qu'on va danser demain soir, pour fêter *mon* mariage, avec *mon* mari, mais évidemment il a fallu que tu tournes le week-end à ton avantage, que tu le centres sur Flynn et toi. Hier, tu voulais le larguer, et aujourd'hui tu veux l'épouser. Tu es prête à tout pour rester au centre de l'attention. Tu ne peux même pas m'accorder un week-end… »

Elle prend une profonde inspiration, les larmes aux yeux, puis elle repousse Flynn, quitte le kiosque et traverse la pelouse.

49
AMY

Dix ans plus tôt

« Tu ne pouvais pas éviter de participer à une manif le jour de son enterrement ?

— La cause aurait été importante aux yeux de papa. Ils veulent renvoyer cet homme chez lui, dans son pays, mais c'est *ici*, chez lui. Il a une femme et des enfants ! »

Laura agrippe le volant de la voiture tandis qu'on parcourt Easton vers le centre-ville, qu'on longe des vitrines cassées et les débris laissés sur la chaussée par les manifestants. Elle est venue me chercher au moment où la police procédait à des arrestations.

« Je t'ai apporté des vêtements de rechange. »

Une robe noire est posée sur la banquette arrière et elle me donne la nausée. Une part de moi-même regrette de ne pas avoir été arrêtée par la police, j'aurais eu une excuse pour manquer les événements de la journée. Ça n'aurait pas dérangé papa. Il parle toujours du jour où on l'a embarqué après les émeutes de Saint-Paul. Parlait. Il parlait. Je n'arrive pas à penser à lui au passé.

Causes naturelles.

« Tu crois que maman a besoin de ça aujourd'hui ? »

Je croise les bras et je fais la moue. Elle me jette un regard en coin et lâche : « Moi aussi j'ai perdu mon père, Amy, putain.

— Je sais. » Je voulais cracher ces mots d'un ton dédaigneux, mais ma voix est triste et presque inaudible. J'aime Laura, j'aimais mon père. C'est tellement injuste.

Cette soirée au pub me hante. Maman et Laura ont géré les funérailles et moi, j'ai juste fait ma connasse, à me fâcher, à claquer les portes, incapable de leur expliquer ce qui me ronge. Je me réveille sans arrêt en sueur, dévisagée par les yeux fixes et vitreux de papa, prostré sur le sol poussiéreux du pub.

Laura était pâle lorsqu'elle discutait avec maman des formalités de l'enterrement, des repas, des oraisons. Je ne faisais qu'entraver leurs projets et critiquer chacune de leurs décisions.

Maman me trouvait systématiquement des excuses.

Laura a fini par craquer la veille au soir de l'enterrement. « Tu n'es pas la seule à avoir perdu papa, tu le sais ça ? »

C'était vrai mais, en proie au chagrin et à la culpabilité, j'ai craché une insulte et je suis sortie en trombe.

Tout était de ma faute, j'en étais convaincue. Si je ne lui avais pas dévoilé mes projets d'avenir, si je n'avais pas été aussi méchante avec lui avant qu'il ne monte sur scène, je ne lui aurais jamais brisé le cœur comme ça. Causes naturelles. Mon cul, oui.

J'ai menti à maman ; j'ai menti à Laura. Je ne leur ai pas raconté notre discussion juste avant qu'il ne s'installe au micro. Et voilà que je me retrouve à repousser tous ceux qui essaient de se montrer attentionnés. Je ne mérite pas leur gentillesse.

Je veux que quelqu'un me dise quoi faire, comment vivre maintenant qu'il n'est plus là. Il me guidait toujours, sa voix rassurante balayait mes inquiétudes. Ce soir-là, c'était une des rares fois où je m'éloignais des projets qu'il avait élaborés pour moi. Il voulait que je devienne chanteuse, mais que je reste avec lui à Bristol. Il voulait qu'on chante ensemble. Et j'ai brisé ce rêve. Je l'ai brisé, lui.

La salle de la cérémonie est remplie de visages familiers, on prononce des paroles de réconfort, on décoche des regards tristes, et j'évolue en pilote automatique. Tout le monde me répète qu'il m'aimait, que je lui ressemble, que j'ai son talent, que j'ai son énergie. Ses copains du karaoké, du foot, du boulot, de notre rue, tous m'assènent des claques dans le dos. À l'autre bout de la salle, Laura hoche la tête, nos regards se croisent. Elle m'adresse un faible sourire et me souffle un baiser. J'ai envie de courir jusqu'à elle, de la serrer super fort contre moi et de la supplier de rester.

Elle n'a pas renoncé à partir à Londres. À aller à la fac, comme si papa ne venait pas de mourir. Elle nous quitte, elle aussi. J'ai la tête qui tourne. Comment peut-elle nous faire ça ? Comment peut-elle m'abandonner ici ?

« Viens avec moi », a-t-elle suggéré.

Cette idée m'a encore plus terrorisée. Tout lâcher, quitter Bristol – la seule ville que j'aie jamais connue.

« Je ne peux pas laisser maman toute seule.

— Maman a ses amis, elle a ses cours, et puis on reviendra la voir souvent. Viens, Amy !

— Et mon boulot…

— Il y a des agences immobilières à Londres aussi, Amy.

— Et mes amis.

— Tu t'en feras d'autres. Et on reviendra, c'est à quelques heures de bus.

— Je n'ai pas les moyens.

— Tu peux vivre avec moi en attendant. »

Mon cœur s'est emballé. C'était tentant. Laura pourrait prendre toutes les décisions à ma place. Elle pourrait me dire quoi faire. Comme papa avant. L'espace d'une seconde, j'ai eu envie d'acquiescer, de lui faire confiance et de me convaincre que tout se passerait comme elle le prédisait. Mais c'était impossible. J'avais peur. Au lieu de lui répondre ça, de lui avouer que j'avais peur de ne pas être aussi courageuse qu'elle, pas aussi intelligente, peur de me sentir totalement perdue, de lui expliquer que je composais des chansons, j'ai opté pour la solution habituelle quand je me sens gênée : j'ai joué à la connasse.

« Tu ne piges pas, toi. Je ne peux pas partir. Comment je pourrais partir d'ici ? Quelqu'un doit rester. Une de nous doit donner l'impression qu'elle en a quelque chose à battre. »

Elle a reculé, la douleur se lisait sur son visage. Elle n'a plus jamais réitéré sa proposition. Même si j'en rêvais secrètement. Demande-le-moi, demande-le-moi encore une fois. Je viendrai, je serai aussi courageuse que toi.

On traverse la journée tant bien que mal. Laura prononce un éloge qui fait pleurer maman, mais moi je ne trouve plus les larmes. Je fixe le cercueil, j'attends avec terreur la minute où ils l'emporteront, le moment où il nous quittera à jamais. Je ne vois qu'une seule chose, son ultime regard, alors qu'il était prostré à terre – sa fille, la dernière personne à croiser ses yeux, celle qui l'a déçu dans ses derniers instants.

Les larmes menacent de couler et je sens la main de maman dans la mienne, la pression douce de ses doigts, mais je ne parviens pas à serrer les siens en retour. Je sais combien elle l'aimait ; ils étaient ensemble depuis vingt-quatre ans, mariés depuis vingt-deux. Papa plaisantait toujours et affirmait que c'était la grossesse de maman qui les avait obligés à se marier, mais tout le monde voyait qu'il l'adorait. Je veux un homme comme lui, une relation comme la leur. Je veux un meilleur ami.

L'instant arrive où on regarde le cercueil disparaître derrière un petit rideau. Papa est parti. Mes genoux tremblent et je m'assieds lourdement, les yeux rivés sur mes mains. Il est parti pour toujours. Je dois continuer à vivre sans lui. Je ne me suis jamais sentie aussi petite et perdue. Maman et Laura passent devant moi, puis je reste assise à fixer le rideau jusqu'à ce qu'un employé vienne me tapoter l'épaule et me demande de partir.

Il faut que quelqu'un me dise quoi faire, maintenant, sur quel pied avancer pour continuer ma route. Toutes mes certitudes s'effritent, la voie qui semblait s'ouvrir à moi a disparu. C'est moi qui ai provoqué tout ça, avec mes rêves de gloire à la con. J'ai causé la mort de la personne qui m'aimait d'un amour inconditionnel. Je ne me le pardonnerai jamais.

50
FLYNN

Je n'arrive pas à croire qu'Eddie l'ait frappée, je vais lui sauter dessus et le mordre, ce connard. Ma carrure me manque, mon mètre quatre-vingt-dix et mes muscles. Mon petit corps fulmine de colère. Je me rends compte qu'Eddie ne m'a jamais apprécié. On avait les mêmes centres d'intérêt, les mêmes amis mais on a toujours été diamétralement opposés. Il voulait toujours être en compétition, tester nos limites. Pourquoi ne lui ai-je jamais tenu tête ? C'est une brute. Difficile de croire qu'il ait fallu cet échange improbable de corps pour que je le comprenne enfin.

Ce week-end devait être une grande célébration. Amy adore Laura, elle ne songerait jamais à lui voler la vedette. Qu'est-ce que j'ai fait ?

Je lis la peine sur le visage d'Amy et ça me blesse d'en être en partie responsable. Je veux juste qu'elle sache que je compte m'engager avec elle pour toujours. Je l'ai sentie s'éloigner de moi et j'ai paniqué. Je comprends désormais que je dois être plus courageux, faire face à ce que j'ai refoulé jusqu'à présent. Ça me semble insurmontable : j'ai besoin de temps.

Amy court après Laura en direction du lac. À cette distance, je distingue seulement qu'Amy se tient le visage entre les mains – le coup de poing a eu l'air violent – tandis que Laura lui hurle dessus en pensant que c'est moi, et que je cherche à m'immiscer dans leur dispute.

Tanya me toise d'un air nerveux, comme si je risquais de lui sauter dessus, et Eddie se prépare à courir après Flynn.

« Laisse-le tranquille, je lui ordonne. Tu lui as déjà collé un pain, bordel. »

Il me décoche un regard noir. « Il l'a bien cherché. »

Je prends une profonde inspiration, je sais que je dois aller rejoindre Amy et arrêter d'envenimer la dispute ici. Mon instinct me pousse à piquer une colère et à jouer les gros bras, mais elle a besoin de moi. J'essaie de me concentrer sur ce qu'Amy dirait et ferait : elle voudrait que je maintienne la paix. « Bon, je ne sais pas ce qu'il se passe entre vous mais peu importe, ne gâchez pas le week-end de Laura. (Je m'oblige à regarder Tanya.) Ça risque de perturber tout le monde encore davantage. Et on ne doit pas oublier que ce week-end n'a rien à voir avec ce qu'il s'est passé entre m… entre Flynn et Tanya. »

J'essaie de croiser le regard de Tanya mais je lui en veux tellement de gâcher ce week-end. Si elle n'était pas venue, je n'aurais jamais eu à m'inquiéter de cette histoire, je n'aurais pas été obligé de mentir à Amy ni de réfléchir à des trucs que je voudrais simplement oublier. « Le passé est derrière nous », je lâche d'un ton ferme.

Tanya acquiesce d'un air accablé. « Elle a raison, Eddie. Allez, viens. »

Il marmonne dans sa barbe et laisse enfin Tanya le guider loin du kiosque. Elle a toujours été prompte à battre en retraite, à opter pour les réactions passives-agressives plutôt que pour les confrontations directes.

J'aperçois soudain Laura qui court vers l'hôtel. Je tends le cou pour voir si Amy est à ses trousses quand Eddie passe à côté de moi et me bouscule d'un coup d'épaule. « Dis à Flynn de laisser Tanya tranquille. Elle est avec moi, maintenant. Il faut qu'il tourne la page une bonne fois pour toutes et qu'il oublie cette histoire avec Charlie. »

Mon estomac se noue lorsque Amy apparaît sur les marches du kiosque, sa veste en tweed débraillée et une main toujours posée sur son œil amoché.

Elle me dévisage lorsque Tanya et Eddie passent devant elle.

« Laisse-la tranquille, mec », siffle Eddie.

Amy l'ignore totalement, elle me toise, immobile. Ils s'éloignent et l'obscurité les avale.

« C'est quoi ce délire, Flynn ? C'est qui, Charlie ? »

Je me passe la langue sur les lèvres et je réajuste ma robe. « Laisse-moi examiner ton œil.

— Qui est Charlie ? » elle redemande d'une voix faible.

J'agite la main. « Ça n'a pas d'importance.

— Qui. Est. Charlie ? Que s'est-il passé entre vous ? »

51
AMY

Je n'apprendrai rien comme ça; Flynn s'est replié sur lui-même, lèvres pincées. Puis il fait tout un cinéma autour de mon œil, des tactiques que j'identifie mieux depuis quelques semaines. Il est passé maître dans l'art de détourner l'attention et d'éviter les sujets fâcheux.

J'ai la tête qui tourne, l'œil douloureux et je suis désespérée de m'être disputée avec ma sœur. Elle pensait que j'étais Flynn, évidemment, et ça n'a fait qu'envenimer la situation. Elle a même traité Amy de lâche parce qu'elle envoyait son copain livrer ses batailles.

Je repense à ses paroles : *Comme si je n'avais pas compris ce que tu penses de mon mariage.* Je sais ce qu'elle insinue, que je trouve le week-end totalement outrancier, mais ce n'est plus le cas, plus maintenant. La peur de la perdre m'avait rendue malintentionnée. Je n'aurais jamais dû la faire culpabiliser. Je veux sincèrement que son mariage se déroule à la perfection. Je veux que ce soit le plus beau jour de sa vie.

Et voilà que Flynn me cache des choses.

« D'accord, ne me dis rien. Merde, je jure en portant de nouveau ma main à mon œil. Ça fait mal. Tu peux aller me chercher des glaçons ? »

Je savais qu'il n'hésiterait pas. Il tient toujours à prendre soin de moi. Quand j'avais une tendinite le mois dernier, il apportait des poches de glace chez moi et vérifiait sans arrêt que je surélevais correctement ma jambe. Ce souvenir me serre le cœur : je le revois placer un coussin sous moi et m'apporter un chocolat chaud, l'air préoccupé, comme si j'étais malade.

Il accepte aussitôt.

« On se retrouve dans la chambre, je dis. Il faut que j'arrive à parler avec Laura. »

Il ne me pose aucune question et je suis envahie d'un nouveau doute. Flynn est un type franc et réglo. Il ne cache jamais rien à ses clients, il ne déforme jamais la vérité pour obtenir des contrats supplémentaires. Une cliente lui a versé trop d'argent pour la fête d'anniversaire de sa fille et Flynn le lui a rendu sur-le-champ, alors qu'elle voulait en réalité lui laisser un pourboire pour la soirée fantastique qu'il avait organisée.

À l'instant où il s'éloigne, je retourne à l'hôtel. S'il refuse de me parler, alors je vais profiter de mon déguisement de Flynn pour découvrir enfin la vérité. Et la chance me sourit, je repère Tanya et Eddie dans le vestibule. Tanya agite les mains, clairement agacée. Eddie tourne les talons, ses épaules massives voûtées, et il s'engage dans l'escalier, grimpe les marches quatre à quatre tandis qu'elle continue à lui faire la leçon.

« Tu aurais pu me laisser m'en occuper, Eddie, tu n'avais pas besoin de le frapper. »

Combien de femmes ont déjà prononcé ces mots ? je songe. Combien ont vu les hommes foncer tête baissée pour arranger la situation mais ne faire que l'aggraver, alors qu'elles auraient pu s'en charger elles-mêmes ?

Je repousse ce sentiment de solidarité féminine et j'avance lorsque Eddie disparaît en haut de l'escalier. Elle pousse un cri de surprise quand je lui touche le bras. « On peut discuter ?

— Flynn, sérieux, je vais me mettre à hurler. Je vais… Eddie va revenir bientôt et…

— Mais je ne te veux aucun mal », je lâche d'un ton exaspéré en me rendant compte qu'avec ma carrure virile, je représente une menace à ses yeux. Cette pensée m'étourdit un instant. « Je veux juste te poser des questions sur Charlie. »

Elle se fige en entendant le nom, puis elle semble réfléchir avant de m'adresser un rapide hochement de tête. Elle montre du doigt une porte ouverte. « Entrons ici, elle dit avant de jeter un coup d'œil vers l'escalier. Je ne veux pas qu'Eddie nous voie ensemble. »

Je lui emboîte le pas dans une vaste pièce remplie de livres et de lampes, de tableaux de chasse et d'étagères interminables. Une échelle coulissante s'élève du sol au plafond pour permettre d'atteindre les ouvrages en hauteur. Il flotte un parfum de cire et de vieux papier. Des abat-jours à franges sur plusieurs tables diffusent une lumière tamisée. J'ai envie de me lover dans un des fauteuils en velours bleu sarcelle, de fermer les yeux et d'oublier ces dernières vingt-quatre heures.

Est-ce que je tiens vraiment à entendre ce qu'elle risque de me raconter ?

« Alors, dit Tanya en tirant sur les manches de son pull pour y enfouir ses mains. Qu'est-ce que tu veux savoir sur Charlie, Flynn ?

— Je veux juste… savoir… comment il va », je tente.

Le visage de Tanya se crispe. « Tu te fous de moi, Flynn ? (Elle tourne les talons et s'apprête à sortir de la pièce.) C'était déjà bien assez dur ce soir… »

Comment c'est possible d'avoir foiré la discussion aussi vite ? J'élève la voix : « Pardon, non, bien sûr que non, je ne me fous pas de toi, je veux sincèrement savoir. »

Tanya s'exprime d'un ton rapide, ses mots sont ponctués de petits soupirs. « Charlie va bien, elle va même très bien.

— Elle… » Donc Charlie n'est pas un homme. Je croyais que Charlie était peut-être le type avec lequel Tanya avait trompé Flynn, ou un ami, ou… je ne sais pas exactement. Mon cerveau est déboussolé par cette information et le sang me bat aux tempes alors que j'essaie de remettre de l'ordre dans mes pensées.

« … Elle va à la crèche depuis peu, trois matins par semaine, et elle a déjà beaucoup d'amis. »

Charlie n'est pas un mec. Charlie n'est pas un adulte. Charlie est un enfant : une petite fille.

« C'est… c'est bien », je dis en comprenant que Tanya attend une réponse. J'ai le cerveau tout retourné.

« Bon, écoute, Flynn, tu m'as dit que tu ne voulais plus entendre parler d'elle, je sais, et je comprends. Mais elle va bien. On va bien, toutes les deux. (Son visage se radoucit peu à peu et elle sort son portable, qu'elle brandit vers moi.) Tiens, regarde. C'est elle, dans son déguisement pour la Journée mondiale du livre. Elle voulait se déguiser comme l'extraterrestre dans *Les aliens aiment les culottes*. Elle adore ce livre. »

Pourquoi Flynn demanderait-il des nouvelles d'une petite fille ?

Je saisis le téléphone et je contemple l'écran, abasourdie. Une fillette blonde, sourire aux lèvres, arbore un pyjama sur le thème de l'espace et une culotte par-dessus son pantalon. Tanya est la mère de cette enfant. Charlie. Et à en juger par la photo, Charlie ne doit pas avoir plus de trois ans.

« Je ne te l'ai jamais envoyée mais… » Tanya reprend le téléphone, parcourt les photos plus anciennes. Mon cerveau n'arrive toujours pas à comprendre ce que je vois et ce que j'entends. Tanya a une fille. Mais en quoi est-ce que cela concerne Flynn ? Pourquoi ne veut-il pas en parler ?

Ça me paraît soudain évident. Les murs de la pièce se referment lentement sur moi, les étagères de livres se brouillent.

Quand elle me tend le téléphone, je n'ose presque pas le regarder. Je sais que ce moment va tout bouleverser.

Mais c'est plus fort que moi.

Je contemple l'écran, le nouveau-né minuscule et emmailloté dans une couverture blanche immaculée. Un visage miniature apparaît dans cette sorte de burrito humain, et mes yeux sont attirés par la personne qui tient le bébé dans ses bras, assise dans un fauteuil ; la personne qui sourit d'une oreille à l'autre, aux anges, le regard tourné vers le téléphone.

« Je ne savais pas si tu voudrais voir cette photo, alors je ne te l'ai jamais envoyée. »

Malgré moi, je parcours les quelques photos précédentes, je vois le même enfant dans les bras de Tanya enveloppée dans sa tunique de la maternité, rayonnante, sans maquillage. Puis leurs deux visages l'un contre l'autre, et Charlie lovée entre eux.

Je lui rends le téléphone, la nausée me retourne l'estomac. C'est impossible. Mais Flynn refuse pourtant obstinément d'aborder le passé, il m'encourage à vivre dans l'instant présent, à ne pas l'interroger sur ses relations passées… Je suis vraiment idiote.

Le monde s'écroule autour de moi.

Flynn a une fille. Une fille dont il ne m'a jamais parlé.

Flynn est papa.

« Te voilà ! » s'exclame Flynn en brandissant une poche de glace, triomphant. Sa voix se brise quand il remarque la personne qui m'accompagne et l'expression de mon visage.

« Salut, Amy, lance Tanya d'un ton enjoué. Je suis désolée pour tout à l'heure, avec Eddie. Flynn et moi, on était en train d'arranger la situation… »

Je ne réponds rien, j'en suis incapable. Je dévisage Flynn, qui ressemble à moi-même en version inquiète. Sa poche de glace goutte sur le tapis persan de la bibliothèque et il attend, pâle comme un linge.

« On retourne à la chambre, Flynn ? » il propose d'une voix crispée.

Mais, rapide comme l'éclair, je me faufile devant lui et je sors de la pièce : je m'élance loin de Tanya, loin de Flynn et de l'énorme secret qui vient de faire exploser mon univers tout entier. Je gravis les marches quatre à quatre, heureuse d'avoir de longues jambes pour monter plus vite. Je trébuche au sommet de l'escalier, je me rattrape à la rambarde, mon œil douloureux me brouille la vue.

J'ignore Flynn qui m'appelle depuis le vestibule, je m'élance dans le couloir en direction de notre chambre. Mais c'est là qu'il viendra me chercher en premier, alors je bifurque au dernier moment. Je n'arrive pas à y croire.

Flynn est papa.

52
FLYNN

Elle n'est pas dans la chambre. L'hôtel est silencieux, éclairé de lumières tamisées, et je la cherche dans les couloirs, identiques, la poche de glace laissant des traces humides sur la moquette moelleuse et beige, comme autant de miettes dans mon sillage.

« Amy… Amy ! » Il me faut un moment pour reconnaître la voix qui m'appelle.

Trish avance d'un pas décidé dans le couloir, elle serre autour d'elle son peignoir lilas. Elle a une tache de dentifrice à la commissure des lèvres. « Amy, ma chérie, mais qu'est-ce qui t'a pris ?

— Trish, je…

— Laura est venue me raconter que tu as demandé Flynn en mariage… ce soir… C'est vrai ? Je lui ai dit qu'elle devait se tromper mais elle insiste…

— C'est vrai », je l'interromps d'une voix lasse. Je n'ai pas le temps de lui expliquer, je dois continuer à chercher Amy.

« C'est vrai, murmure Trish, sourcils arqués. Oh, ma chérie, mais qu'est-ce qui t'a pris ?

— Eh bien… » Ça me fâche de constater que toute la famille d'Amy semble opposée à ma demande en mariage. « On s'aime, on va bien ensemble, j'ai envie de passer le restant de mes jours avec elle… avec lui… » La passion me fait parler plus fort que prévu.

« Mais le faire ce week-end, Amy, franchement. C'est tellement indélicat. (Elle secoue la tête.) Oh flûte, et moi qui ne croyais pas Laura, maintenant je me sens coupable.

— Mais pourquoi c'est si mal de choisir ce week-end ? je demande à mesure que ma frustration augmente. C'est censé être une bonne chose, une excellente nouvelle.

— Eh bien... Oui, bien sûr que ça l'est, mais ça nous prend au dépourvu.

— On est ensemble depuis presque deux ans », je déclare, et dans la voix d'Amy, ça ressemble à un caprice d'enfant grognon.

« Et je suis heureuse de constater que tu as fait du chemin depuis ce temps. »

Comment était-elle, il y a deux ans ? Elle paraît si ancrée, si sûre d'elle, je suis surpris d'imaginer que ça ait pu être différent un jour.

« Mais la semaine dernière encore, tu me disais ne savoir quasiment rien de lui ! »

Ce nouvel élément d'information me frappe de plein fouet. Mes orteils se recroquevillent d'effroi. Ce n'est pas totalement faux. Et c'est pour cette raison que je devais la demander en mariage ; je suis capable d'apprendre à m'ouvrir à elle, je peux essayer.

« Laura dit que tu l'avais clairement prémédité mais que tu le lui as caché.

— Je ne voulais pas... Je ne pensais pas que... » Une sensation curieuse me gagne, ma gorge se serre et ça me picote les yeux. Est-ce que je vais me mettre à pleurer ? Je bats des paupières rapidement et je renverse la tête en arrière.

C'est sans doute depuis que je suis dans le corps d'Amy, car en temps normal, je ne pleure jamais.

« Eh bien ça n'a pas arrangé la situation, Amy. Et tu es très bizarre, ce week-end. On s'inquiète, Geoffrey et moi. »

Je déglutis et je me rends compte qu'en voulant à tout prix prouver ma sincérité à Amy, en voulant inclure sa famille dans notre bonheur, j'ai royalement merdé.

« Je peux tout arranger avec Laura, j'affirme. Mais il faut absolument que je retrouve Am… que je retrouve Flynn. »

De l'eau goutte de plus en plus de ma poche de glace et je crains qu'elle se mette aussi à couler de mes yeux.

« Promets-moi de bien réfléchir avant d'agir, en ce qui concerne le mariage. Je sais que vous vous entendez bien, Flynn est amusant et tu as raison, il fait ressortir le meilleur de toi-même. Mais "pour toujours", c'est très long, tu sais. »

J'ai été conditionné à croire que les femmes rêvent d'un homme qui mette un genou à terre devant elles. Mais Amy me l'a-t-elle déjà mentionné ? Un sentiment de malaise déferle en moi. Elle essaie gentiment de freiner, depuis quelque temps : son hésitation à emménager avec moi, ses questions insistantes sur des sujets que je tiens à ignorer. Au lieu de partager mon intimité avec elle, j'ai pensé que cette preuve d'amour théâtrale suffirait à la détourner de ses inquiétudes.

« Je dois absolument retrouver Flynn, je répète, mon cerveau prêt à exploser.

— Il paraît qu'Eddie lui a collé un coquard à cause d'une fille qui lui plaisait.

— Je… C'est… c'était un malentendu.

— Eh bien, si tu veux un conseil, ma chérie, va trouver Flynn, allez vous coucher et recommencez à zéro demain. Tu vas avoir du boulot pour réparer ta relation avec ta sœur. Et je ne veux pas que vous vous disputiez, ma chérie, la vie est trop courte. Vous avez besoin l'une de l'autre. »

Est-ce que je suis parano, ou est-ce qu'elle paraît soudain triste en disant ça ?

« Je t'aime, ma chérie, elle déclare en m'attirant contre elle.

— Oui... oui... euh, moi aussi », je marmonne dans son peignoir. Ça vaut toujours mieux que le *merci* de tout à l'heure. Elle me tapote la joue et j'ai de nouveau cette drôle de sensation dans les yeux. Je ne peux pas m'empêcher de comparer son inquiétude maternelle avec l'apathie habituelle de ma propre mère.

« Je t'aime de tout mon cœur », elle répète et ses yeux s'embuent aussi. Trish semble particulièrement à fleur de peau, ce week-end.

L'hôtel est calme, on entend à peine quelques sons ici et là : télévisions et chuchotements qui s'échappent des chambres, bourdonnement des plafonniers dans les couloirs. Je suis sur le point de renoncer à trouver Amy quand j'aperçois la porte qui mène au toit-terrasse de l'hôtel.

Une rafale de vent froid me cueille à l'instant où je m'engage sur l'immense toit plat et je frissonne dans la robe d'Amy. De grands pots de lavande sont installés le long de la balustrade et décorent l'espace entre les bancs de pierre des petites alcôves. Amy est assise sur l'un d'eux, recroquevillée dans sa tenue de tennis froissée, la tête entre les mains.

J'ai beau être transi de froid, je sens mon cœur gonfler de joie en la retrouvant. Même dans l'obscurité, son œil est désormais d'un noir bleuté à l'endroit où le poing d'Eddie est entré en contact.

« Quel spectacle », je dis dans l'espoir de détendre l'atmosphère. Elle ne répond pas et je me rends compte qu'il m'arrive souvent d'avoir recours à l'humour pour désamorcer les tensions. « Il faut absolument qu'on y mette de la glace, je murmure en lui montrant la poche.

— Tu t'inquiètes pour ton visage ? » elle lâche d'un ton brusque.

Elle a raison d'être en colère contre moi. J'aurais dû lui parler de tout ça bien avant, pas seulement parce que j'ai croisé Tanya ce week-end. J'aurais dû lui en parler il y a des mois. Trish me l'a fait encore plus comprendre.

« Amy », je dis après m'être raclé la gorge. J'essaie de remettre de l'ordre dans mes idées. Par où commencer ? Je n'ai pas l'habitude d'aborder le passé et j'ai dû mal à m'y résoudre. Jusqu'où dois-je remonter ? Je cligne des paupières, je me souviens de Tanya sortant des toilettes avec le petit bâtonnet en plastique blanc qui a changé ma vie pour toujours. Ce que j'avais éprouvé quand elle me l'avait montré, les mois qui avaient suivi, le minuscule être vivant à la maternité.

« Je ne peux même pas te regarder dans les yeux.

— Je… je suis désolé », je lui dis alors que la peur m'assène un coup de poing au ventre. Ça ne doit pas faire capoter notre couple, je m'y refuse. Comment ai-je pu laisser la situation dégénérer autant ?

« Tu imagines à quel point c'est humiliant ? D'apprendre l'existence de Charlie seulement maintenant ? »

Donc Tanya lui en a parlé. Forcément. Tanya pensait discuter avec moi.

J'ai les paumes moites. Amy lève les yeux et son expression me fait frissonner.

« Deux années ensemble et je te connais à peine, Flynn. Je n'arrive pas à croire que tu aies pu me cacher un truc aussi énorme.

— Charlie n'a rien à voir avec toi, avec nous », je rétorque, déstabilisé par l'intensité de son regard.

Elle reste bouche bée. « Ça a tout à voir avec nous, Flynn. Mais enfin, putain ! Comment tu peux dire une chose pareille ?

Comment tu peux rester planté là, sans réagir ? Je ne te connais pas, en fait.

— Mais si, je m'écrie, paniqué. Tu me connais bien. C'est juste que… Je ne sais pas bien parler de ces trucs-là. J'en avais envie, mais plus j'attendais, et plus ça devenait difficile.

— Ce n'est pas une excuse convenable, Flynn. »

Je me passe la main dans les cheveux, encore surpris de sentir mes doigts s'emmêler dans ses longues boucles.

« J'ai pratiquement appris l'existence de Tanya ce week-end. Tu te rends compte à quel point c'est malsain ? »

Je baisse le menton.

« Quel genre d'homme es-tu ? demande Amy d'un ton dur et critique. Elle m'a montré une photo, Flynn. De toi et de Charlie. »

Je fronce les sourcils. Une photo ? Quelle photo ?

Je repense soudain au jour de sa naissance et mon cœur se serre. Tanya avait sorti son téléphone quand je m'étais assis, abasourdi, dans un coin de la chambre, les yeux rivés sur ma fille. Je suis tellement secoué par une douleur déchirante que j'entends à peine les paroles d'Amy. Il y a quelque part une photo de Charlie et moi. J'ai tellement envie de la voir.

Amy hausse la voix. « Tu parles toujours d'avoir des enfants plus tard, une famille. "On habitera ici, Amy, on aura trois ou quatre enfants !" Et pendant tout ce temps, tu avais déjà un enfant, Flynn. Un enfant que tu ne vois jamais, apparemment… »

Je reprends mes esprits lorsque ses mots imbibent enfin mon cerveau. Je dois tout lui expliquer, je le sais bien, et m'assurer qu'elle comprenne. « Attends ! Non…

— Eh bien tu n'as plus à réfléchir à tes prochains enfants avec moi. C'est terminé, Flynn. Terminé entre nous. »

J'ai la tête qui tourne. C'est donc ce qu'elle en a déduit ? Elle n'a même pas pris le temps de m'interroger que le verdict est déjà tombé. Elle s'imagine le pire à mon sujet, malgré tout ce qu'on a vécu ensemble. C'est vraiment l'idée qu'elle se fait de moi ?

« Tu as pris ta décision », je dis lentement. Je serre les poings tandis que mes sentiments chamboulés se muent en colère. Toutes les choses que j'ai ravalées remontent à la surface, nettes et précises. « Forcément que tu as pris ta décision. Parce que ça t'arrange bien de rejeter la faute sur moi. Comme pour tout le reste. Tes collègues sont des cons, le monde est à feu et à sang à cause des autres, ta mère t'oblige à rester à Bristol, ta sœur t'a abandonnée, tu ne chantes plus parce que ton père est mort… »

Elle me décoche un regard noir, sa rage aussi ardente que la mienne. « Je t'interdis de parler de mon père.

— Donc maintenant, tu ne veux plus parler. » J'ouvre soudain les vannes, comme jamais je ne m'y étais autorisé. Les événements de ce week-end merdique sont la goutte d'eau qui fait déborder le vase. « Ce n'est pas parce que je ne te raconte pas tout que tu dois systématiquement t'imaginer le pire. On a tous des soucis, Amy. Tu n'as pas le monopole des emmerdes.

— Je n'ai jamais dit que c'était le cas ! »

Un bruit se fait entendre non loin et un employé de l'hôtel apparaît sur la terrasse, le visage surpris alors qu'il émerge avec un plateau rond en argent.

« Oh, j'ignorais qu'il y avait quelqu'un, désolé, il bafouille, décontenancé. Je suis venu fermer à clé. »

Amy se lève et me fixe de son œil valide.

« Attendez, je m'écrie à l'intention de l'employé qui marque une hésitation. J'allais partir, j'ajoute en passant devant lui à grands pas. Vous pouvez fermer. »

Il fait tinter son trousseau de clés. « Bien, madame. »

Je me retourne et je croise le regard d'Amy. « On en avait justement terminé. Fini. »

53
AMY

J'enclenche le verrou dès que j'entre dans la chambre. Mon corps tout entier bout d'une colère légitime. Je me répète les paroles de Flynn, choquée par ce qu'il a dit sur la terrasse.

« Terminé. Fini. »

Qu'est-ce qu'il voulait dire, exactement ? C'est fini entre nous ? Pourquoi cette pensée me coupe-t-elle le souffle, alors que je connais la vérité à son sujet ?

Il faut qu'on se sépare, maintenant que j'ai appris quel genre d'homme il était. Mais une petite voix en moi est perplexe, insistante. Quelque chose cloche. Flynn s'est toujours montré si ouvert et spontané – il complimente de parfaits inconnus, il m'a dit *Je t'aime* dès notre troisième rendez-vous avec un regard franc qui m'a prouvé sa sincérité, même si c'était ridiculement trop tôt.

Apprendre ainsi l'existence de Charlie ébranle ma vie.

J'éprouve de la frustration depuis plusieurs semaines, j'ai envie de mieux le connaître, je remarque davantage qu'il évite soigneusement les questions relatives à son passé. Mais je n'aurais jamais imaginé que ma vision de lui, celle d'un homme honnête et correct, puisse être fausse à ce point.

Tout est chamboulé.

Abandonner son propre enfant ! J'en frissonne d'horreur.

Comme je m'y attendais, la poignée de la porte tourne et tremble. De l'autre côté de la porte, ma voix furieuse et haut perchée se fait entendre quand Flynn comprend qu'il ne pourra pas entrer.

« Amy, allez. Ouvre la porte. »

Finira-t-on par retourner dans nos corps respectifs ? Ou bien cette situation va-t-elle devenir notre quotidien ? Écouter ma propre voix, contempler mon propre corps habité par l'esprit d'un autre humain.

Je m'approche de la porte. « Je n'ai pas envie de te parler pour l'instant.

— Il faut pourtant qu'on parle », il rétorque en martelant la porte du poing. De quel droit il se met en colère ?

« Va-t'en, ça ne m'intéresse pas.

— C'est injuste, il dit à travers le bois. Et évidemment, tu préfères faire confiance à une personne que tu viens à peine de rencontrer, plutôt qu'à moi. C'est typique de toi. »

Ma fureur explose. « Comment ça ?

— Tu as toujours une piètre opinion de moi. Je ne prends pas la vie au sérieux, je ne m'inquiète jamais de rien. Je ne suis pas digne de confiance… »

C'est déconcertant d'entendre ma propre voix balancer ces accusations. Je ne me souviens pas d'avoir dit ces choses-là, mais il m'imite, dans la moindre intonation.

« Ce n'est pas comme si l'histoire avec Tanya était fausse, au final, non ? » Ma voix est boudeuse, sur la défensive.

La sienne est plus forte. « Amy, je ne suis pas aussi horrible que tu le crois.

— Va dire ça à ta fille », je rétorque en postillonnant sur le bois.

J'attends sa répartie, le souffle court. Elle ne vient pas. J'entends un son dans le couloir et je colle l'oreille à la porte pour l'identifier. Je retiens ma respiration.

Sans un bruit, je pousse lentement le verrou et j'entrouvre la porte.

Il n'est plus dans le couloir. Je regarde à gauche et à droite, tout est désert et je comprends qu'il est parti. J'ignore pourquoi j'éprouve un pincement au cœur. J'ai raison à son sujet, je devrais être soulagée. J'ai vu la photo.

Quand je referme la porte, pourtant, le doute s'immisce en moi. Est-ce que je m'imagine des choses ? Et si c'est le cas, au moins mes inquiétudes sont pleinement justifiées aujourd'hui, non ?

Je ne me trompe pas à son sujet… si ?

54
FLYNN

Cinq ans plus tôt

Mon univers tout entier se résume désormais à ce petit visage. Minuscule, fripé, rouge vif. Je n'avais jamais rien vu d'aussi incroyable. Son existence me subjugue. Je suis sans voix. Je ne peux qu'enlacer son petit corps, savourer cette sensation étrangère de ses membres fins et de ses os fragiles contre mon torse. Quand elle renifle et bâille, elle captive mon attention. C'est si impressionnant et extraordinaire : mon monde s'est transformé en l'espace de quelques heures et j'en ai le souffle coupé. Savoir que j'en suis responsable, que je peux aimer et protéger ce bébé, lui donner tout ce dont elle aura besoin…

On est tous les deux épuisés et les lumières artificielles de la maternité me font perdre la notion du temps, j'ignore si c'est le jour ou la nuit. Elle est arrivée avec quatre semaines d'avance, mais c'est un bébé de trois kilos en parfaite santé.

Tanya a perdu les eaux en pleine nuit, j'ai essayé de garder mon calme, de ravaler ma panique à l'idée que c'était beaucoup trop tôt. J'ai saisi le sac d'affaires et j'ai suivi les instructions de Tanya à la lettre. Mes capacités d'organisation m'avaient poussé à me préparer à cette éventualité comme s'il s'agissait d'un événement professionnel de la plus haute importance, elles m'ont aidé à me concentrer sur les détails logistiques plutôt que sur les respirations laborieuses de Tanya et ses gémissements de douleur.

Il a fallu aider le bébé à sortir. C'était si dur de regarder Tanya souffrir, ses joues rougies par l'effort, le front dégoulinant de sueur, les muscles bandés. Les sages-femmes la guidaient et la rassuraient. J'essayais de rester calme, présent et efficace, j'apportais à Tanya ce dont elle avait besoin pendant le travail. J'essayais de rester solide, je répétais les encouragements du corps médical autour de nous, quand je ne rêvais que d'une chose : me cacher pour ne pas la voir traverser une épreuve aussi violente.

Puis le choc intense de me voir remettre ce petit paquet hurlant, son poids inattendu dans mes bras tandis qu'ils reportaient leur attention sur Tanya et me laissaient dans un coin, affolé, totalement perdu, le regard rivé sur le bébé.

On avait passé les derniers mois à nous concentrer sur l'arrivée imminente de notre fille. Mes inquiétudes quant à notre relation de couple ne s'effaçaient pas, mais il fallait que ça fonctionne entre nous. Je devais faire en sorte que ça fonctionne, je devais être un bon père, j'étais prêt à tout sacrifier. Je sais ce que c'est, de vivre sans amour. Je veux que ce bébé ait des parents qui l'adorent, qu'ils soient ses plus grands fans.

Quand j'ai annoncé à ma mère qu'elle allait être grand-mère, elle ne m'a donné aucun signe pendant trois jours et la douleur a achevé de me convaincre : mon rôle de parent sera à l'opposé du sien. Cette enfant se sentira tellement enveloppée d'amour qu'en grandissant, elle râlera auprès de ses amis, elle dira que son père lui colle la honte à toujours lui répéter qu'il l'aime. Ses amis. Une fille ado. Ces images-là me ramènent à la réalité.

Je tiens Charlotte – Charlie – contre moi et les sages-femmes sont parties. C'est si irréel, et j'ai terriblement peur de mal faire. De mal soutenir sa tête, de lui arracher un doigt en lui enfilant son body, ou de la laisser tomber. Je reste assis sans bouger dans le fauteuil, les membres crispés, mal à l'aise, et je contemple ce petit être si précieux. Je m'interdis de faire le moindre geste, de peur de la réveiller ou de la déranger ou de me tromper, alors j'ignore la douleur dans mes muscles, car elle me signifie que tout va bien. Je suis submergé d'émotions et ma poitrine se serre.

Je regarde Tanya, assise dans le lit, le visage pâle, des miettes de toast sur la poitrine. Elle lève son téléphone et prend une photo. Puis elle le baisse lentement et nous contemple tous les deux. Je lui adresse un petit sourire d'encouragement.

« C'est incroyable ce que tu as traversé, que tu aies été capable de faire un truc pareil… »

Elle repose son téléphone sur la tablette et nous regarde. Mais son visage a changé et affiche une expression très étrange.

Je me rends compte que ses yeux sont embués de larmes, et je voudrais aller la consoler mais je ne suis pas encore assez confiant pour me lever et traverser la pièce en portant Charlie. Ma peur me rive au fauteuil. Je me redresse, je panique, puis je me fige.

« Tu veux que j'appelle quelqu'un ? Tout va bien ? »

Ses yeux débordent et une larme coule sur sa joue.

« Tanya, attends, je vais chercher quelqu'un. » Je suis mort d'inquiétude, à présent. Pas étonnant qu'elle pleure ; à sa place, je hurlerais de douleur. Je ne suis pas certain de pouvoir la soulager après cette épreuve, avec mes mots d'encouragement et mes tasses de thé.

Je prends la tête de Charlie délicatement dans la paume de ma main, je la plaque contre moi et je me lève avec difficulté.

« Reste assis, lance Tanya et le fauteuil sans âge ploie une fois encore sous mon poids. J'ai un truc à te dire. »

Je souris, soulagé. « Peu importe ce que c'est, je te réponds oui d'office. »

Elle ne me rend pas mon sourire. Une petite étincelle d'inquiétude s'allume en moi. « Qu'est-ce qu'il y a ? je demande d'un ton grave.

— Ce n'est pas ta fille. »

Je n'entends pas ses mots, dans un premier temps. Pas vraiment. Ils n'ont aucun sens.

Puis ils s'immiscent dans mon cerveau, mon corps se crispe et mon esprit s'embrouille.

Les phrases suivantes semblent résonner dans le lointain.

« Elle n'est pas prématurée. Elle est née à terme. »

Non. Impossible. Charlie renifle contre moi. La sensation est réelle, nos deux peaux se touchent. C'est impossible. Ce que Tanya dit… Ça signifierait que… Mon cerveau se bloque en envisageant toutes les implications.

« Je t'ai menti à propos de la date du terme. J'allais t'en parler. J'ai presque réussi, à plusieurs reprises. Presque. Mais je n'y arrivais pas. Et maintenant que je la vois, je comprends que c'est injuste. Je… »

Elle se tait, les larmes remplacent ses mots, elles coulent désormais sans retenue sur ses joues.

Je suis figé dans le fauteuil, piégé dans cette scène absurde. Je ne peux pas me fâcher. Je ne peux pas m'énerver. Je porte un bébé dans les bras ; j'en ai bien conscience. Mon bébé. Je n'entends rien. Je ne comprends rien. Alarmé, je me rends compte que ma vue s'est brouillée et j'essaie de me concentrer. Ce n'est pas à moi qu'elle parle. C'est impossible.

Ses mensonges m'accablent. Gros, petits, accumulés par centaines au fil des mois ; je suis incapable de bouger, la chambre s'écroule autour de moi. Mon cerveau est incapable d'enregistrer totalement ce qu'il entend.

Tanya s'efforce d'argumenter, la poitrine soulevée de sanglots. « Je n'arrivais pas à te le dire. Tu avais l'air tellement enthousiaste. Mais je devais le lui annoncer, à lui, je ne pouvais pas lui cacher… »

Elle jette un regard vers son téléphone à côté d'elle. Elle le scrutait déjà avant de prendre la photo.

Je lève la tête et mon cœur s'emplit de tristesse pour elle. J'ai conscience de l'effort monstrueux qu'elle vient de fournir, elle est à bout de forces. Je ne parviens pas à éprouver autre chose qu'un désespoir absolu.

« Il veut la voir. Il va venir très bientôt. Tu dois… Tu dois partir. »

Je bats des paupières.

Il. Évidemment. Il y a un père, quelque part. C'est juste que le père, ce n'est pas moi. Puis je sors de ma transe quand je comprends enfin ce que ça signifie pour moi. Que c'est définitif, terminé.

« Mais. Tu as besoin de… je ne peux pas… » je proteste faiblement alors que la panique déferle. Je la tiens contre moi, je tiens ma fille contre moi. C'est impossible. Ce bébé magnifique et innocent, avec ses membres si fins et fragiles, avec son visage rouge vif, c'est l'amour de ma vie. Je ne peux pas l'abandonner.

« S'il te plaît, Flynn. Il faut que tu partes.

— Mais non… » Je serre le corps minuscule, comme si je pouvais l'absorber. Comment puis-je aimer avec autant d'intensité un être qui n'est pas à moi ? Mais bien sûr que si, c'est ma fille.

« S'il te plaît. »

Je ne peux pas refuser. Tanya fond de nouveau en larmes. Je ne peux pas refuser.

Je me lève d'un geste machinal, je titube jusqu'au pied du lit, la stupéfaction ralentit chacun de mes mouvements. Je m'approche de Tanya qui lève vers moi son visage dégoulinant de larmes et qui tend lentement ses bras pour récupérer le bébé.

Je contemple ses mains, puis le petit paquet contre mon torse, la couverture douce enroulée fermement. J'étais tellement fier de savoir emmailloter un petit burrito, je m'étais entraîné à la maison avec une serviette et un ballon de rugby. J'étais fin prêt.

La maison. Il va falloir que je quitte la maison.

« Je… Je suis désolée », elle murmure.

Je détache délicatement les doigts minuscules qui m'ont agrippé l'index. Mon corps tout entier est douloureux, je n'arrive pas à croire que ce soit réel. L'espace d'une seconde, je m'en sens incapable, ses doigts n'ont pas l'air de vouloir me lâcher. Mais ils finissent par se déplier. Mon index est libre et je dépose doucement le bébé entre les bras tendus de Tanya.

Je redresse le dos, je me sens vide, il manque un poids précieux contre moi, une part essentielle, un bébé.

Je dois partir d'ici. Je dois partir avant de changer d'avis, de la reprendre, de la serrer contre moi et de perdre totalement mes moyens.

Sois un homme, Flynn.

La pellicule de glace qui avait fondu quelques heures plus tôt autour de mon cœur, qui m'avait laissé comme neuf, plein d'espoir, cette glace se reforme plus vite encore, plus épaisse. Les larmes ne menacent pas de couler, je n'éprouve qu'un étrange détachement quand je tourne les talons.

Ce n'est pas ma fille.

Charlie se met à pleurer à l'instant où j'ouvre la porte – sent-elle l'ambiance de la chambre changer, ou pleure-t-elle simplement parce qu'elle ne sait rien faire d'autre ? Je ne la connais pas assez pour comprendre la signification de ses pleurs, et je ne le saurai jamais.

Ce n'est pas ma fille.

Je longe le couloir, aveuglé, parmi les infirmières affairées, l'odeur d'antiseptique, les fauteuils roulants et les patientes qui attendent leur tour. Je sors dans la rue et je monte dans un taxi. Le retour à la maison se fait dans un brouillard mental absolu. Le chauffeur de taxi, croyant que je porte le deuil d'un être cher au sortir de la maternité, propose de m'offrir la course. Je règle par carte et je descends, je le remercie d'une voix monotone que je ne reconnais pas. J'ai été père. J'ai aimé une enfant. Je contemple la maison et je n'arrive pas à croire que je rentre seul.

Je ne suis plus un père. Je ne l'ai jamais été.

C'est la maison de Tanya. Située dans le quartier de Fulham, c'est l'ancienne maison de ses parents qu'ils lui ont donnée. J'y ai emménagé quelques mois plus tôt, quand elle m'a annoncé sa grossesse. C'était logique à nos yeux d'habiter ensemble pour accueillir Charlie. Je scrute à présent la porte vert bouteille, le carrelage noir et blanc du seuil, et je cherche les clés dans ma poche.

Le couloir est décoré d'une banderole nunuche que j'ai achetée il y a deux semaines. Je voulais faire sourire Tanya quand on reviendrait chez nous, tous les trois, en famille. J'étais retourné la fixer au mur en trombe juste avant de grimper dans le taxi pour la maternité.

La bannière est décorée de petits bébés et annonce un BIENVENUE À LA MAISON ! qui me blesse.

Je relis les mots et je sens mon corps se déchirer de douleur. Il n'y a ni bébé ni famille. Rien que moi. Mon univers tout entier tangue. Je ne sais pas qui appeler, à qui parler. Je connais beaucoup de gens mais j'ai peu d'amis proches. Je pourrais téléphoner à mes coéquipiers de cricket, ou à Karim au boulot, mais pour leur dire quoi ? Comment mettre des mots là-dessus ?

Je déambule dans la maison, pareil à un fantôme, et je range des affaires dans quelques sacs et une valise. C'est rapide, je me fiche de savoir ce que j'emporte, ce que j'oublie. Je dois quitter cette maison. J'ai les mains qui tremblent en refermant le dernier sac. Je descends l'escalier. Ça a toujours été la maison de Tanya, je me rends compte que j'y ai apporté peu d'effets personnels.

Quelque chose se fendille et se brise en moi. La douleur intense me coupe le souffle lorsque je jette un ultime coup d'œil à la banderole joyeuse. Je dépose mes clés sur le guéridon, je saisis mes bagages et je claque la porte derrière moi. La bruine s'est mise à tomber alors que j'erre dans les rues de Fulham, sans savoir où aller ni dans quelle direction mener ma vie.

Je n'ai jamais été père, je ne le suis pas. Je suis juste Flynn. Et je n'ai personne.

55
FLYNN

Le portier de nuit bat à peine des paupières quand je franchis le seuil et qu'une vague d'air chaud m'enveloppe d'une odeur de chlore. Je veux mettre autant de distance possible entre Amy et moi, entre la chambre d'hôtel et toute cette horrible situation. Elle a tiré ses conclusions et je suis stupéfait de constater à quelle vitesse elle a perdu confiance en moi, et combien ça m'est douloureux.

Le haut plafond renvoie l'écho de mes pas tandis que je contourne la piscine, le sauna et le hammam dans la pénombre. L'eau de l'énorme jacuzzi rond est parfaitement immobile. Je passe devant les chaises longues et leurs coussins, où des serviettes roulées ont déjà été déposées en prévision de demain. Je retire mes escarpins qui me font mal aux pieds.

Je contemple l'eau turquoise, j'ai envie d'y plonger, de m'immerger totalement, de faire taire les pensées qui tournoient dans ma tête. J'aperçois mon reflet, ou plutôt celui d'Amy, à la surface, sa carrure menue, ses cheveux détachés. Avec un soupir, je m'assieds sur la margelle et je glisse mes pieds dans l'eau. Les vaguelettes grandissent à mesure qu'elles s'éloignent, et effacent son reflet.

Je scrute d'un air morne l'eau d'un bleu éclatant, et les orteils aux ongles vernis d'Amy s'agitent sous mes yeux.

Revoir Tanya m'a fait un choc, et quand je pense à Charlie, j'ai l'impression qu'on me serre le cœur dans un étau, de plus en plus fort, et j'en perds le souffle. Je suis furieux qu'Amy n'ait cessé de remettre en question mes propos, furieux de tout ce qui se passe. Moi qui d'ordinaire garde ma colère sous contrôle, j'ai le sentiment d'être sur le point d'exploser.

La nouvelle de la grossesse de Tanya m'avait fait l'effet d'une bombe mais j'avais aussitôt tenté de la soutenir. Elle se montrait parfois distante, elle luttait contre ses angoisses de femme enceinte, elle googlait tout un tas de questions médicales, elle s'inquiétait de l'accouchement imminent.

J'étais en terrain totalement inconnu, mais je m'efforçais de me rendre utile et je repoussais constamment nos soucis de couple au fin fond de mon esprit. Le bébé était plus important que tout.

J'allais enfin faire partie d'une famille. Mes années d'enfance solitaire, la douleur que je portais en moi comme une pierre dans ma poitrine, tout ça commençait à se fendre et à s'effriter. Les yeux maternels qui ne se posaient jamais sur moi, malgré tous mes efforts pour satisfaire, pour plaisanter, pour être heureux, pour être un bon garçon. Ma mère tressaillait en entendant les commentaires bien intentionnés de ceux qui affirmaient que je ressemblais à mon père.

Était-ce le cas ? Était-ce pour cette raison qu'elle avait accepté sans ciller de m'envoyer à l'internat ?

Elle avait rangé toutes les photos de lui, elle n'en parlait jamais, et quand Patrick avait fait irruption dans notre vie, il avait anéanti les dernières traces qui restaient de lui. Dans mon esprit, papa était flou, un assemblage de souvenirs qui se résumaient surtout à quelques rares photos, et les vides dans ma mémoire étaient si béants que je me suis rapidement mis à confondre les images et la réalité. Il n'y avait plus qu'un brouillard indistinct à la place de son visage, et tous les souvenirs que j'évoquais étaient inventés. Ça détournait l'attention des gens et les questions finissaient par se tarir.

Jusqu'à ce qu'Amy débarque, Amy qui voulait davantage de détails, Amy qui avait connu le deuil, Amy qui était avide de partage. Comment pourrais-je lui avouer que j'ai inventé cette collection de souvenirs ? Cela viendrait simplement confirmer que je suis un menteur.

Je me penche au-dessus de l'eau et des larmes gouttent au bout de mon nez, s'écrasent à la surface. Je pleure cette époque, ce minuscule bébé, l'homme que j'étais, et je succombe au chagrin. Suis-je sans cesse au bord des larmes parce que je me trouve dans le corps d'Amy ? Amy qui pleure en écoutant le passé tragique d'un candidat dans *X Factor* ou une chanson mélancolique, en regardant une pub pour une association caritative. Ou bien est-ce que je m'autorise enfin à éprouver tous ces sentiments ?

Je suis vidé et exténué, j'ignore combien de temps s'est écoulé. Je me traîne jusqu'à une chaise longue, je me couvre d'une serviette moelleuse et immaculée, je ferme les yeux, épuisé d'avoir ressassé un passé que j'étais déterminé à ne plus jamais déterrer. Je n'ai jamais voulu mentir à Amy ; j'ignore juste par où commencer pour démêler la vérité. Je ne sais pas qui je suis réellement, sous le vernis d'un passé inventé et d'un présent faussement enjoué. Je songe à elle, quelque part dans une chambre à l'étage, triste et furieuse, et je sais que le lien entre nous s'est brisé, peut-être de manière irrémédiable.

56
AMY

L'hôtel offre des produits de toilette Molton Brown et une huile de bain à la lavande ; une fois plongée dans l'eau tiède pour me calmer, je regrette que ce ne soit pas du bain moussant. Je contemple les chairs étrangères, le torse poilu, mon nouvel entrejambe, et je tressaille. Je ferme les yeux et tente de me vider l'esprit mais je me repasse en boucle les événements de la soirée.

Je ne pense plus qu'à ça. J'ai vu les photos. Flynn n'a rien nié. Il n'avait cependant jamais évoqué Charlie jusqu'à présent : pas le moindre mot à son sujet. C'est réel, c'est énorme, et pourtant il ne m'en a jamais rien dit.

Mon père était un homme fiable, digne de confiance. À sa mort, je me suis promis de ne surtout pas me mettre en couple avec quelqu'un de moins bien que lui. Au fil des deux dernières années, je me suis souvent demandé si Flynn était l'homme de ma vie. Quelque chose me titillait, une petite voix en coulisse qui exigeait de savoir pourquoi il m'interdisait de creuser davantage. Je n'aurais jamais imaginé qu'il puisse me cacher un secret pareil.

Mon cœur se serre quand Flynn fait ou dit des choses qui auraient plu à papa. Quand il m'encourage dans mes moments de doute, qu'il me défend avant même d'avoir entendu ma version. Ces derniers temps, je me répétais que papa ne l'aurait pas apprécié, avec son éducation de bourge et son enfance privilégiée, mais c'est faux et je le sais. Papa l'aurait profondément aimé. Ce sont deux hommes bons, qui m'ont manifesté beaucoup d'amour.

Je secoue la tête à cette dernière affirmation. Elle n'a aucun intérêt, si je ne peux pas lui faire confiance. Et pourtant…

Ma peau est désormais fripée, je sors de la baignoire, je m'enveloppe dans une serviette, puis dans un peignoir, je glisse mes pieds avec leurs horribles orteils poilus dans les chaussons au logo de l'hôtel.

Installée confortablement sur le lit, j'attends, je contemple la chambre dont on aurait dû profiter en couple. On se serait lovés dans le petit divan, on aurait traîné au lit, on aurait franchi la double porte-fenêtre du balcon qui donne sur le lac. Je pose le regard sur le côté vide du lit et je me sens complètement seule.

L'inquiétude me serre la poitrine, mes paupières se font lourdes tandis que, toujours emmitouflée dans le peignoir, j'attends le retour de Flynn. Il ne reviendra pas. Mes yeux fatigués se posent sur le réveil. Je ne sais pas quoi faire ni où trouver de l'aide.

Avant de sombrer dans un sommeil troublé, je comprends soudain où je dois aller dès mon réveil. Il y a au moins une chose que je peux tenter.

57
FLYNN

Je me réveille en sursaut, le visage dans une petite flaque de bave, totalement désorienté, recroquevillé et frissonnant. Mes pieds gelés s'échappent de la serviette qui a glissé à moitié par terre.

De là où je suis, j'aperçois la surface placide d'une piscine aux bords arrondis, puis je me souviens que je me suis endormi ici, plutôt que dans le lit d'hôtel, blotti à côté d'Amy. Mon corps me semble soudain lourd alors que je me remets en mémoire les événements de la veille, la violente dispute. Blessée, elle en a conclu le pire à mon sujet, comme elle le fait si souvent. Mais ce n'est pas comme les fois où je suis sur mon téléphone et qu'elle me soupçonne de surfer sur des sites sportifs ou de regarder des vidéos virales sur TikTok : là, c'est du sérieux.

Je bats des paupières dans la lumière de l'aube, surpris. À travers le plafond vitré, je contemple le ciel bleu pâle et brumeux. Le soleil s'insinue par les immenses parois en verre du bâtiment et dessine des stries dorées à la surface de l'eau. Je me redresse, mon corps proteste douloureusement. Des bandes rosées s'étirent à l'horizon et un fin brouillard flotte au-dessus de la pelouse et du lac au-delà.

Je m'assieds, mes longs cheveux détachés pendent mollement et me rappellent que je suis piégé dans le corps d'Amy. Vais-je me réveiller un matin et me rendre compte qu'on est revenus par miracle à la normale ? Penser à Amy me tire définitivement du sommeil.

Je réajuste sa robe. Va-t-elle me laisser entrer dans la chambre pour discuter ? Sinon, j'attendrai dans le couloir jusqu'à ce qu'elle sorte – elle ne peut pas rester enfermée toute la journée. C'est le mariage de Laura et elle ne peut pas manquer la cérémonie.

Cette réalité fait ressurgir une vague de panique quand je songe au planning qui nous attend. Amy devait jouer un rôle central en ce jour, mais si on a appris quoi que ce soit au cours de ces dernières trente-six heures, c'est qu'on ne peut en aucun cas se présenter au mariage dans cet état. J'en suis incapable. Impossible que je ne gâche pas la relation entre Amy et Laura, et je refuse d'être une source d'angoisse supplémentaire.

« Oh ! » L'écho d'une voix masculine rebondit dans la salle caverneuse et je sursaute.

« Putain… » Main sur la poitrine, je regarde autour de moi et je repère Jay de l'autre côté de la piscine, en maillot de bain, ses lunettes de plongée à la main et une serviette de l'hôtel autour du cou.

« Tiens, salut, je lance en essayant de paraître normal.

— Salut, il répond, sourcils froncés, en contournant le bassin. Je voulais piquer une petite tête avant d'entamer ce grand jour.

— Bonne idée », je rétorque d'un air enjoué avant de me lever.

Jay pose sa serviette et plisse le front en observant ma dégaine, ma tenue froissée de la veille, la chaise longue et la serviette qui me faisait office de couverture.

« Tu as… dormi ici ? »

Je me lisse les cheveux et je sens les nœuds dans mes mèches. « Euh… non, bien sûr que non, j'ai juste… (Je baisse la tête.) Euh, si, ouais, j'ai dormi ici. »

Jay s'assied au bout du transat. « Tu t'es disputée avec Flynn ? C'est un peu salaud de sa part, de t'avoir fermé la porte au nez.

— Oh, non, ce n'est pas lui, je m'empresse de rétorquer. J'ai choisi de dormir ici.

— D'accord », il dit en enfilant ses lunettes de plongée. Il soupire et les retire. « Qu'est-ce qui ne va pas, Amy ?

— Comment ça ? »

J'essaie de garder un ton neutre. Par où commencer ? J'aimerais pouvoir tout lui raconter.

« Qu'est-ce qui t'arrive, ce week-end ? C'est quoi, le problème ? Tu te comportes bizarrement depuis que tu es là. Bon, tu crées toujours des embrouilles, certes, mais là, tu es passée au niveau supérieur.

— Je ne me sens pas… Eh bien, je ne me sens pas totalement moi-même.

— Laura est assez remontée contre toi. »

Mon ventre se noue. Cette nouvelle attristerait tellement Amy, j'en suis certain.

« Elle te trouve égoïste parce que tu ne la fais pas passer avant toi, au moins juste le temps de ce week-end unique.

— Amy n'est pas égoïste. Enfin… (Je tripote la robe.) Je ne suis pas égoïste, j'ai seulement quelques soucis… »

Il fronce les sourcils et regarde par-dessus son épaule, comme s'il s'inquiétait de voir quelqu'un d'autre dans la salle. « Ça ne concerne pas mon couple, hein ?

— Pourquoi ça vous concernerait ?

— Eh bien… » Il évite soigneusement mon regard. « J'avais peur que tu ne me trouves pas assez bien pour elle. Tu n'as jamais été très fan de moi, pas vrai ?

— C'est faux », j'affirme, puis je repense à la façon dont Amy parle de Jay. Elle l'apprécie, non ? Parfois, elle lève un peu les yeux au ciel. Mais elle a toujours eu des a priori sur les personnes qu'elle trouve snobs et bourges. Elle pense que je le suis, même si tout l'argent de ma famille est celui de Patrick. Moi, je ne veux pas le moindre centime.

« J'imagine que ça a un rapport avec ce fameux soir. Mais je t'ai déjà dit que c'était une erreur ! » Ça m'en bouche un coin. Quel soir ? « Bref, je l'aime profondément, Amy, malgré ce que tu penses de moi… et quoi que tu traverses actuellement, il faut vraiment que tu te ressaisisses aujourd'hui, d'accord ? Pour Laura. »

J'acquiesce et je le dévisage. Je le regarde dans son maillot de bain. Il est plutôt bien foutu, c'est un beau mec. Qu'est-ce qu'Amy ne m'aurait pas dit ? De quel soir parle-t-il ?

Je n'ai jamais perçu Jay comme un potentiel rival. Cette nouvelle me perturbe, ma tête se met à tourner dans l'air trop étouffant de la piscine qui embue déjà le bas des vitres.

« Amy ? dit Jay en agitant la main devant mon visage.

— Il faut que j'aille m'habiller et me préparer, je marmonne avant de récupérer mes chaussures.

— Tout va bien ?

— Il faut juste que je retourne à la chambre. » Je dois absolument parler à Amy et mettre au clair tout ce bordel.

J'ai le pressentiment que notre échange de corps est désormais le cadet de mes soucis.

58
AMY

Cinq ans plus tôt

Maman m'a laissé des lasagnes végétariennes sur l'îlot de cuisine, je les trouve en rentrant du travail. Je retire mon chemisier en polyester violet puant orné du badge doré de l'agence immobilière fixé à la poitrine, et je déambule en soutien-gorge. Maman me dépose à manger presque chaque semaine depuis que j'ai quitté la maison le mois dernier. Le petit mot d'accompagnement me conseille de passer le plat au four pendant vingt-cinq minutes à cent quatre-vingts degrés, et elle m'y fait aussi plein de bisous. Je pense qu'elle culpabilise parce que Geoffrey s'est installé avec elle.

Et elle a de quoi culpabiliser – je ne vois pas pourquoi il y était obligé, il avait sa propre maison à quelques rues de chez nous. Laura m'a demandé d'être plus indulgente, vu qu'ils se fréquentaient depuis plus d'un an.

Maman est aux anges. Je ne comprends pas son attirance. Elle déborde d'énergie, elle est drôle, elle a des jambes magnifiques. Geoffrey est prof de géographie à temps partiel, et son passe-temps, c'est sa collection de cailloux qui en contient plus de mille différents. Il m'arrive encore de sursauter quand je le vois installé dans le fauteuil de papa. Papa était dynamique, charismatique, il avait des opinions tranchées.

Geoffrey a une voix faiblarde et de l'eczéma. Laura me dit de lui accorder une chance, mais elle n'est pas là pour le voir nous voler maman.

Je prends une cuillère et j'entame les lasagnes. Des morceaux de pâte restent collés à mon palais. Mon téléphone émet un tintement et je jette un coup d'œil au message qui s'affiche à l'écran. C'est Ralf.

« Je vais au centre-ville pour récolter des signatures, tu veux venir ? »

Est-ce que j'ai envie de rester plantée dans le froid à faire signer une pétition aux passants ? On y croit particulièrement, à celle-ci, Ralf et moi – créer un registre d'animaux de compagnie afin que les propriétaires coupables de maltraitance ne puissent plus en adopter. Je devrais y aller, il faut que je fasse mon quota d'heures de bénévolat. Papa luttait sans cesse contre le système, il essayait de se faire le porte-parole de ceux qu'on n'entendait jamais. La boule de chagrin qui brûle en moi est toujours moins douloureuse dès l'instant où je me bats pour une bonne cause.

Parfois, pourtant, les causes finissent par se mélanger et je désespère de constater que rien ne change jamais. Ralf est tellement plus déterminé que moi, c'est une des raisons pour lesquelles je l'apprécie, cette capacité de concentration. Et il lutte toujours contre quelque chose. Il me prête des livres sur le marxisme et les atteintes aux droits de l'homme à l'étranger. J'essaie de les lire. Vraiment. Une vague de culpabilité m'envahit. Je devrais m'estimer heureuse d'être avec quelqu'un qui s'inquiète pour le monde et qui agit, mais quand je vois maman rire avec Geoffrey, j'éprouve un pincement de jalousie.

Je repose mon téléphone. Je ne pense pas avoir l'énergie d'y aller ce soir. Je sais qu'il faut se préoccuper du monde avec autant d'intensité que Ralf, mais parfois j'ai juste envie de me rouler en boule dans le canapé, une couverture sur les jambes et de regarder une série entière d'une seule traite. À cette pensée, je tressaille de honte. Je sais qu'il faut continuer la lutte. Papa n'est plus là pour s'en charger et je veux passer le restant de ma vie à me racheter de l'avoir laissé tomber à la fin.

La sonnerie d'un appel vidéo retentit et je souris, soulagée, en voyant le nom de l'interlocuteur. Le visage de Laura s'affiche en gros plan, on dirait qu'elle a des moustaches de chat dessinées sur les joues, et je pouffe aussitôt.

« Tu as oublié de te raser ce matin, ma chérie ? »

Elle recule et j'aperçois des oreilles de félin sur sa tête.

« Pourquoi tu es habillée en chat ?

— J'ai perdu un pari avec mes colocs. Pourquoi tu es en soutif ?

— Pas de raison particulière.

— C'est très sexy, elle lâche en agitant ses sourcils, et je ris.

— De chez Marks & Spencer, grand luxe ! Pourquoi tu m'appelles ?

— Parce que je t'aime, abrutie.

— Oh !

— Quand est-ce que tu viens me rendre visite ? Ça fait une éternité qu'on ne s'est pas vues.

— Bientôt.

— C'est faux, tu ne viendras pas », elle rétorque sans se départir de son sourire.

Elle a raison, je ne suis passée qu'une fois à son appartement de Clapham et j'ai refusé d'y dormir. J'ai prétexté que je devais rentrer à Bristol, que je n'avais pu poser qu'un seul jour de congé. C'était faux, mais j'avais honte de lui avouer la véritable raison. À la voir à Londres, avec sa penderie pleine de tailleurs, ses amis que je ne connaissais pas, je me sentais rabaissée.

« Je passerai à Bristol le mois prochain mais maman ne sera pas là, si j'ai bien compris. Elle va à une conférence de géologie ou un truc en rapport avec le Mésolithique, enfin, je ne sais plus trop. Elle m'a montré ses nouvelles Birkenstock. Ça m'inquiète, Amy – tu crois qu'elle va les porter avec des chaussettes blanches, comme lui ?

— C'est très possible, je réponds en acquiesçant d'un air sincère.

— Mais je l'aime bien. Geoffrey.

— Il est sympa. » J'ai le sentiment étrange de trahir papa. Laura lit parfaitement en moi.

« Papa l'aurait apprécié aussi », elle murmure, et elle a raison, là encore.

Elle me manque. J'en perds mes mots un instant, tellement elle me manque. Il n'y a que Laura qui me connaît aussi bien, qui a le don de me mettre le nez dans ma merde. On était toujours fourrées ensemble, à inventer des jeux, à contempler le ciel, à échafauder plein de projets. J'ai envie de me déguiser en chat avec elle, de la faire rire.

« Tu es toujours avec Ralf ? Comment ça se passe avec lui ?

— Il vient de m'envoyer un message », je réponds en évitant soigneusement la question.

Comment ça se passe avec lui ? J'ai souvent l'impression qu'on est deux collègues râleurs plus que des amants. Aucune de mes relations n'a duré plus d'un an. Je ne sais pas exactement ce que je cherche et on me taquine régulièrement parce que je les largue avant que ça ne devienne sérieux. Je sais juste que je veux connaître un amour comme celui qui liait mes parents.

Je m'apprête à répondre ça, j'aimerais parler encore de papa, du passé, évoquer nos souvenirs comme on gratte une plaie douloureuse. Je sais que Laura se prêtera au jeu à contre-cœur. Mais je remarque qu'elle est déconcentrée, qu'elle jette des coups d'œil par-dessus son épaule.

« Il faut que j'y aille, Amy, on va sortir.

— Habillée en chat ?

— Habillée en chat, elle s'esclaffe.

— Ah, ouais, d'accord, eh bien, je... Je dois sortir, moi aussi », je rétorque pour qu'elle ne se sente pas obligée de rester. Mais j'aimerais tant me lover dans le canapé et bavarder avec elle toute la soirée. Je panique en sentant les sanglots me nouer la gorge. Je lui souffle un baiser et je raccroche en m'écriant « Miaooouu ! »

L'écho de son rire me tire un sourire triste et je m'affale sur une chaise dans la cuisine.

Maman assiste à une conférence de géologie avec Geoffrey, Laura vit sa vie londonienne. Je me traîne dans le canapé, en proie à la tristesse, et je contemple mon appartement à peine meublé. Je rêvais d'aventures, d'une existence trépidante. Où est passée cette Amy ? Je désire davantage mais j'ignore totalement comment obtenir ce que je veux. Je ne sais même pas ce que je veux.

Un tintement, c'est Ralf qui m'envoie un autre message – un lieu et une heure. Je scrute l'écran, comme une petite bouée de sauvetage. Je vais aller le retrouver. Lui au moins semble savoir ce qu'il veut, et ça me permettra de remettre mes réflexions à plus tard. On pourra pester ensemble contre le monde entier, je pourrai diriger ma colère sur autre chose, sur d'autres personnes, retarder le moment de réfléchir à ce que je dois faire, à ce que je dois réparer. Je saisis mon téléphone et pianote une réponse.

« J'arrive dans dix minutes ! »

Je prends une lente inspiration, je me lève et je redresse les épaules, prête à me jeter dans la bataille.

59
AMY

Entre les rideaux entrouverts, le ciel est bleu rosé, l'île au milieu du lac est dissimulée par une nappe de brume ; deux biches bondissent joyeusement sur la pelouse. Je prends appui à la vitre, j'essaie de ne pas me laisser décontenancer par cette grande main qui n'est pas la mienne et de me concentrer sur la sérénité de la scène.

C'est à cet instant-là que je remarque le téléphone de Flynn, en charge sur la table de chevet. Je jette un coup d'œil à l'écran et j'y vois des notifications de Karim et de Bex qui envoient leurs commentaires et leurs comptes-rendus. Je les parcours et j'imagine Flynn dans son rôle de chef d'entreprise. J'arque les sourcils : même lorsqu'il part en week-end, il reçoit ce genre de message professionnel. J'ai honte à l'idée de ne pas avoir compris à quel point son travail est accaparant. Je repose le téléphone et je me languis de pouvoir un jour partager ce genre d'information avec quelqu'un qui m'accordera une oreille sincère.

Je m'enveloppe dans le peignoir et je sors discrètement dans le couloir où plane un silence absolu aux petites heures du matin. J'espérais à moitié trébucher sur Flynn, recroquevillé et endormi devant la porte, mais je ne vois personne. L'espace d'un moment, je panique en songeant qu'il est peut-être parti. En serait-il capable ?

Le parfum de cire d'abeille et de fleurs est plus puissant au dernier étage, tandis que je gravis les marches en direction de la suite nuptiale. Je frappe doucement et je répète ma phrase d'introduction, encore étourdie par cette nuit de sommeil agité et par le coup de poing d'Eddy. Il faut absolument qu'elle me croie.

« Laura, je chuchote, avant de frapper encore. Laura. »

J'ai tellement envie d'entrer dans sa chambre, de la supplier de m'aider.

Elle ouvre la porte, vêtue de son pyjama neuf en crêpe de Chine verte ornée de chats noirs. Je lui avais envoyé le lien du vêtement sur le site de Net-a-Porter.

« Oh, mon Dieu, il te va à ravir.

— Flynn ? Mais qu'est-ce que… »

Elle recule et j'entre dans la suite, aussitôt époustouflée par le décor somptueux.

« Oh, putain », je m'esclaffe, les yeux ronds. L'opulence des lieux efface un instant tous mes soucis.

Je n'ai jamais vu un endroit pareil. Ce n'est pas une chambre, c'est quatre pièces fusionnées en une seule. Les murs chatoient et la lumière fait ressortir leurs différentes nuances nacrées, comme à l'intérieur d'une huître. Des guéridons en acajou parfaitement cirés bordent le couloir d'entrée, surmontés de vases d'où jaillissent des compositions d'orchidées blanches et de roses pâles au parfum entêtant.

Dans la pièce principale, une baignoire en cuivre est placée devant les gigantesques baies vitrées pour admirer la vue. À cette hauteur, on peut voir les prairies vertes et brunes du Devonshire s'étirer sur des kilomètres et émerger de la brume matinale.

« C'est dingue », je lâche, bouche bée, en contemplant le reste de la suite, plus grande que notre maison d'enfance dans le quartier de Bedminster. La méridienne en velours rose pâle dans un angle, l'élégante lampe sur pied argentée, la petite plateforme où est installé un immense lit à baldaquin beige à la structure délicatement sculptée, ses épais rideaux dorés attachés avec panache.

Je porte la main à ma gorge. « Putain, Laura, tu as touché le gros lot. »

Je devrais me montrer moins critique, je le sais. Qui ne voudrait pas se réveiller ici, au lendemain de son mariage ? Et si Patty a proposé de payer la facture, puisqu'elle en a les moyens, pourquoi ne pas accepter et profiter de l'expérience ? Pourquoi ça ne m'avait pas encore traversé l'esprit ? Pourquoi faut-il toujours que j'imagine le pire ? Flynn aurait-il raison à mon sujet ?

Elle me répond par un pincement de lèvres défensif, mains sur les hanches. « Qu'est-ce que tu sous-entends par-là, Flynn ? Genre, que je ne suis pas assez bien pour cette chambre ? »

Flynn. Merde. Évidemment, je suis Flynn.

« Non, bien sûr que non, je rétorque en agitant les mains, paniquée. J'étais juste... venu te parler et cette suite m'a sidéré.

— Bon, eh bien crache le morceau, elle lance avec un regard noir. Pourquoi tu es venu ? Où est Amy ? » Pendant une seconde, l'inquiétude se lit sur son visage. « Il ne s'est rien passé de grave ? »

Mon cœur fond de constater qu'elle se préoccupe sincèrement de moi, et ça me rend optimiste, peut-être que notre discussion va bien se passer après tout.

« Amy va bien.

— Elle ne devrait pas, après hier soir. Elle devrait se sentir super mal.

— Laura, Laura... »

Elle mouline des bras et je tends les mains pour les bloquer à ses flancs. Elle sursaute, referme aussitôt la bouche et son corps se crispe tandis que je m'efforce d'attirer son attention. À mon grand désarroi, elle affiche un air effrayé et je lâche aussitôt prise. Je repense à toutes ces fois où je me suis sentie nerveuse à cause d'un homme un peu trop proche, d'une main indélicate sur mon bras ou sur mon épaule.

« Désolée, je ne voulais pas te faire peur, je voudrais juste que tu m'écoutes, Laura. »

Je passe ma langue sur mes lèvres, mon esprit tourne à plein régime et mon cœur bat la chamade. Je la contemple de mon œil valide, puis je prends une profonde inspiration.

« Laura, c'est moi, Amy. Je suis Amy, mais dans le corps de Flynn. »

Le silence s'installe tandis que Laura, bras ballants, me dévisage. J'attends et j'essaie d'analyser sa réaction, mais rien ne vient.

« Je sais que ça paraît impossible, mais c'est vrai. Je suis sérieuse. Je suis ta sœur. C'est moi, Amy. »

Elle ne réagit toujours pas, elle me toise, immobile, le temps semble suspendu.

Puis elle laisse échapper un rire étranglé. « Pourquoi tu me fais ça, Flynn ? C'est une blague spéciale pour mon jour de mariage ? Parce que si c'est le cas, je ne la comprends pas. (Elle me décoche un regard glacial.) Et elle n'est pas drôle.

— Ce n'est pas une blague, Laura. Je suis Amy, ta sœur. Je suis née à la maternité de Frenchay à Bristol, le 24 juillet. Mon signe astrologique, c'est le Lion, et ça te rendait toujours un peu jalouse parce que toi, tu es Vierge et Louis Jones t'avait dit que tous ceux qui étaient du signe de la Vierge étaient des gros intellos. Nos parents, Trish et Robert, ont toujours rêvé d'avoir deux filles, et leur vœu a été exaucé…

— Flynn, sérieusement, tais-toi, elle m'interrompt, le front plissé.

— Non », je lâche d'un ton sec, le souffle court. Il faut que j'arrive à la convaincre. « On grimpait sur la table basse du salon pour leur présenter nos spectacles. Quand on faisait les Spice Girls, tu étais Posh et tu m'obligeais à être Mel C parce que j'aimais bien porter des joggings Kappa, mais ça ne me plaisait pas, je voulais être Baby et je me suis fait des couettes comme elle pendant, genre, un an, pour te convaincre. Et puis on a pleuré pendant une semaine quand Geri a quitté le groupe, on a brûlé les billets de concert qu'on avait reçu à Noël, on les a brûlés dans la corbeille sous le guéridon du hall d'entrée parce qu'elles avaient chanté *Friendship Never Ends* mais leur amitié s'était pourtant brisée et on était dévastées de chagrin. Et maman nous a grondées parce qu'on avait abîmé la moquette neuve et qu'on avait failli mettre le feu à la maison. Papa nous a emmenées au McDo, il nous a promis que maman se calmerait, on lui a trouvé une autre corbeille, et après ça, elle soupirait chaque fois qu'elle s'en servait, en pensant à l'ancienne. »

Laura fronce les sourcils à mesure que je déballe les informations.

« Tu as eu un copain qui s'appelait Callum, il avait un skate qu'il avait acheté sur Argos mais il avait aussi des roues spéciales, et il portait toujours des outils dans un sac en toile pour pouvoir les resserrer. Et il disait "se galocher" à la place de s'embrasser parce qu'il trouvait que ça faisait plus adulte, et papa l'avait traité de trouduc parce que son père avait placardé une affiche des Tory à leur fenêtre – et tu avais fait la gueule à papa pendant presque une semaine. Mais Callum a fini par te larguer quand même parce qu'il avait prévu un voyage à Majorque et ne voulait pas que sa copine "lui coupe les ailes". »

Je suis hors d'haleine quand j'ai enfin terminé, et je cherche d'autres informations à ajouter.

« Elle aurait pu te raconter tout ça, murmure Laura, le visage perplexe. Ce sont des infos que tu aurais facilement pu apprendre par cœur.

— Je n'ai rien appris par cœur.

— Je ne comprends pas pourquoi vous me faites ça, tous les deux. »

Ses yeux sont embués de larmes, je me sens effrayée et désespérée. Je pose les mains sur ses épaules, je sens son corps se crisper de nouveau. « Laura, s'il te plaît, je ne fais pas ça pour t'embêter. J'aimerais beaucoup que ce soit une blague. Crois-moi.

— Flynn, elle déclare en portant deux doigts sur le côté de sa tête, un geste typique quand elle est stressée. C'est le matin de mon mariage et je ne sais pas qui t'a envoyé me faire cette blague mais…

— Ce n'est pas une blague, Laura, il faut absolument que tu me croies. On était sur la route, on a été frappés par la foudre et quand on s'est relevés, nos corps avaient littéralement été échangés…

— Arrête, d'accord ? Arrête, c'est la pire excuse que tu pouvais inventer pour expliquer l'attitude lamentable d'Amy. Elle a toujours perçu d'un mauvais œil ma relation avec Jay. »

Je cherche comment lui expliquer pourquoi je me sens gênée avec Jay, mais je ravale mes mots. Elle ne le mérite pas. C'est normal qu'elle soit décontenancée – comment ai-je pu imaginer une seule seconde qu'on me croirait ? Même Laura ? C'est absurde.

Elle me repousse et mon peignoir se détache. Ses mains sont posées sur mon torse nu. « Sors d'ici, sors d'ici. » Elle passe devant moi, ouvre grand la porte de la chambre. « Je refuse que vous me gâchiez mon week-end, tous les deux.

— Mais je ne peux pas partir. Je n'ai nulle part où aller. Je ne sais pas ce que je risque de faire, si je sors de cette chambre. » Je suis soudain pétrifiée de terreur. Si Laura ne me croit pas, alors personne ne me croira.

« Tais-toi.

— Laura, je t'en supplie. (Les larmes me montent aux yeux alors que je me tourne vers le couloir.) Il faut absolument qu'on discute… S'il te plaît, Laura. »

Mais elle ne me regarde même pas. Elle dévisage l'homme qui avance vers nous, ses cheveux mouillés en bataille, une serviette autour de la taille et une clé d'hôtel dans la main.

« Jay », murmure-t-elle.

Il fronce les sourcils en remarquant les cheveux emmêlés de Laura, ses joues rouges, sa poitrine agitée par sa respiration saccadée. Ses yeux se posent ensuite sur moi, mon torse nu, mon peignoir entrouvert, moi qui viens de me faire jeter sans ménagement de la suite nuptiale par sa fiancée en émoi.

Il fait un pas en avant, sourcils froncés. « Flynn ? Laura ? Mais qu'est-ce que…

— Flynn allait justement partir, lâche Laura dans un cri désespéré.

— Pourquoi il allait partir ? Pourquoi il était là, d'abord ? » demande Jay en élevant la voix. La clé de l'hôtel lui glisse des mains.

« Je ne suis pas Flynn, je m'écrie. Je ne suis pas FLYNN, putain ! »

Une autre porte s'ouvre, et Patty, un masque pour les yeux repoussés sur le front, les cheveux enroulés dans des bigoudis, jette un coup d'œil dans le couloir. Puis elle sort de sa chambre.

« Jay ? Laura ? Que se passe-t-il ? »

Je vois soudain ce qu'ils voient tous. Et j'ai beau être frustrée et effrayée, je comprends aussi combien ce spectacle est terrible pour la réputation de Laura.

« Il a passé la nuit ici ? articule Jay d'un ton sec.

— Bien sûr que non, je réplique.

— Laura ? »

Patty avance vers nous. « Laura, je crois que tu dois une explication à Jay.

— Maman, ne t'en mêle pas.

— Il n'a pas passé la nuit ici, il vient de débarquer, explique Laura, au bord des larmes.

— Pourquoi ? » demande Jay.

Laura lève les mains au ciel. « Parce que c'est un imbécile, parce qu'il essaie de gâcher notre mariage. Je n'en sais rien, moi. »

Elle pleure, à présent. La culpabilité vient s'ajouter à ma propre désolation. C'est à cause de moi. Je dois tout arranger.

C'est alors que j'entends une voix qui me serre le cœur. Je ne suis pas au bout de mes peines.

60
FLYNN

« Il n'essaie pas de gâcher votre mariage, et ce n'est *pas* un imbécile. »

Je ne sais pas exactement ce qu'il se passe mais je suis aussitôt perturbé de voir Amy encaisser la colère de Jay et Laura, perdue et affolée.

« Sérieux, Laura, j'attends une réponse honnête, continue Jay tandis que l'eau goutte de ses cheveux et dégouline dans son cou.

— Ce n'est pas du tout la faute de Laura, intervient Amy qui fait un pas en avant, les mains levées en direction de Jay, et le supplie de son œil valide.

— Ta gueule, Flynn, il gronde.

— Hé! je m'écrie, et le sang recommence à bouillir dans mes veines, je veux absolument tirer Amy de ce mauvais pas.

— Laisse-moi faire, elle m'avertit, la main tendue dans ma direction.

— Amy, ne t'en mêle pas. » Laura me décoche un regard de dégoût absolu.

« C'est ridicule. De toute évidence, Am… Flynn n'a rien fait de mal », j'affirme.

Jay fait volte-face. « Eh bien, Amy, figure-toi que je viens de voir Flynn sortir de la chambre. Et je sais qu'il n'était pas avec toi cette nuit, parce que tu as dormi sur cette foutue chaise longue… Je demande donc à Laura, ma future ÉPOUSE, de m'expliquer ce bordel…

— Ce n'est rien du tout, insiste Laura dont le visage se décompose.

— Arrête de mentir, rugit Jay.

— Elle ne ment PAS ! » hurle Amy.

Jay s'avance vers elle et la pousse contre le mur. Je constate soudain avec consternation que face au stress, les hommes ont presque systématiquement recours à la violence ou au contact physique. J'ai vu tant d'hommes coller des coups de poing dans des tables, des coups de pied dans des portes, plaquer d'autres mecs contre des murs. Je vois les visages atterrés autour de nous et j'ignore pourquoi je ne dis rien pour calmer le jeu.

J'ai peur qu'elle chope un autre coquard, alors je m'empresse de tirer Jay en arrière. « Arrêtez, tous les deux ! »

Ma rage s'embrase lorsque je les sépare. « On ne peut pas dire que Jay est blanc comme neige, lui non plus », je crache, la poitrine agitée. La colère altère mon jugement. Je tiens absolument à ce que Jay s'éloigne d'Amy, alors je me tourne vers Laura. « Il t'a caché des trucs aussi, Laura. Alors arrête de jouer les saintes nitouches », je lance à mon pote. Le sentiment de trahison alimente ma colère légitime.

Laura garde le silence un instant. « Qu'est-ce que tu insinues ? »

Amy est devenue livide. « Arrête », elle me chuchote, le corps toujours plaqué au mur, son œil valide écarquillé de panique.

Je suis trop énervé pour me taire. « Pourquoi tu ne parles pas à Laura de "ce fameux soir" », je dis, en imitant l'intonation de Jay et en mimant des guillemets avec mes doigts. Ça devrait suffire à l'empêcher de frapper Amy. J'éprouve un plaisir éphémère à blesser mon ami.

Il reste bouche bée. Laura fronce les sourcils et le visage d'Amy, mon visage, est blanc comme un linge.

Patty scrute toujours notre petit groupe sans un mot. Et à cinq chambres de là, un homme nous observe d'un air mauvais par sa porte entrouverte, lèvres pincées.

« Jay, de quoi parle Amy ? » demande Laura. Une ride se creuse entre ses sourcils.

« Ce n'est pas Amy, rectifie Amy d'un air morose.

— Ta gueule, Flynn ! » s'écrient Laura et Jay en chœur.

Les yeux d'Amy s'embuent.

La honte m'envahit. Au lieu de la sortir de ce mauvais pas, comme je l'espérais, j'ai réussi à la blesser. J'ai vraiment foutu ce week-end en l'air. Amy a raison – je ne l'écoute jamais. Elle m'a demandé de ne pas m'immiscer mais je l'ai fait quand même, et la situation a encore dégénéré.

« Jay ? » Laura le toise d'un air dévasté.

« Ne détourne pas la conversation », rétorque Jay, qui lui, détourne clairement la conversation.

Tout le monde se met soudain à crier en même temps, je perds le fil, j'observe Amy et je regrette amèrement de l'avoir rendue aussi malheureuse.

Un employé catastrophé déboule de la cage d'escalier en s'épongeant le front. « Nous avons reçu un certain nombre de plaintes au sujet d'un tapage. Puis-je vous rappeler qu'il n'est pas encore 7 heures, en ce dimanche matin ? »

Patty est la première à quitter les lieux. « Je suis dans ma chambre si tu as besoin de moi, Jay, elle déclare à son fils. N'oublie pas qu'il n'est jamais trop tard. » Elle jette un regard menaçant à Laura.

« Laura, s'il te plaît », tente Amy, les larmes aux yeux.

Jay reste de marbre mais se tient visiblement prêt à lui ressauter dessus.

« Je veux parler à Jay, déclare Laura à la ronde. Seule à seul », elle ajoute avec un regard noir à mon intention et à celle d'Amy.

Abattue et démunie, Amy s'adosse mollement au mur. Je m'approche, lui frôle le bras mais elle me repousse.

« Je suis désolé, Amy », je lui dis en comprenant à quel point j'ai merdé. Les larmes aux yeux, elle m'ignore, prend appui au mur pour se redresser, puis elle s'éloigne dans le couloir.

« Amy », je crie en m'élançant à ses trousses.

Avant de m'engager dans l'escalier, je jette un coup d'œil par-dessus mon épaule et j'aperçois Laura qui vient de rouvrir la porte de la suite nuptiale et nous regarde partir, le visage empreint d'une expression indéchiffrable.

61
AMY

« Amy… Amy ! »

Flynn me court après dans sa robe froissée et je bouscule un couple qui remonte du premier service de petit déjeuner.

« Allez, Amy, arrête ! »

On atteint la porte de notre chambre et j'insère la clé d'un geste rageur dans le lecteur de carte. J'ai juste envie d'entrer, de rester seule et de sangloter.

« Attends, dit Flynn, bras tendu, avant de se faufiler par l'entrebâillement de la porte. Amy, allez. Je voulais éviter que tu te reprennes un coup de poing ! »

Je n'arrive pas à répondre ni même à le regarder. Je bouillonne de rage. Je lui avais pourtant demandé de me laisser gérer la situation avec Laura, mais évidemment il a accouru sur son destrier, l'épée brandie pour sauver la damoiselle en détresse, et à cause de lui tout est mille fois pire qu'avant.

Je retire le peignoir d'une secousse d'épaules et j'attrape ma valise dans un coin de la chambre. Je me rends aussitôt compte que ça ne sert à rien de prendre ma valise parce que je ne peux pas porter mes vêtements à la con, vu que je ne suis plus moi-même.

Je m'effondre dans le fauteuil beige.

Je ne suis pas seulement en colère contre Flynn, bien qu'il soit la principale cible de ma fureur. Mais je suis fâchée que Laura ne m'ait pas crue, fâchée de ne pas avoir réussi à la convaincre, d'avoir pensé qu'elle comprendrait. Fâchée de toutes les accusations qu'elle brandit contre moi. Et je suis fâchée d'être encore coincée dans ce corps dont je ne veux pas, sans savoir comment je vais réussir à sortir de là. Je ferme les yeux et je remarque seulement maintenant que je tremble de froid, à l'instant où Flynn pose sur mes épaules le couvre-lit en cachemire.

« Amy, il murmure. Je suis vraiment, vraiment désolé. Pour tout. »

Je me sens vidée. La solitude absolue de cette nuit sans lui, l'abattement profond face à ma sœur qui refusait de m'écouter, tous ces sentiments s'effacent lentement. « Je le sais bien », je réponds, et je suis triste de nous voir ainsi, en cette matinée importante. Cette matinée que j'imaginais depuis des mois.

Je m'étais attendue à me réveiller dans un magnifique lit *king size*, à me tourner sur le flanc et à sourire à Flynn qui m'aurait caressé le visage en me disant que j'étais belle, avant de me caresser ailleurs. Après avoir fait l'amour, on serait restés un moment au lit, nos membres entremêlés, en sueur et comblés, avant de commander un petit déjeuner qu'on aurait mangé sur le balcon. Flynn m'aurait fait rire aux éclats, puis on se serait embrassés et j'aurais disparu dans la suite nuptiale luxueuse où j'aurais bu des flûtes de champagne et porté des toasts à ma sœur aînée, notre magnifique future mariée, tandis que des professionnels se seraient affairés autour de nous pour parfaire nos coiffures et notre maquillage, et nous rendre sublimes.

Au fil des dernières semaines, j'ai perdu cet objectif de vue, mais c'est désormais la seule chose dont j'ai envie ; je ressens ce désir au plus profond de ce corps qui n'est pas le mien.

« Je n'arrive pas à y croire », je dis d'un ton las en me levant du fauteuil pour enfiler un T-shirt de Flynn sans prendre la peine de lui demander la permission.

« Je sais, il me répond. C'est complètement dingue. »

Je passe la tête dans le col du T-shirt et j'annonce : « Donc je vais partir. »

Flynn en reste bouche bée. « Tu ne peux pas partir. » Il est dans un sale état. Cheveux gras et emmêlés, robe verte déchirée à l'ourlet; il a réussi à casser un de mes ongles parfaitement manucurés, à effacer ou à étaler mon maquillage. Il ne prend aucun soin de mon corps; j'ai l'air d'avoir dormi à peine deux heures.

« Si, je peux. Il faut que... Bon, écoute, je dis en nous désignant tous les deux. Elle me prend pour toi, donc elle sera fâchée contre toi, mais moi, je ne peux pas rester ici dans cet état, j'ajoute en contemplant le corps de Flynn dans lequel je suis prise au piège. Je ne peux pas, je ne peux pas, je ne peux pas...

— Hé, tout va bien, il lâche en traversant la chambre pour essayer de m'enlacer.

— Arrête, Flynn. Je veux arrêter de gâcher le mariage de Laura mais surtout... (Je déglutis et je le regarde droit dans les yeux.) Je ne veux pas être ici avec toi. »

On dirait que je viens de le frapper, ses yeux écarquillés sont emplis de douleur.

« Tu n'as pas le droit de me faire culpabiliser, Flynn, je déclare en essuyant mes larmes d'un geste rageur. Ne prends pas cet air-là, alors que tu me mens depuis tout ce temps.

— Toi aussi, tu m'as menti, remarque-t-il dans une faible tentative de m'atteindre aussi. Avec Jay, là, c'est quoi cette histoire de "fameux soir" ?

— Un tout petit mensonge, je m'exclame en levant les bras au ciel. Un truc que je n'avais pas envie de partager. Le soir où tu l'avais invité à venir nous retrouver au pub. Tu étais en retard, il ne me connaissait pas encore et il m'a demandé mon numéro de téléphone.

— Mais il était venu pour me voir. Pour faire ta connaissance !

— Et il s'est rendu compte de son erreur à l'instant où il m'a demandé mon nom, donc je ne t'en ai jamais parlé. Et je savais que si Laura venait à l'apprendre, elle serait super gênée. Mais il a totalement craqué pour elle dès qu'ils se sont rencontrés, ça sautait aux yeux. Donc je lui avais proposé de tout oublier, car je savais que Laura se sentirait blessée. Mais toi, tu as débarqué ce matin et tu lui as quand même vendu la mèche. Le jour de son mariage. Moi, je n'ai pas menti à propos de, hmm, voyons voir... (Je porte l'index à mes lèvres.) D'AVOIR UN ENFANT ! »

Quand je pense qu'il ose me lancer ces accusations ridicules !

« Je ne suis plus certaine que ça puisse marcher entre nous, Flynn. Je sais que tu m'aimes, mais je me rends compte que je ne te connais pas, et j'ai besoin de connaître la personne avec qui je vais passer le restant de mes jours, j'ai besoin de lui faire confiance. »

Flynn prend une profonde inspiration et plonge son regard dans le mien. « Écoute, tu sais bien qu'habituellement, je te répondrais illico que tu as tort, mais je comprends. (Il prend une autre inspiration et redresse le dos.) Il faut que je change, je le sais. »

Cet aveu me surprend, ça ne lui ressemble pas de cogiter comme ça. Il paraît sincèrement anéanti.

« Tu vas vraiment partir ? Et si je te raconte tout à propos de Charlie ? »

Mes entrailles se tordent de douleur. Je ne suis pas certaine de vouloir mettre un terme à notre relation mais je ne l'avoue pas. Je n'ose pas. « Est-ce que ça changerait quelque chose ? » je lui demande.

Il me regarde avec une expression que je perçois rarement chez lui : un air de sincérité absolue. « Oui, je pense. »

Une éternité s'écoule tandis que je contemple son air triste et débraillé.

« D'accord », je finis par acquiescer.

Il soupire, tend le bras et réajuste le couvre-lit sur mes épaules.

« Ouah, s'exclame-t-il, il fait joliment ressortir les couleurs de ton coquard ! »

J'éclate de rire malgré moi.

62
FLYNN

Épuisés, fâchés, éplorés, je pense qu'on a tous les deux l'impression d'avoir vécu un million d'existences différentes en une seule nuit. Je nous prépare un café, je déverrouille les portes-fenêtres du balcon et j'attire Amy dehors. La brume se lève peu à peu, la surface du lac est désormais bleu argenté, l'air semble strié de teintes pastel au-dessus du patchwork de prairies qui s'étendent à l'infini. On n'entend que le doux pépiement des oiseaux alors qu'on s'installe sur les chaises en fer forgé blanc pour siroter notre café.

Il faut que j'arrange les choses, j'en ai conscience.

Je repose ma tasse, je me penche en avant sur la chaise, heureux qu'Amy m'ait obligé à enfiler ce pull en laine rose. « Amy, avant tout, je suis désolé que tu aies appris l'existence de Charlie de cette façon, ce week-end. Je pensais bêtement que mon passé m'appartenait et qu'il n'avait aucune incidence sur toi, mais c'était égoïste. »

Elle acquiesce simplement. Je n'arrive pas à croire combien c'est difficile. Au travail, je suis doué pour m'exprimer franchement, mais je me replie dans le silence dès qu'il s'agit de partager des souvenirs douloureux.

Je prends une profonde inspiration et je croise les mains. « Pour être honnête, le fait de penser à Tanya, enfin, pas vraiment à Tanya mais plutôt à Charlie, ça me fait extrêmement mal », j'explique en choisissant soigneusement mes mots, dévoilant des émotions que je n'avais jamais dites à voix haute, auxquelles je n'avais pas osé penser depuis des années. Encore un fardeau à ajouter à tous mes chagrins passés.

« Tanya est tombée enceinte quand ça n'allait plus très bien entre nous. Et après le choc initial, j'étais assez emballé à l'idée de devenir papa. J'avais le pressentiment que je serais doué dans ce rôle, tu vois. » Je lève la tête et je croise le regard d'Amy.

Elle n'acquiesce pas, elle serre sa tasse si fort que ses articulations blanchissent, alors je poursuis, tant bien que mal.

« Charlie est née, elle était parfaite. Enfin, elle était pas mal amochée par l'accouchement et couverte de trucs gluants dégueus, mais à mes yeux elle était magnifique. Elle avait un bâillement impressionnant, on pouvait voir ses amygdales quand elle ouvrait la bouche grand comme ça... (Je sens ma gorge se serrer à mesure que les détails me reviennent en mémoire.) Et elle avait des doigts minuscules. Je me souviens de lui avoir enfilé un petit body blanc avec beaucoup de maladresse, et j'avais peur de lui arracher un doigt – j'étais terrifié ! »

Je déglutis et bois une gorgée de café. Est-ce que je parle trop ? Amy va-t-elle me détester ? Se lever et partir ? Je prends une grande inspiration. J'ai bien compris, au cours des dernières vingt-quatre heures, que je ne pourrai jamais être proche d'elle si je ne suis pas capable de partager ce genre de chose.

« Quand je la regardais, j'avais une certitude. Quoi que j'éprouvais pour Tanya... et je ne vais pas te mentir, ça n'allait pas entre nous, eh bien, je savais que je serais toujours là pour cette enfant, pour ce bébé. Je me sentais totalement submergé d'émotions. Je n'arrive pas à l'expliquer clairement, Amy...

— Tu l'aimais », elle murmure.

J'acquiesce, incapable de répondre. Je bois un peu de café et je me lèche les lèvres. « Je me sentais apaisé, comme si je pouvais enfin arrêter de chercher je ne sais quoi. »

Je prononce ces mots à voix haute et je bats longuement des paupières, conscient que mes sentiments envers Charlie sont liés à l'autre personne qui compte dans ma vie. Je peine à regarder Amy dans les yeux et je continue.

« Depuis la mort de mon père, je ressens un vide en moi. » Je m'agite sur ma chaise. J'ai passé ma vie entière à ravaler ces idées et j'en ai soudain le souffle coupé. Ma vue se brouille et l'obscurité semble se refermer autour de moi.

« Tu ne parles jamais de lui », elle commente.

J'ai le cœur lourd quand j'admets enfin la vérité, que je n'ai jamais pu lui avouer jusqu'à aujourd'hui. « Je... Je ne me souviens pas de lui. »

Elle fronce les sourcils.

Le silence se prolonge. J'ai du mal à respirer. C'est trop dur, je ne peux pas continuer.

Amy pose la main sur mon bras et dit : « Mais... la grande roue, le... »

Je m'oblige à croiser son regard. « J'ai tout inventé. Les anecdotes avec lui. Je les invente au fur et à mesure. Ça fait des années que je n'arrive plus du tout à me souvenir de lui. »

Amy porte la main à sa bouche.

Je me force à continuer. Il faut que je lui raconte tout maintenant, car je n'aurai pas le courage de recommencer.

« Je ne vois plus rien et j'aimerais tellement... J'aimerais tellement me souvenir de son visage... » Je me racle la gorge, j'essaie de sentir le métal de la chaise sous moi, de me concentrer sur Amy en face de moi. « Mais quand j'ai regardé Charlie ce jour-là, j'ai senti ce poids s'envoler pour la première fois de ma vie. Je l'ai aimée sur-le-champ », j'admets dans un murmure.

J'essaie de ne pas m'effondrer. « Tanya t'a montré la photo, mais tout a changé juste après qu'elle l'ait prise. Elle était très silencieuse dans son lit, depuis quelques minutes. Bon, elle venait de traverser une épreuve sacrément héroïque – elle avait le droit de rester au lit tranquillement sans faire de blagues à tout bout de champ. Mais je sentais qu'un truc lui pesait. Je pensais qu'elle était simplement bouleversée, comme moi. C'est effrayant d'être soudain responsable d'un être vivant tout neuf. On pouvait merder d'une centaine de façons différentes, tu vois ? »

Amy s'empresse d'acquiescer et renverse un peu de café dans sa sous-tasse.

« Et c'est à ce moment-là qu'elle m'a tout avoué. »

Ma voix se brise à mesure que je reviens dans cette chambre de maternité, que je sens presque le poids de Charlie dans mes bras. Amy me serre doucement les doigts. Je ferme les yeux.

« Elle m'a dit que Charlie n'était pas de moi. »

Les doigts d'Amy se resserrent encore et je l'entends retenir un instant son souffle.

Je ne veux pas laisser couler mes larmes mais j'ai accumulé tant de choses que j'ai l'impression d'être sur le point d'exploser. C'est comme si mon corps plus petit ne pouvait soudain plus contenir le déferlement d'émotions.

« Désolé », je lui dis en me repliant sur moi-même à mesure que je sens les larmes s'échapper malgré tout. « Ça doit être les hormones », j'ajoute avec un rire mêlé de sanglots qui pousse enfin Amy à se pencher en avant et à passer ses bras – enfin, plutôt mes bras – autour de mes épaules pour me consoler.

« Donc ce n'était pas ma fille, je bafouille. Ça n'avait jamais été ma fille. Tanya voulait me l'annoncer pendant la grossesse mais, à mesure que le temps passait, ça devenait de plus en plus difficile. » Je ne peux contenir la pointe d'amertume dans mes paroles, mais une petite voix me rappelle à l'ordre – j'ai agi pareil, il m'est arrivé de remettre la vérité à plus tard, de me dire, j'en parlerai demain, la semaine prochaine, le mois prochain, jusqu'à ce que ce soit impossible.

La main d'Amy est tiède dans mon dos.

« Je ne voulais pas partir, moi. Je me sentais tellement coupable, j'avais l'impression de les abandonner toutes les deux. Même si c'est elle qui me le demandait.

— Tu y étais obligé, elle murmure.

— Pas sûr… » Je frémis en repensant à ce souvenir détestable, ce sentiment d'avoir commis le pire des crimes. Je l'avais laissée là, éplorée, épuisée, effrayée, son minuscule bébé serré contre sa poitrine.

« Putain, Flynn, c'est du lourd… déclare Amy en s'adossant à la chaise. Pourquoi tu ne m'en as jamais parlé avant ? »

Je ne relève pas la tête et j'essaie de mettre des mots sur mes sentiments.

« J'avais honte de l'avoir laissée seule et j'étais perdu parce que j'aimais Charlie. Je me connectais souvent à Facebook pour regarder des photos d'elle, j'avais envie de lui envoyer une carte à chacun de ses anniversaires mais c'était impossible. Je ne savais pas quoi faire de ces sentiments. Je n'étais pas son père. Je n'étais absolument rien pour elle, mais dans ma tête c'était comme si j'avais tourné le dos à mon premier enfant. (C'est trop dur, je presse mes poings contre mes yeux.) Putain, j'ai l'impression d'être en séance de psychothérapie. Tu vas me facturer cinquante livres ?

— Cinquante ? Soixante-cinq livres, minimum », elle lâche d'une voix tremblante.

Je lève les yeux vers elle, j'ai la bouche sèche et le cerveau dans le coton. « Je suis désolé, je voulais sincèrement oublier tout ça, essayer d'aller de l'avant, m'obliger à ne plus jamais y penser, préparer l'avenir. Penser à Charlie est encore très douloureux. Je ne suis pas doué pour gérer ces douleurs-là – je ne l'ai jamais été. Je crois que c'est pour cette raison que j'ai orienté l'entreprise vers les fêtes d'anniversaire pour les petits. C'était ma façon d'honorer Charlie, en faisant le bonheur d'autres enfants. »

Amy garde le silence longtemps.

« Merci de m'avoir raconté tout ça, elle finit par me dire d'un air grave. Je suis vraiment désolée. »

J'ignore si ce sont ses adieux définitifs, ou si mes aveux ont pu changer quelque chose.

63
AMY

Le voir ainsi aux prises avec ses souvenirs me paraît irréel. Je suis désolée pour lui. Tout est si inhabituel, pas seulement ses larmes ni le fait d'entendre son histoire racontée depuis mon propre corps – mais plutôt cette émotion brute et sincère que je n'avais encore jamais perçue chez lui. J'ai envie de le prendre dans mes bras, ce qui m'est facile actuellement puisqu'ils sont longs et entourent parfaitement sa petite carrure. Ses aveux sur ses souvenirs inventés ont failli me briser le cœur.

Dès que je lui parlais de mon père, j'insistais pour qu'il partage quelque chose à propos du sien. Il marquait souvent une pause mais me livrait une brève anecdote, un souvenir heureux. La grande roue d'où il avait malencontreusement lâché sa pomme d'amour, son père qui lui ébouriffait les cheveux après un match de rugby, un dîner en famille où il avait fait tomber la dinde. Je comprends désormais qu'il s'agissait d'images idylliques imaginées pour combler les lacunes de sa mémoire. Ce qui explique sa réticence à me présenter sa mère, il devait se douter que je découvrirais la vérité. J'ai connu le chagrin du deuil, mais au moins je me souviens de mon père, j'ai une mine de précieux souvenirs.

Il partage ces vérités et ses sentiments à voix haute pour la première fois de sa vie, et ma gorge se serre d'émotion.

Je comprends pourquoi il a menti. Je le comprends sincèrement. Je devine, à ses traits tirés par le chagrin, qu'il lui en coûte de revivre cette journée fatidique, d'admettre tout cela. Je le perçois au tremblement de sa voix, à ses épaules voûtées, à ses doigts qui tripotent nerveusement la soucoupe ou le pied du guéridon, puis qu'il entrecroise comme pour prier.

J'ose à peine parler. J'étais convaincue que ses aveux me pousseraient à prendre mes jambes à mon cou et sonneraient la fin de notre relation. Mais je suis désormais en proie à un tourbillon de sentiments confus. Le premier, c'est la honte. Comment ai-je pu louper tout ça ? Comment ai-je pu tout ramener à moi ? Laura a raison, je suis égoïste.

La matinée est splendide. Le lac scintille, les employés s'affairent autour du ponton pour installer les chaises et l'arche fleurie sous laquelle Laura et Jay célébreront leur mariage. C'est le jour dont elle rêve depuis si longtemps, il fait déjà doux alors que le soleil est à peine levé, une brise légère caresse l'herbe et les fleurs des champs en bordure de la pelouse.

Je m'apprêtais à partir. J'étais sur le point de monter en voiture, de rentrer à Bristol, de manquer tout ça. Mais à mesure que je contemple ce décor, que j'observe Flynn, abattu sur la chaise à mes côtés, il est évident que je ne peux pas commettre cette erreur. Cette journée est plus importante que tout, Flynn a besoin de moi. Je me sens plus proche de lui que jamais.

Des coups frappés à la porte m'empêchent de le lui confesser. Je me lève et retourne à l'intérieur, où la lumière du soleil dessine des stries dorées sur les murs et la moquette.

Laura se tient sur le seuil, un pull gris passé sur son pyjama, ses pieds parfaitement manucurés emmitouflés dans les chaussons de l'hôtel.

« Laura ! » je m'écrie sans pouvoir contenir le large sourire qui étire mes lèvres.

Elle marque une courte pause, incline légèrement la tête en arrière et me dévisage.

« Entre, entre », j'ajoute en gesticulant.

Elle me suit d'un pas méfiant et je lance : « Flynn, Flynn, regarde qui est venu nous voir ! »

Les pieds de sa chaise raclent le sol et il apparaît soudain en s'essuyant discrètement les yeux.

« Désolé, il est très sensible, je m'esclaffe parce que c'est drôle et ridicule à la fois. Oh, mon Dieu, tu es venue parce que tu nous crois, c'est ça ? Ou parce que le mariage est annulé ? Oh, mon Dieu, faites que ce soit la première hypothèse. » Je suis au bord de l'hystérie, la tempête d'émotions de ces dernières vingt-quatre heures, les révélations, le soulagement, l'épuisement me font presque basculer dans la folie. « C'est une journée nickel chrome pour se marier. »

Laura fait les yeux ronds en me toisant. « Mais alors c'est vrai ? Vrai de vrai ? »

Elle s'approche sans me quitter des yeux, elle lève les deux mains, me saisit les joues et les écrase. Elle inspecte mon visage, mes lèvres comprimées en une moue comique. « Amy, c'est vraiment toi, là-dedans ? »

Mon corps se détend soudain, elle me croit et j'éprouve un soulagement indicible. Je n'arrive pas à parler car elle me presse toujours les joues mais j'acquiesce frénétiquement.

« C'est vrai, Laura, confirme Flynn en faisant un pas en avant, les yeux rouges, enveloppé dans mon pull rose. On ne sait pas du tout comment ça s'est produit, mais c'était sur la route pour venir ici… »

Laura me lâche puis traverse la chambre, elle contourne Flynn et l'observe comme une bête de foire. « Donc vous avez changé de corps. Sérieux ? Je repensais à ce week-end, à toutes ces choses qui n'avaient aucun sens, à votre comportement bizarre. C'est donc réel ?

— C'est réel, j'acquiesce.

— D'accord, alors dis-moi un truc que seule Amy pourrait savoir. S'il te plaît », elle ajoute en me regardant droit dans les yeux.

Je me tourne vers Flynn, je m'attends presque à ce qu'il prenne la parole avant moi, mais je vois son regard posé sur moi. Il sait que je dois le faire. Qu'il doit me laisser faire. Je lui en suis tellement reconnaissante.

Je marque une pause et je me concentre car je ne veux pas me planter.

Je ferme les yeux et je retourne dans le passé. J'écarte le chagrin de cette dernière soirée avec papa, je repense au week-end avant sa mort. Laura, maman, lui et moi, nos conversations entremêlées, nos cris, nos taquineries, nos rires. On s'était toujours suffi à nous-mêmes, tous les quatre.

« Le dernier week-end avec papa, je murmure. On ignorait totalement qu'il n'y en aurait plus jamais d'autres. On voulait sortir boire un coup, toi et moi, mais papa nous a obligées à rester devant la télé pour regarder une redif de l'émission *The Chase*. On n'avait pas envie, mais il a insisté alors on a râlé un peu et puis on a cédé parce qu'on cédait toujours, avec papa. À un moment, il a mis pause juste avant que le présentateur donne la réponse aux candidats…

— Les Rovers de Bristol », chuchote Laura.

J'acquiesce, une boule dans la gorge. « Les Rovers de Bristol ! Il était aux anges. Il s'est tourné vers nous, rayonnant. »

Laura tressaille alors que je poursuis :

« Il s'est écrié "Les Rovers ! Allez, bonne soirée, mes chéries !" Et puis l'instant magique est passé, on l'a embrassé et on est sorties boire un verre. C'est la dernière fois qu'on l'a embrassé. Et c'est la dernière fois qu'il nous a dit des mots d'amour. »

Je n'ai plus besoin de lui demander si elle me croit. Je sens ses bras autour de moi, je sens son corps secoué de sanglots.

Je m'accroche à elle, comme je l'avais fait ce jour-là, et j'ai l'impression que papa est avec nous, dans cette pièce. « Il nous aimait tellement, putain. Il nous aimait tellement, je murmure en reniflant dans ses cheveux.

— Je sais », elle marmonne contre mon torse.

Elle recule et, l'espace de quelques secondes, elle ne trouve pas ses mots. « Je n'arrive pas à y croire, elle finit par dire en me touchant le visage d'un geste hésitant. C'est impossible.

— Je sais.

— Bon, elle déclare brusquement avant de s'essuyer les yeux et de reprendre son rôle de la nana la plus efficace de la City. Comment on va gérer cette merde ?

— Euh, le mariage a bien lieu, hein ?

— Qu'est-ce qui te fait croire le contraire ? elle m'interroge, sourcils froncés.

— À cause de ce que Flynn t'a dit, à propos de Jay et moi. »

Laura pince les lèvres, presque comme si elle essayait de dissimuler un sourire. Mais je dois me tromper car ça n'a rien de drôle.

« Tu veux parler de la soirée où il t'a rencontrée ? »

Je hoche la tête d'un air abattu.

« Tu veux parler de la fois où il t'a draguée au comptoir ? »

J'acquiesce encore, les larmes aux yeux. Le mariage va peut-être bien être annulé, finalement.

« Tu veux parler de la fois où il t'a draguée, mais qu'il a ensuite rencontré ta sœur aînée, bien plus cool et bien plus canon, et qu'il l'a demandée en mariage un an plus tard ? »

Je lève les yeux, méfiante.

« Amy, il m'a raconté cette histoire il y a tellement longtemps ! On parle, nous, tu sais. Je ne le connaissais pas encore, ce soir-là. Et toi, tu es canon !

— Mais…

— J'avais juste besoin de discuter un peu avec Jay avant qu'on se retrouve devant l'autel. Tu n'es pas le centre du monde, Amy Norman.

— Je commence à m'en rendre compte, oui », je rétorque, alors qu'elle m'attire à elle et éclate de rire contre mon torse.

Je suis tellement soulagée et heureuse de n'avoir rien gâché. Je l'étreins, au bord des larmes.

Sa voix étouffée s'élève vers moi. « Surtout, ne te mets pas à bander, hein ? »

64
FLYNN

Je me sens plus léger, soulagé d'avoir enfin pu me délester un peu. Ce n'est pas énorme, je le sais, mais c'est un bon début. Je repense à la dernière fois où j'ai tenté d'avoir une vraie conversation avec ma mère. Et qu'elle m'a simplement tourné le dos avant de partir. J'ai cru que sa réaction n'était liée qu'à moi, mais il y avait peut-être autre chose. Est-ce qu'elle n'osait pas parler, elle non plus ? Le chagrin l'en a-t-il empêchée ? Je me promets de la contacter, une fois passé ce week-end.

Mes discussions entre amis ont toujours été superficielles : sport et banalités. J'évite avec habileté les sujets intimes, je me lie d'amitié facilement mais je n'ai jamais appris à connaître personne. Quelques amis m'ont interrogé, ils voulaient savoir pourquoi j'avais rompu avec Tanya, mais aucun n'a insisté. Je me demande à présent ce qu'ils pensaient. M'ont-ils jugé ? Ont-ils cru que j'avais abandonné mon enfant ? Pourquoi n'ont-ils rien dit ? Pourquoi certains hommes n'envisagent-ils même pas de poser des questions ?

« Donc tu n'es pas fâchée ? s'enquiert Amy pour la énième fois.

— Pourquoi je serais fâchée ? rétorque Laura d'un ton exaspéré. Ce n'est pas comme si tu avais délibérément changé de corps avec ton copain pour gâcher mon mariage, Amy.

— Oui, je sais, mais… (Elle tripote l'ourlet de son T-shirt.) C'est plutôt mon genre. De vouloir être au centre de l'attention… »

Laura ouvre la bouche, la referme, puis pousse un petit soupir et c'est à son tour de paraître gênée. « Je suis désolée que tu t'en sois convaincue à cause de moi. Ce n'est pas ta faute, tu aimes revendiquer tes idées haut et fort, vivre avec intégrité. Et… » Elle choisit soigneusement ses mots. « J'ai toujours été jalouse de ta relation avec papa, jalouse parce qu'il aimait systématiquement tout ce que tu faisais.

— Être la cadette était plus simple. On attendait moins de moi. Toi en tant qu'aînée, tu as été obligée de déblayer la voie, c'était dans l'ordre des choses. Donc quand il m'arrivait parfois de jouer les pionnières, il s'extasiait davantage…

— Et moi, j'avais tendance à être envieuse, admet Laura en baissant la tête. Papa et toi, vous aviez tellement en commun, les manifs, les pétitions, la musique, la composition, et j'avais beau faire de mon mieux, je n'arrivais pas à partager ces passions.

— J'aurais dû percevoir la pression que tu subissais, à toujours jouer les éclaireurs, à devoir faire semblant d'être adulte et fiable. Tu as été si épatante, quand tu t'es installée seule à Londres à dix-huit ans – moi, j'aurais été paralysée de peur ! »

Laura ne parvient pas à dissimuler sa surprise. « Pour moi, tu pensais que j'étais trop prétentieuse pour rester à Bristol, pour vivre avec vous. Et que papa le pensait, lui aussi. »

Elle baisse la tête. Amy s'approche d'elle et prend un ton réconfortant. « Laura, il te trouvait brillante. Il n'arrêtait pas de se vanter au pub quand tu as été admise à la fac, la première de notre famille à faire des études supérieures. Il bombait le torse avec tellement de fierté quand il annonçait que tu partais vivre à Londres.

— J'ai toujours cru qu'il ne parlait que de toi. J'étais jalouse qu'il te suffise de chanter une simple chanson pour qu'il fonde aussitôt... Mais je n'aurais jamais dû te donner l'impression que c'était ta faute. J'adore tes chansons, elles me manquent, elles sont si belles... »

Je m'éloigne pour les laisser discuter et je consulte les messages sur mon téléphone. Il y a deux jours encore, j'aurais sûrement lâché une blague pour dédramatiser la situation ou j'aurais détourné la conversation, mais je comprends à présent que le mieux, c'est de les laisser bavarder. Je commence à croire qu'en intégrant le corps d'Amy, j'ai absorbé un peu de sa maturité émotionnelle.

Karim m'a transféré le mail d'un client qui s'extasie sur la qualité des prestations de notre entreprise. Les trois événements se sont déroulés sans le moindre accroc et une petite voix moralisatrice me reproche d'avoir manqué de foi. Je dois faire confiance à mon équipe, ils sont capables d'encaisser une partie du stress.

Ça me donne une idée. Quand Amy et Laura ont fini de bavarder et de s'enlacer, je fais volte-face.

« Allez, vas-y, dit Amy par-dessus l'épaule de sa sœur. Tu as visiblement un truc à nous dire. »

Elle affiche un sourire et je lâche le morceau. Mon cerveau s'emballe comme si j'étais dans une séance de brainstorming au bureau : « J'ai un plan, Laura. »

65
AMY

« Bras spaghetti !

— Hein ?

— Bras spag... Comment c'est possible que tu n'aies jamais vu *Dirty Dancing* ?

— Parce que je suis un homme viril, au cas où tu ne l'aurais pas remarqué », rétorque Flynn en montrant sa longue jupe à volants décorée de fleurs minuscules et son corsage à froufrous que je lui ai demandé d'enfiler ce matin. Ses cheveux sont de nouveau démêlés et brillants, je l'ai maquillé d'un léger fond de teint et d'un discret trait d'eyeliner.

« Ouaip, c'est tout à fait toi. Dixit le mec qui m'oblige à regarder *Stardust* dès que je ne sais pas quoi mettre à la télé. »

Flynn rit tandis qu'il peaufine les derniers pas de la chorégraphie en tirant la langue. Je vois qu'il fait de son mieux et, pour la première fois du week-end, je ne panique pas, je ne déprime pas, je m'amuse même. Et c'est surtout grâce à Flynn. Il semble cent fois plus heureux depuis qu'il m'a parlé de Charlie. Il est ensuite passé à l'action, il m'a expliqué le déroulement de son plan qui permettra à Laura de passer une journée inoubliable et de la partager avec moi.

Je n'arrive pas à croire qu'il ait porté ce fardeau si longtemps. J'aurais dû me douter que derrière son obstination à vouloir vivre dans le présent se cachait la peur d'affronter ses douleurs passées. J'ai honte d'en avoir conclu si vite, en le voyant toujours enjoué, qu'il ne devait avoir ni traumatismes ni souvenirs douloureux. Pire encore, j'ai honte d'avoir pensé qu'il n'était tout simplement pas un mec sérieux.

Il n'est même pas riche ni bourge. Il m'a expliqué qu'il venait de rembourser tous ses frais de scolarité et d'internat à Patrick, son beau-père. C'est pour ça qu'il passe sa vie au boulot, il voulait à tout prix éponger cette dette. Je dois arrêter de voir systématiquement le côté négatif des choses. Et même s'il est allé en école privée, je dois lui faire confiance : il faut que j'abandonne mes idées préconçues, je ne veux plus être ce genre de personne. J'agis trop souvent en me demandant ce qu'aurait pensé mon père, au lieu de me concentrer sur ce que je pense, moi.

J'ai envie d'adopter l'optimisme infaillible de Flynn. Certaines de mes inquiétudes passées me paraissent désormais idiotes. On a tous les deux connu le deuil et la perte ; ça permet aussi de garder à l'esprit ce qui est essentiel. Il avait souvent raison de vouloir m'aider à prendre du recul dans la vie.

La musique s'élève, les notes rebondissent contre les parois vitrées de l'orangerie. C'est une salle époustouflante, du lierre s'accroche aux vitres extérieures, des citronniers poussent dans de grands pots et emplissent l'air d'un parfum acidulé. Des grappes de raisin pendent, accrochées aux vignes qui s'entremêlent autour des poutres. C'est comme si la nature avait envahi les lieux. De nombreux panneaux en verre sont ouverts au plafond, dévoilant les nuages cotonneux et les traînées blanches des avions qui strient le ciel bleu clair.

Les semelles de mes Converse couinent sur le carrelage beige tandis que Flynn essaie une énième fois de se dandiner vers le sol. Puis il s'affale, hors d'haleine, dans un des grands canapés blancs qu'on a repoussés contre les parois.

« Pitié, pitié ! Comment tu fais pour remuer tes hanches comme ça ?

— Euh... En te détendant un peu ? »

Je m'installe à côté de lui, plutôt ravie de ses progrès. « Tu y es presque, tu ne devrais pas me coller trop la honte...

— Pas trop... » Il se relève d'un bond et relance la musique. Ses mouvements sont plus fluides lorsqu'il se remet à danser, les joues roses.

Je pose la tête contre le dossier du canapé et je l'observe, son expression sincère, sa détermination à maîtriser la chorégraphie. Il suit toutes mes instructions, il copie au mieux mes mouvements et je vois à présent qu'il se fondra parfaitement dans le groupe. Il va détester cette représentation, je le sais ; pour quelqu'un de confiant, il est étonnamment effrayé à l'idée de se retrouver sur une scène ou une piste de danse – il est du genre à rester en coulisses.

Je ferme les yeux et j'écoute le rythme de la musique, je songe à la journée qui nous attend, soulagée d'avoir partagé notre secret avec Laura et de m'être réconciliée avec elle. Je commence même à la soupçonner de se délecter de cette situation absurde. Elle a proposé de nous électrocuter de différentes manières après le mariage, donc ça s'annonce palpitant... J'avais oublié combien elle est habituée à prendre les problèmes à bras le corps et à atteindre ses objectifs, elle qui travaille dans une banque d'affaires – peut-être que Flynn et moi sommes devenus un nouvel objectif à ses yeux.

« Qu'est-ce que vous faites, tous les deux ? » résonne une voix. Maman se tient sur le seuil de l'orangerie et arbore des lunettes à monture vert clair, aujourd'hui. Elle a des miettes de croissant sur son chemisier, et je suis prise d'une envie folle de courir la serrer dans mes bras. Geoffrey attend, un peu en retrait.

« On répète la danse, Amy était en train de… me montrer ses talents, j'explique, alors que Flynn s'interrompt brusquement.

— Geoffrey, mon chéri, on se retrouve à la chambre, d'accord ? » dit maman en agitant la main. Elle entre, se place à côté de Flynn, m'indique d'un signe du menton de remettre la musique, et elle se met à danser.

Quelle joie, de la regarder se déhancher, d'essayer de faire le twist. Elle est étonnamment souple, mais c'est maman tout craché, ça, elle nous surprend toujours. C'était souvent papa qu'on félicitait à la maison, maman restait en arrière-plan et lui laissait savourer ces moments. Quand elle s'occupait du ménage, de la cuisine, de l'organisation générale, il jouait avec nous. Il nous emmenait à l'épicerie du coin pour acheter un petit sachet de bonbons à la fraise et c'est lui qui récoltait toutes les louanges, lui qui passait pour le parent idéal. Je la regarde à présent se tordre de rire, un bras autour des épaules de Flynn tandis qu'ils terminent leur danse, et je me souviens qu'elle a toujours été amusante. Geoffrey lui permet de briller en toute simplicité, sans doute un peu plus que ne le faisait papa, je dois bien l'avouer. Cette pensée déloyale me fait grimacer mais je ne l'écarte pas totalement – je dois admettre que j'ai des idées préconçues au sujet de mes parents, et qu'elles doivent changer.

Une pique de douleur me transperce la poitrine quand il me revient à l'esprit que maman porte elle aussi un secret. Je dois mettre mes problèmes de côté et découvrir ce qu'elle nous cache – maman n'est pas du genre cachotière.

Reggie fait soudain irruption, Eddie lâche la laisse et le regarde traverser en trombe la salle pour foncer droit sur l'entrejambe de Flynn, sa truffe flairant d'un air excité les fleurs de sa longue jupe.

« Ce chien t'adore, Amy », s'écrie Eddie.

À genoux, Flynn est occupé à se faire lécher le maquillage par le golden retriever le plus fou du pays, et il n'entend pas Eddie qui ajoute : « Je te le laisse. Jay m'a dit qu'il avait besoin d'une promenade. » Eddie m'ignore délibérément, il jette à peine un regard à mon coquard.

« Amy, allons-y ensemble, dit maman. La journée s'annonce splendide et Laura n'aura pas besoin de nous avant une heure… »

Flynn me lance un coup d'œil, je lui suis reconnaissante de me consulter avant d'agir.

« Je vais juste aller enfiler mes chaussures », ajoute maman, et je me rends compte qu'elle est descendue prendre son petit déjeuner en chaussons. « Franchement, on a l'impression de marcher sur un nuage. Je me demande si on peut les piquer. Enfin, les emporter à la fin du week-end…

— Oui, tu peux », je m'esclaffe et je la regarde s'éloigner. Je suis heureuse qu'on soit tous réunis dans cet endroit magnifique et que ma mère, cette femme adorable et travailleuse, puisse se faire chouchouter, elle aussi.

Laura le mérite également – tout le monde mérite d'être gâté, dans la mesure du possible.

« Et les peignoirs ? elle demande d'un air enjoué, ravie de constater que j'ai les réponses à ses interrogations.

— Euh, non, là, ce serait du vol.

— Dommage. (Elle tapote la tête de Reggie avant de partir.) Je n'en ai pas pour longtemps, Amy.

— Et nous, on a terminé ? demande Flynn en repoussant ses longs cheveux bouclés derrière ses épaules.

— Tu as été parfait. » J'ai envie de l'embrasser mais j'hésite encore à m'embrasser moi-même sur la bouche. J'opte pour une bise sur la joue, qui fait sursauter Flynn. C'est vraiment étrange de se sentir embrassé par soi-même.

Il se redresse et lâche un rire gêné en portant la main à son visage.

« Par contre, ça ne te dérange pas de laisser le chien te rouler des pelles », je plaisante. Mais l'espace d'une seconde, on panique tous les deux à l'idée que cet échange soit permanent.

Je refuse de gâcher la matinée, alors je change de sujet.

« Flynn, quand tu iras te promener avec maman, si elle t'annonce quoi que ce soit d'important, tu me le diras ?...

— Pourquoi ? Qu'est-ce qu'il y a ? (Il fronce les sourcils, alarmé.) Je pense que tu ferais mieux d'y aller, toi, il proteste en caressant la tête de Reggie.

— Tu sauras quoi lui dire, je lui assure, et je me rends compte que je le pense sincèrement. Et tu sauras aussi si tu dois m'en parler ensuite. Et puis, on ne doit pas oublier Laura. Elle n'a pas besoin qu'on lui rajoute des sujets d'inquiétude aujourd'hui.

— Non, Amy, je ne veux plus jamais rien te cacher.

— Je te fais confiance. »

Et c'est vrai. Ses confidences ont changé les choses entre nous, j'attendais ça depuis si longtemps. Je comprends à présent qu'il me manquait cette intimité, cette confiance ; c'est pour cette raison que j'essayais de me convaincre qu'il ne me correspondait pas.

« Mais... »

Maman revient, chaussée de ses baskets, les joues rouges. Son entrée nous interrompt. J'inspecte son visage à mesure qu'elle approche. Qu'est-ce qu'elle refuse de nous avouer ? Elle semble heureuse, satisfaite. Mais ne viens-je pas d'apprendre que certaines personnes peuvent enfouir d'intenses sentiments, porter leur chagrin et leurs secrets en silence, ce qui ne les rend pas moins réels. C'est le cas de maman, qui nous a toujours épargné sa propre tristesse.

Je songe aux mois qui ont suivi la mort de mon père. Elle plaquait un sourire sur ses lèvres dès l'instant où je rentrais à la maison, elle prévoyait des activités amusantes quand Laura revenait parfois de Londres le week-end. Je me souviens de ces moments de silence, quand je saisissais son reflet dans la fenêtre de la cuisine, de son geste rapide pour s'essuyer les yeux avant de se tourner vers nous. Je refusais d'envisager que son chagrin puisse être égal au mien, voire le surpasser. Ma poitrine se serre en comprenant que j'ai souvent fait passer mes sentiments avant ceux des autres, que je n'ai plus jamais été la même après le soir où papa est mort.

« Bonne balade », je m'exclame en essayant de prendre un ton neutre.

J'ai peur.

Reggie fait des bonds autour de nous, ravi d'avoir entendu ce mot qu'il connaît bien.

Quand maman prend Flynn par le bras, il m'adresse un dernier regard.

« Je t'aime », j'articule en silence.

Une fois certaine qu'ils sont sortis, je m'effondre dans le canapé.

Maman va bien. Elle va forcément bien.

66
FLYNN

« Alors, où c'est-y qu'on va ? » Je referme aussitôt la bouche sous le regard perplexe de Trish.

Sois naturel, Flynn, tu es Amy, pas un fermier du coin. Le problème, c'est que j'ai les intestins noués depuis qu'Amy a insinué que sa mère allait me faire une révélation. Ce n'est pas moi qui devrais être ici, en cet instant.

« Tout va bien, ma chérie ? »

J'acquiesce sans oser répondre.

Heureusement, son attention est détournée par le paysage. On quitte la pelouse pour s'aventurer dans les hautes herbes jusqu'à un sentier qui s'enfonce dans les bois. « Oh, quel bonheur ! »

Reggie s'élance devant nous, la langue pendante, et il se retourne de temps à autre vers nous en lançant un aboiement ravi, comme pour s'écrier : « Regardez ! L'été est enfin là ! N'est-ce pas merveilleux ? Le monde est un endroit magique ! » Je n'ai jamais vu un chien aussi heureux.

La canopée d'un vert éclatant dessine de petites taches d'ombre sur le sentier sinueux. Je regarde autour de moi et je choisis un détail qu'Amy aurait pu remarquer : « Belle… écorce », je lâche en caressant un tronc d'arbre.

Trish me jette un regard en coin et continue.

« Alors », je toussote. La tâche confiée par Amy pèse comme un poids sur mes épaules. « Comment ça va ? » Très bon début, Flynn. Des banalités. Briser les réflexes d'une vie entière à éviter les conversations, voilà qui ne va pas se faire tout seul.

« Ça va bien », répond Trish, qui m'attrape de nouveau le bras. Je me sens aussitôt intimement lié à elle. Je me demande ce que Karim dirait si je suggérais soudain de marcher bras dessus bras dessous avec lui. Pourquoi les hommes ne font-ils jamais ça ? Pourquoi n'y a-t-on pas droit ?

On avance ainsi de front et le sentier paraît plus étroit ; mes mollets frôlent les herbes hautes en bordure du chemin et ma longue jupe s'accroche à un buisson épineux.

« Merde, je lâche en entendant un bruit de déchirure. Amy va être vénère.

— Tu parles de toi à la troisième personne, maintenant, ma chérie ? C'est très royal.

— Hahaha. » Mon rire n'est pas spontané du tout.

Je crois que je ferais mieux de plonger dans le vif du sujet, qu'on en finisse une bonne fois pour toutes. Je prends une profonde inspiration. « Bon, Trish, enfin, je veux dire maman, je m'inquiète un peu. Pour toi. Je sais que tu nous caches quelque chose, à Laura et à moi, et… J'aurais aimé que tu m'en parles.

— Oh. (Elle semble prise au dépourvu.) C'est… C'est ce que j'appelle être directe. »

En temps normal, j'aurais sûrement détourné la conversation en lançant une blague inopportune ou une remarque décalée, mais je dois faire un effort pour Amy. Elle mérite de savoir si sa mère a un problème, alors je pince les lèvres et j'attends.

« Allons nous asseoir, tu veux bien ? » propose-t-elle.

Une clairière se dévoile à quelques mètres de là. Trish quitte le sentier et marche jusqu'à un grand arbre mort couvert de mousse, l'endroit idéal où s'asseoir et bavarder. Le vrombissement des insectes résonne autour de nous et le soleil se fraye un chemin jusque dans le sous-bois qu'il illumine de teintes vertes et jaunes. Trish ferme les yeux et prend une profonde inspiration. Son visage est paisible. J'attends.

« Je ne comptais pas vous en parler ce week-end. Je sais très bien que tu es incapable de cacher quoi que ce soit à Laura, et je ne voulais pas perturber ce week-end d'amour et de célébration. C'est son grand jour, je ne veux pas qu'il soit gâché. »

J'ai posé la main sur le tronc et Trish la serre doucement. J'ai le souffle coupé.

« Geoffrey m'a dit de vous en parler, évidemment. Il vous considère comme deux femmes fortes et indépendantes, et c'est ce que je pense aussi, mais vous resterez à jamais mes bébés. Les petites filles que j'ai tenues dans mes bras, qui se sont accrochées à mes jambes quand il a fallu entrer en maternelle, qui couraient vers moi en pleurs quand elles avaient besoin d'un pansement, celles qui ont perdu leur père alors qu'elles étaient à peine à l'âge adulte. » Ses yeux s'embuent et elle marque une pause.

Je me raidis.

« Je ne veux pas vous blesser plus que vous ne l'avez déjà été. »

Que dirait Amy, en cet instant ? « Tu ne pourras jamais nous blesser. Quoi que tu dises, on saura toujours à quel point tu nous aimes. »

Elle sourit et me tapote la main. « Geoffrey a raison. Et peut-être que je ne vous manquerai pas tant que ça. »

Qu'elle nous manque ? Reggie semble flairer mon inquiétude lorsque je le caresse et cherche le réconfort de sa fourrure.

« Qu'est-ce que tu veux dire par-là ? je demande d'une voix franche, heureux de constater que Reggie s'est couché dans l'herbe à mes pieds et se blottit contre moi avec un soupir satisfait.

— Pour être honnête, Amy, commence-t-elle en replaçant une mèche de cheveux derrière mon oreille, je me suis fait une frayeur l'année dernière. J'ai senti une boule suspecte et j'ai fait des examens médicaux… »

Ma vue se brouille.

« Je ne vous en ai pas parlé, je ne voulais pas vous effrayer si jamais tout allait bien. Vous avez déjà tant perdu. Je sais que vous étiez très proches de votre père et que sa disparition vous a bouleversées. Je suis désolée », elle ajoute en baissant la tête.

Mon cerveau mouline. C'est ça, alors ? C'est grave. Bien plus grave qu'Amy ne l'imaginait, je crois. Comment vais-je pouvoir lui annoncer une chose pareille ? Comment vais-je pouvoir lui expliquer qu'elle va peut-être devoir se préparer à perdre un autre parent ? Et Laura ne devrait-elle pas être au courant, elle aussi ? Ça me semble soudain trop épouvantable et j'ai envie de faire machine arrière. C'est mal. Ce n'est pas avec moi qu'elle devrait partager cette nouvelle. Elle affiche une expression grave.

« Maman, je dis en posant la main sur son bras. Attends, si ça risque de nous bouleverser, alors tu as peut-être raison – attendons de pouvoir en parler avec Laura. »

Trish arrache un petit morceau d'écorce et acquiesce d'un air malheureux.

Je me rapproche d'elle et passe un bras autour de ses épaules. « Ça te convient ? »

Elle porte les mains à ses yeux, les presse et lâche un petit rire peu enthousiaste. « Oui, bien sûr. (Elle redresse les épaules et m'adresse un sourire ému.) Allez, on va s'assurer toutes les deux que ce mariage soit un moment merveilleux pour notre Laura, d'accord ?

— Bonne idée. »

La terreur grandit en moi.

Trish m'enlace, ses cheveux sentent la vanille, et Reggie se lève d'un bond en percevant notre mouvement. Elle se lève et je l'imite.

« Hé, attends », j'ajoute. Je lui attrape la main et passe mon bras autour du sien comme j'ai vu Amy le faire des centaines de fois. « Quoi qu'il arrive, tout ira bien, tu le sais ? Tu as fait de nous de magnifiques personnes… à ton image… »

Je suis rassuré de l'entendre rire, même si la peur m'étreint toujours. On traverse la clairière, le soleil se perd dans la canopée au-dessus de nous, le sentier est plongé dans l'ombre. Amy avait donc le pressentiment que sa mère leur cachait une information importante, et que ce secret risquait d'être bouleversant.

Juste avant que Trish ne franchisse la porte de l'hôtel, je me tourne vers elle et je prends une profonde inspiration. « Tri… Maman », je me corrige aussitôt en songeant combien ces mots devraient être faciles à prononcer. Je ferme les yeux un instant. « Je t'aime, maman. »

Elle pince les lèvres et acquiesce, les larmes aux yeux.

Comment vais-je préparer Amy à tout ça ?

Je n'ai qu'une seule certitude : je dois lui parler. Je ne veux plus jamais rien lui cacher.

Reggie me lèche la main et je le remercie pour son regard complice, pour sa présence silencieuse, simple et réconfortante.

67
AMY

Des cris ravis m'accueillent quand j'apparais dans le costume de Flynn, une serviette de bain pliée sur mon bras comme un serveur. Flynn m'aide à nouer ma cravate et je contemple mon reflet dans la psyché.

« Arrête d'y toucher, je lui intime tandis qu'il tripote pour la millième fois la bretelle de sa robe rose de demoiselle d'honneur. Tu es magnifique. » Combien de fois ai-je râlé et grogné sur mon apparence physique ? Et maintenant que je ne suis plus dans mon corps, je peux me traiter avec la même considération que je traite les autres femmes autour de moi.

Laura est perchée sur un tabouret en velours rose, des bigoudis dans les cheveux, et une jeune fille s'extasie devant elle tandis qu'elle lui applique juste ce qu'il faut de maquillage pour donner l'impression qu'elle n'est pas maquillée. La lumière tamisée de la pièce lui donne un air délicat et sublime. Je m'avance et propose de remplir sa flûte de champagne. Elle m'adresse un large sourire.

« Tu es canon, Flynn », elle commente en me tapotant les fesses, un geste qui est accueilli par d'autres cris ravis.

J'aperçois l'expression surprise de Flynn qui s'assoit au bout du lit et lisse sa robe avant de poser les mains d'un geste pieux sur ses cuisses. Il observe les femmes qui contemplent leur reflet, qui soufflent sur leurs ongles et boivent leur champagne. Un rire résonne quelque part, je m'approche de lui et lui tends un Buck Fizz dans lequel je n'ai mis presque que du jus d'orange.

« Ça va, Amy ? » je demande en lui donnant un petit coup sur le pied.

Il lève les yeux vers moi, perplexe.

Au milieu de toute cette effervescence, une chanson de Taylor Swift jaillit d'une enceinte Bluetooth et j'ai envie de danser. Je me sens beaucoup plus légère. Quand Flynn est rentré de sa balade, il a passé un bras autour de moi et on a regardé ma mère entrer dans sa chambre pour rejoindre Geoffrey et préparer leurs bagages. Il m'a dit que j'allais devoir parler avec elle, puis il m'a attirée contre lui et m'a murmuré qu'il m'aimait.

Je contemple maman, insouciante, assise juste à côté de Laura, et l'anxiété m'étreint. Qu'a-t-il appris ? Que doit-elle me dire ? Il va falloir qu'on l'interroge, je le sais bien. Maman n'est pas du genre à nous cacher des choses. C'est certainement parce qu'elle ne veut pas faire de l'ombre à Laura et gâcher ce week-end avec ses inquiétudes. On s'occupera de tout ça après le mariage.

Je redouble de vigilance, je m'assure qu'elle ne manque de rien. Je me rends compte que je ne fais pas souvent passer ma mère avant moi, je ne me tracasse pas pour elle, je l'ai toujours laissée s'occuper de moi, le bébé de la famille. J'étais une fifille à son papa, j'en étais fière, mais depuis sa mort je me suis tellement focalisée sur sa perte que j'ai négligé maman.

Je veux que la journée soit parfaite. Être dans le corps de Flynn me permet visiblement de m'approprier son énergie et je me demande ce qu'il ferait à ma place. Il est d'un naturel blagueur et amusant. J'ai compris que depuis la mort de papa, je suis devenue une vraie rabat-joie, en proie à un mélange de culpabilité et de suffisance qui m'empêche de lâcher prise.

Je propose une séance photo ridicule, où chaque demoiselle d'honneur pose avec Laura, j'inclus maman sur chaque cliché, j'oblige Flynn à faire des selfies, je cours à travers la pièce pour ravitailler régulièrement les flûtes de champagne et m'assurer que tout le monde s'amuse. C'est agréable de partager ces instants, de regarder maman éclater de rire et rayonner de fierté devant l'objectif, la main sur l'épaule de Laura. Laura avait raison au téléphone, l'autre jour – il faut que je me lâche de temps en temps et que je m'accorde des moments pour m'amuser. Je ne peux pas m'attaquer à toutes les injustices du monde en permanence. J'ai le droit de prendre un jour de congé.

Je suis en train de préparer un shot quand Patty déboule en trombe dans la chambre. On dirait un Détraqueur, tout le monde tremble alors qu'elle arpente la pièce, prête à fondre sur sa proie. Dans le cas présent, évidemment, la victime est la future mariée.

« Le *wedding planner* n'est pas à la hauteur, annonce-t-elle sous son chapeau lilas à larges bords qui ressemble à une soucoupe volante dans laquelle on risque tous d'être obligés de monter. L'orchestre erre dans le parc sans savoir où les musiciens doivent jouer. J'ai perdu les flamants roses, je crois qu'ils se cachent. Le chef est outré car j'ai osé lui poser une question à propos du canard – les Français sont vraiment arrogants dès qu'il est question de cuisine – et ne venez même pas me parler des serviettes de table… »

À mesure que le discours avance, je vois des rides se creuser sur le visage rayonnant de Laura, la commissure de ses lèvres s'affaisser et ses yeux perdre leur éclat.

J'ai envie de jeter ma serviette sur la tête de Patty et de la pousser dehors, mais je sais que ma conduite doit être irréprochable, je ne veux pas contrarier Laura. Flynn, par contre, s'est levé et il lisse sa robe rose comme s'il s'apprêtait à livrer bataille.

Il fait un pas en avant, attrape Patty par le bras et, d'une voix forte, il compatit à ses malheurs. « C'est absolument épouvantable, il dit en me donnant un ton plus snob que jamais. Mais je suis certaine qu'ensemble, nous pourrons résoudre ces contretemps, et tout ira nickel chrome. (Patty ouvre la bouche sous son chapeau, mais Flynn poursuit avec obstination.) Si on s'y attèle toutes les deux, on ne fera qu'une bouchée de ces problèmes. J'insiste pour qu'on s'y mette immédiatement. Allons-y. »

Patty, qui souhaitait sans doute faire bondir Laura, faiblit devant l'assurance de Flynn et se laisse guider docilement vers le couloir.

« Bien, où se trouve donc l'orchestre ? » s'écrie-t-il dans mon accent de Bristol, peut-être pour donner plus d'authenticité à sa performance.

Laura desserre les dents et son corps se détend en voyant Flynn emmener Patty loin de la chambre.

Il m'adresse un clin d'œil et réajuste la bretelle de sa robe avant de faire un petit salut de la main. Je croise le regard reconnaissant de Laura dans le miroir.

« Qui veut un Buck Fizz ? » je propose à la ronde, puis je m'affaire auprès des demoiselles d'honneur, ravie de voir Laura rire de nouveau.

68
FLYNN

Mon déguisement d'Amy a fait de moi la solution idéale pour résoudre les problèmes logistiques partiellement inventés par Patty. Les prétendus désastres n'en sont pas. Qui aurait pu croire que les serviettes en lin n'étaient pas dans le thème du mariage? Ou que l'éclairage de la salle de bal ne faisait « pas l'affaire »? Je me suis attelé à la rassurer, à la cajoler, et parfois à rectifier certains détails. J'ai pu tirer profit de mon expérience dans l'événementiel. Patty s'est émerveillée de me voir plier une serviette en cygne. Et quand j'avais envie de prendre mes jambes à mon cou, j'imaginais Amy et Laura en train de s'amuser dans la suite nuptiale, et je savais que ma place était ici.

« Je crois qu'on a bien mérité une petite pause », je déclare, en claquant des mains quand Patty commence à me raconter le jour où elle a saisi la commission du contentieux pour une affaire de contravention de stationnement et qu'elle a gagné.

« Vous voulez sans doute aller retrouver votre sœur, dit-elle avec une moue déçue.

— Non, si cela vous convient, j'aimerais beaucoup discuter encore un peu avec vous – on pourrait peut-être aller boire un cappuccino? »

Elle arque les sourcils puis m'adresse un bref hochement de tête. On sort sur la terrasse entourée d'une balustrade ouvragée; plus bas, la pelouse est tondue à la perfection et, au loin, deux hommes disposent les dernières chaises pour la cérémonie. Le serveur nous apporte sur un plateau en argent deux cappuccinos décorés d'une rose sublime en chocolat saupoudré.

« Tout est splendide », je déclare en m'installant sur une chaise et en contemplant le lac. L'arche fleurie se dresse dans une profusion de violets, de roses et de beiges, la surface du lac scintille juste derrière. Les quatre flamants roses se lissent les plumes près de la berge, comme des invités qui se prépareraient à la cérémonie.

« Oh, regardez, les voilà ! je m'écrie, l'index pointé vers eux. Ils sont enfin sortis de leur cachette.

— Les flamants roses sont monogames, vous savez, elle m'explique avec un petit reniflement. Et ils élèvent ensemble leur progéniture, ils couvent les œufs à tour de rôle. Le mâle ne s'en va pas. »

Patty baisse la tête et, l'espace d'une seconde, je la sens lutter intérieurement. Ça me frappe soudain : toutes ses requêtes farfelues sont peut-être une manière de dissimuler quelque chose ? J'ai des souvenirs d'elle et de Jay à l'internat : leurs embrassades chaleureuses et leurs sourires. Son air stoïque quand le père de Jay les avait quittés, les coups de téléphone que Jay passait pour prendre des nouvelles d'elle. Puis je songe à la manière dont j'ai géré la perte de Charlie et ma douleur. Et je me surprends à prendre la main de Patty.

Elle s'écarte vivement à l'instant où je la touche. « Vous aimez Jay », je constate, comprenant que cette vérité simple explique toute l'effusion du week-end.

Une expression peinée ternit une seconde son visage alors qu'elle réajuste son chapeau en soucoupe volante et toussote. « Oui, évidemment.

— Ce doit être à la fois heureux et amer, de le voir se marier, non ? De vous rendre compte qu'il n'est plus tout à fait à vous. »

Elle ne répond pas, elle boit une gorgée de café qui lui laisse une moustache blanche que je n'évoque pas. Je tiens ma langue, je me rappelle tous ces moments où Amy m'a fait remarquer que j'adorais chercher à résoudre à tout prix les problèmes des autres, plutôt que de simplement les écouter.

« Je me suis toujours imaginé organiser tout ça pour ma propre fille, dit Patty, le regard rivé sur les employés affairés à agrafer des compositions végétales le long de la scène où jouera l'orchestre. Nous avons perdu une enfant, annonce-t-elle d'un ton prudent en s'essuyant la bouche. Assez tard.

— J'en suis sincèrement navrée. » Son aveu me déstabilise.

« Jay a toujours été un fils idéal, continue Patty, les yeux embués de larmes et un sourire crispé aux lèvres. Et je sais que je suis exigeante, et que Laura est conciliante. » Elle s'éclaircit la gorge et réajuste sa tasse dans la soucoupe.

« Ce sera un mariage splendide, je déclare en cherchant les mots qu'emploierait Amy.

— Laura est une jeune fille très agréable, admet Patty presque à regret, avec un petit reniflement.

— Oui, c'est vrai. Elle aime Jay, et la notion de famille est importante à ses yeux. » C'est la pure vérité. Je songe à Trish et à ses allusions récentes. « Je pense qu'elle va avoir besoin de votre présence à l'avenir.

— J'espère, elle rétorque, sans croiser mon regard ni cesser de triturer sa serviette. Mes amies me répètent qu'on perd son fils quand il se marie. Et Laura a débarqué si subitement dans notre vie. J'ai toujours été très proche de mon garçon, alors j'espère qu'elles ont tort. »

Je déglutis. Au terme de ces dernières quarante-huit heures, je vois ma mère sous un angle différent. Une femme qui a perdu son mari brutalement, devenue veuve et maman solo d'un garçon de sept ans. Un nouvel homme avec de l'argent, qui lui apportait des solutions. Un internat où je serais entouré de garçons de mon âge, d'un sentiment de camaraderie, d'un réseau de soutien émotionnel. Un mur érigé entre nous, qu'aucun de nous deux ne savait comment abattre.

Il faut absolument que je la présente à Amy. Amy pense que j'ai honte d'elle, que ma mère la jugera, et je n'ai jamais réfuté ses hypothèses. Je ne voulais pas qu'elle soit déçue de moi en faisant la connaissance de ma mère. Je comprends désormais que cette rencontre est indispensable : toutes les familles sont compliquées et imparfaites, je dois accepter que la mienne le soit aussi. Et je dois bâtir quelque chose de bien, malgré tout.

En contrebas, Eddie passe dans un crissement de gravier, avec Reggie qui aboie à ses côtés. Il lève la tête et s'écrie : « Amy, tu as vu Flynn ? Il paraît que c'est à lui de s'occuper de ce foutu clébard, ce week-end. »

L'intensité de ces dernières minutes s'envole soudain. Je me lève et je m'approche de la balustrade. « Amène-le ici. » Je jette un coup d'œil à Patty par-dessus mon épaule. « Vous accepteriez de venir le promener avec moi, qu'il se fatigue un peu et ne fasse pas de bêtises pendant la cérémonie ? »

Elle contemple ses escarpins blancs coûteux, puis elle se décide dans un haussement d'épaules. « Pourquoi pas », répond-elle, et quand on quitte la terrasse, je crois percevoir les prémices d'une amitié.

À notre retour, un peu essoufflées, il fait déjà plus chaud et Reggie s'écroule sur la terrasse, ravi. « Je vais attendre avec lui, déclare Patty, les joues rouges. Vous feriez mieux d'aller rejoindre Laura. »

Les invités commencent à prendre place sur les chaises; Jay attend au bord du lac avec les garçons d'honneur. On a marché assez longtemps, et une idée plutôt astucieuse m'est venue à mi-chemin.

Je me surprends à chercher sa joue sous l'immense chapeau pour y déposer une bise. « Merci pour cette agréable matinée. »

Elle acquiesce, lèvres pincées. « Allez-y, vite, je vais bien. »

Je tourne les talons et à l'instant où j'atteins la porte vitrée, j'entends Patty s'écrier dans mon dos : « Oh, Amy ! (Je pivote pour lui faire face.) Comme vous l'avez si bien formulé – ce qui s'est passé dans cette forêt… reste dans cette forêt, entendu ? »

Je ris et j'acquiesce en lui adressant un petit salut de la main, gratifié par un large sourire sous le chapeau.

69
AMY

L'orchestre est en place, les invités aussi, et l'herbe coupée embaume l'air.

On est postés en retrait de l'assemblée, on attend de pouvoir émerger de derrière un rempart de fleurs. À travers les pétales, des invités essaient d'apercevoir le cortège de la mariée. Reggie est resplendissant avec son petit nœud papillon mais il gâche tout en cherchant Flynn sans relâche et en me grognant dessus.

On entend le silence s'installer, puis les premières notes de musique s'élèvent. J'avance avec Reggie au bout de sa laisse, mais il marque son désaccord en s'asseyant presque à chaque pas. Flynn et Laura, qui marchent derrière, bras dessus bras dessous, sont obligés de s'arrêter aussi.

« Ça risque de s'éterniser », j'annonce, alors que l'orchestre continue de jouer et que les têtes commencent à se tourner pour chercher la raison de ce retard.

Le dernier rang observe déjà Laura, sublime dans sa robe de mariée trompette en soie ivoire et dentelle de Chantilly, son décolleté en cœur et son corset orné de perles. La traîne en tulle festonné s'étale derrière elle et j'ai averti Flynn de ne pas marcher dessus.

« Oh, non ! lâche Flynn en agrippant sa jambe sous sa robe. J'ai une crampe. » Il regarde autour de lui d'un air théâtral, les yeux écarquillés.

Je plaque ma main sur ma bouche et tente de prendre un air paniqué. Reggie, qui pressent les ennuis, se met à aboyer. On se rassemble et on récite le script préparé par Flynn, d'une voix assez forte pour que certains invités nous entendent.

« Ouille », ajoute Flynn en me regardant droit dans les yeux. Il aurait tout aussi bien pu crier : « Vas-y, c'est à toi, maintenant ! »

« Laura, tu veux que je prenne sa place pour t'accompagner jusqu'à l'autel ? je demande, mon jeu d'acteur un peu forcé.

— Ce serait idéal, merci de me le proposer, Flynn. »

Les invités des derniers rangs échangent quelques regards interrogateurs.

« C'est pas de chance, quand même ! » ajoute Flynn d'une voix forte avant de boiter d'une manière exagérée dans sa robe à volants. Il prend la laisse de Reggie tandis que je passe devant lui et me poste à côté de Laura pour glisser mon bras sous le sien. Reggie se lève aussitôt d'un bond et avance d'un pas guilleret.

« Ça, c'est fait », chuchote Laura avec un petit hoquet de rire. Je la sens agitée d'une nervosité heureuse et enthousiaste, et je suis ravie de pouvoir l'accompagner en cet instant.

Je la contemple face à moi, dans les notes du *Canon* de Pachelbel qui nous enveloppent et emplissent l'air immobile autour de nous. Papa aimait la musique classique, on a passé notre enfance à le supplier d'arrêter d'écouter Classic FM et de changer de station. « Bande de Philistines ! » il s'écriait en montant le son. C'était un de ses morceaux préférés ; il le jouait sur le vieux piano bancal du salon et la musique prenait soudain vie.

Laura bat des paupières et je sais qu'elle pense la même chose que moi. « Papa serait tellement fier de toi, Laura. Tu es gentille, attentionnée, d'une efficacité redoutable et tu es une sœur incroyable. Et pour info, aussi, tu es resplendissante.

— Arrête. (Elle me donne un petit coup de coude.) Mon mascara n'est pas waterproof.

— Allez, c'est le grand moment. Tu es sûre de toi ? Sinon, je demande à Flynn de faire genre qu'il s'est cassé la jambe pour détourner l'attention pendant qu'on se tire en courant. Tout le monde y croira – tu me connais, je cherche toujours à être au centre de l'attention. »

Laura s'esclaffe puis elle me gifle gentiment le bras. « Je n'en doute pas. Allez, c'est parti.

— Je t'aime.

— Je t'aime, moi aussi. »

Devant l'autel, Jay regarde dans notre direction, inquiet sans doute de cette attente imprévue.

Flynn s'est redressé sans manifester le moindre signe de douleur, à présent que notre plan a fonctionné. Il prend la tête de la procession avec Reggie et l'assemblée sourit à leur passage.

Le visage de Jay change quand il me voit, ou du moins qu'il voit Flynn au bras de sa future épouse bien-aimée. Il observe Laura s'appuyer délicatement contre moi, détendue et heureuse.

Ah.

On avance dans l'allée centrale, des murmures s'élèvent de chaque côté, je repère des regards admiratifs devant la robe de Laura, et maman se tamponne les yeux au passage de sa fille. Jay, lui, a l'air un peu moins enthousiaste.

« Qu'est-ce qu'il a, Jay ? je chuchote du coin de la bouche.

— Oh, merde, répond Laura à voix basse. On aurait peut-être dû le prévenir. »

Je contemple le visage impassible de Jay, et son regard froid croise le mien. « Ouaip. Ouaip, on aurait dû. »

On est secouées d'un petit rire irrépressible, puis on reprend notre progression vers l'autel.

70
FLYNN

« … et peut-être qu'une seule fois dans notre vie, nous trouvons la personne qui sait lire dans notre cœur, mais aussi dans notre âme. La personne qui nous aime tels que nous sommes, et pas tels que nous pourrions être. L'amour véritable, ce n'est pas de trouver la personne parfaite, mais d'apprendre à connaître parfaitement quelqu'un d'imparfait. »

J'articule ces mots avec application, en m'assurant de regarder Laura et Jay. Je suis la deuxième personne à lire un texte devant l'assemblée, et je tiens à faire honneur à Amy. Je résiste à la tentation d'ajouter un « nickel chrome » quelque part, juste pour rigoler, mais quand je jette un coup d'œil vers Amy, je la vois sangloter à côté de sa mère qui offre son dernier mouchoir d'un air étonné à ce grand dadais d'un mètre quatre-vingt-dix.

Je passe devant Patty aux yeux embués, devant le père de Jay dans son fauteuil roulant aux côtés de sa nouvelle épouse, et je prends place au premier rang, près d'Amy qui m'adresse un sourire ému. « C'était tellement beau », elle murmure.

Trish se penche vers moi et me tapote le bras. Puis elle regarde Amy se tamponner les yeux et chuchote : « On dirait bien que les mariages sont la kryptonite de Flynn. »

Je lui réponds par un simple haussement d'épaules et un sourire, puis je prends la main d'Amy dans la mienne.

En cet instant précis, rien ne me paraît étrange, tout est parfait.

71
AMY

J'écoute Flynn lire son texte et l'émotion me serre la gorge. Je pensais souffrir davantage de ne pas pouvoir participer à la cérémonie, mais c'est mieux ainsi. Ça me permet d'écouter pleinement les textes choisis par Jay et Laura, de contempler leurs visages à mesure que Flynn avance dans sa lecture, de rester auprès de maman qui me redonne un mouchoir (« J'aime quand un homme assume pleinement ses émotions »).

Il lit son texte à la perfection. Bon, ça fait un million de fois plus snob que si je l'avais lu moi-même. Il aura fallu quarante-huit heures pour que Flynn cesse d'imiter mon accent de Bristol. Il se passe la langue sur les lèvres et regarde autour de lui, inquiet que sa prestation ne soit pas impeccable. Cette idée m'émeut.

Les mots me touchent au plus profond de l'âme, et me font un peu culpabiliser aussi. J'ai souvent tendance à souligner les défauts de Flynn, à mettre en lumière les choses qui me dérangent. Je néglige toutes ses incroyables qualités : sa capacité à encaisser le stress, à me laisser vider mon sac ou pleurer en parlant de mon père, sans que jamais il n'évoque ses propres inquiétudes. Son optimisme constant, sa tendance à chercher des solutions plutôt qu'à se morfondre.

Quand il revient à sa place à mes côtés, la feuille soigneusement pliée entre ses mains, il tend le bras vers moi, je lui prends la main et je ne trouve pas la situation inconfortable, je suis juste heureuse de le serrer contre moi, de l'avoir à mes côtés. Mon corps cherche instinctivement le réconfort du sien. Nos contacts physiques me manquent, je me languis du frisson de l'instant où ma peau touche la sienne, je me souviens comme un seul de ses baisers doux et taquins suffit à me couper le souffle et à emplir mon être de désir.

L'office est parfait, la beauté des lieux invite chacun à une incroyable sérénité. Même Reggie, ravi avec son nœud papillon de travers, se tient sagement lové aux pieds de Flynn.

Maman lit un extrait de *Winnie l'ourson* qui me tire de nouveau les larmes. Geoffrey l'enlace à son retour près de lui. Je la regarde fermer les yeux et se laisser étreindre, et je suis heureuse qu'elle ait trouvé Geoffrey après papa. J'ai tendance à le prendre un peu de haut. Mais il est présent pour maman, il se plie à ses volontés, il a su s'adapter à notre famille. C'est une chance qu'elle l'ait à ses côtés.

Le moment est venu de signer le registre de mariage et je m'agite lorsque l'orchestre regarde dans ma direction. Je fronce les sourcils et, ébahie, je vois Flynn acquiescer avant de se lever. Je me retiens de lui demander où il va. Laura joint les mains et affiche un sourire béat lorsqu'il passe devant elle, sa robe à volants flottant dans la brise.

Mais qu'est-ce qu'il fabrique ?

Flynn se poste sous l'arche fleurie, jette un coup d'œil à l'orchestre, puis il relève le menton de cet air déterminé que je lui connais si bien.

Il s'apprête sérieusement à faire ce que je crois ?

« Laura, je souffle.

— Chut », elle m'interrompt en levant la main. C'était donc ça, le sujet de leurs messes basses. Laura était complice.

Les notes familières s'élèvent, le piano joue les premières mesures. Je ne peux m'empêcher d'écarquiller les yeux lorsque Flynn ouvre la bouche et se met à chanter. Les mots s'envolent avec la musique au-dessus du lac, sa voix est incroyablement juste et assurée. Je me mords le doigt et retiens un petit cri ravi.

« Quand la pluie coule sur ton visage… »

Oh, mon Dieu.

Laura m'adresse un sourire, puis elle prend Jay par la main et ils se dirigent vers le registre. Patty retient fermement son chapeau lorsqu'une rafale menace de l'envoyer flotter sur le lac.

Je ne peux détourner le regard de Flynn, de mes cheveux tressés, de mon maquillage irréprochable, de ma posture confiante.

C'est parfait. Je repense à toutes nos soirées à l'appartement, à Flynn debout sur le seuil de la cuisine, la tête contre le chambranle de la porte. Dès que j'avais conscience de sa présence, je me taisais et j'écartais ses compliments d'un geste de la main. Il disait ça pour être gentil, parce que c'était mon copain. Et puis, il n'a pas l'oreille musicale, il n'y connaît rien.

Il chante à présent, c'est simple et solide, et je me remets à pleurer toutes les larmes de mon corps car j'ai soudain conscience d'avoir une belle voix. J'ai juste toujours eu peur de la faire entendre. Papa adorait Adele, il m'avait emmené à un concert au Colston Hall de Bristol et il m'avait affirmé que j'étais capable de chanter comme elle. Cette talentueuse artiste, assise sur un tabouret sous un unique faisceau de projecteurs, avait partagé la douleur de la perte avec son public. C'est elle qui avait inspiré le premier single que j'avais composé et enregistré. Ces quelques bribes de musique qui, je l'espérais, figureraient un jour sur un album complet. J'avais laissé mes mélodies mourir en même temps que papa. Il ne l'aurait jamais souhaité.

« Elle a une si belle voix, son père le répétait toujours », murmure maman en s'essuyant les yeux sous ses lunettes à monture verte, obligée d'utiliser sa manche car je lui ai raflé ses derniers mouchoirs.

Flynn arrive à la dernière strophe et je regarde l'assemblée autour de moi – tant de personnes se tamponnent les yeux, les maquillages ont coulé depuis longtemps, certains posent la tête sur l'épaule de leur voisin, comme hypnotisés par cette silhouette qui se découpe sur les reflets argentés du lac en arrière-plan. Même quand Reggie échappe à notre surveillance et se met à hurler à l'unisson, les gens pleurent encore. Flynn éclate de rire et se penche pour se blottir dans sa fourrure.

« Je croyais qu'Amy avait peur des chiens, dit Jay à Laura.

— Elle a pas mal changé, dernièrement », répond Laura à voix basse, et j'arrive presque à rire à travers mes larmes.

Je vais changer. Vraiment. Grâce à Flynn, j'ai pu faire entendre ma voix.

72
FLYNN

Bon, c'était absolument terrifiant.

Quelle personne saine d'esprit accepterait de s'infliger une telle épreuve ? Je n'arrive pas à croire qu'Amy puisse rêver de chanter en public. C'est de la folie. J'ai cru que j'allais m'évanouir. Tout le monde me regardait ; c'était comme ce rêve où on se retrouve nu sur scène. Quand je retourne auprès d'elle, je tremble de tous mes membres. Puis je m'inquiète de m'être trompé, d'avoir tout gâché. Je voulais juste qu'elle s'entende chanter, qu'elle entende ce qu'on entend tous.

Quel soulagement de me rendre compte qu'elle a la gorge nouée par l'émotion.

« Je n'aurais jamais imaginé que Flynn soit du genre à avoir la larme facile. Mais les gens nous réservent toujours des surprises », murmure Trish tandis qu'on traverse la pelouse en direction des serveurs qui nous attendent avec des plateaux d'appétissants petits fours.

Les rires et les conversations joyeuses s'élèvent un moment, puis on nous invite à entrer dîner. Les tables sont joliment décorées, les verres scintillent dans les rayons du soleil qui s'immiscent par les immenses baies vitrées. Tout est parfait, les fleurs roses et blanches au centre des tables, les serviettes en lin et l'argenterie impeccable, les coupelles de dragées, les photos Polaroid de Jay et Laura disposées çà et là dans des petits cadres.

De divins effluves s'échappent des cuisines. Les entrées sont déjà servies, d'élégantes tranches de saumon accompagnées de minuscules croûtons et saupoudrées d'aromates. Des petits pots individuels contiennent de la sauce, car forcément, il y a une sauce. Patty m'a expliqué que l'un des cuisiniers avait participé à l'émission *MasterChef*.

Je m'apprête à enfin me détendre à table – on m'a installé à côté d'un dénommé Martin, qui n'est pas encore là – quand je remarque soudain le nom sur le marque-place à deux chaises de moi.

« Oh, salut, ta chanson était incroyable ! s'exclame Tanya avec un sourire rayonnant tellement familier que j'ai envie de rire. Et ta robe est sublime. »

Je me fends d'un « merci » poli et je tire sa chaise pour lui permettre de s'asseoir. Elle me décoche un regard perplexe, puis prend place et je repousse la chaise.

« Tu as beaucoup de talent. Tu as pris des cours de chant ?

— Autodidacte. » Je dépose ma serviette sur mes cuisses d'un geste théâtral.

« Eh bien, tu es douée.

— Ouais, je sais. »

Fort heureusement, Martin – avec une tache de moutarde au coin de la bouche – fait son entrée et se présente comme le partenaire de Kia.

Il entame un monologue sur son boulot d'imprimeur qui, je dois bien l'admettre, est tellement ennuyeux que j'ai envie de m'enfoncer ma fourchette dans l'œil, juste histoire d'avoir un truc à faire. Est-ce que je savais qu'ils étaient en mesure d'exécuter au même endroit des typographies, des dorures à chaud, de la calligraphie et même des sceaux en cire ? Les dorures à chaud des invitations de Laura et Jay ont été réalisées à la main sur une machine traditionnelle ; ils ont longuement débattu car « une des parties » (je vous parie en mille qu'il parle de Patty) n'était pas sûre que la teinte or rose soit « tout à fait dans le ton ».

Il ne m'a pas encore posé la moindre question, il rit comme un phoque quand je lui explique que je gère une entreprise dans l'événementiel, comme si le concept était amusant. Je fronce les sourcils sans trop savoir ce qu'il peut y avoir de drôle dans ce boulot plutôt stressant où je m'occupe de deux salariés à plein temps, d'une foule de freelances pour un peu plus d'une soixantaine de fêtes et réceptions par an. Personne n'en avait encore jamais ri. Amy m'a fait remarquer un jour que certains hommes ne la prenaient pas au sérieux. C'est exactement ce que je ressens en cet instant.

Le serveur vient nous verser du vin et m'accorde ainsi quelques secondes pour jeter un coup d'œil à Amy, à l'autre bout de la longue table d'honneur. Elle a retiré sa veste et retroussé ses manches. Elle écoute sa voisine et rit avec elle, le visage détendu. Je souris.

« Délicieux, ce saumon », je déclare d'une voix forte, dans l'espoir de changer de sujet.

Martin lève les yeux, sa fourchette devant sa bouche ouverte, quelques miettes roses accrochées aux lèvres.

« Un bon goût de… poisson », j'ajoute.

Martin se tourne pour bavarder avec Tanya et je reste là, à boire trop de vin et à observer la salle en croquant une dragée. À l'autre bout de la table, j'entends mon rire grave et j'en conclus qu'Amy s'en donne à cœur joie. Cette fois, je lui décoche un regard renfrogné. Être ignoré ou jugé inintéressant ne m'arrive pas, d'ordinaire.

Martin se lève de table après le plat de résistance et j'aperçois Tanya, avachie sur sa chaise, le visage triste tandis qu'elle garde les yeux rivés sur son téléphone. Soit elle s'est ennuyée à mourir à écouter d'interminables explications sur les finitions de papier satin mat ou nacré, soit elle est sincèrement triste.

Avant de me souvenir que je ne l'apprécie plus depuis qu'elle m'a menti, qu'elle a couché avec un autre homme dans mon dos et qu'elle a voulu me faire croire que son bébé était le mien, je me suis déjà déplacé sur la chaise voisine.

Elle pose aussitôt son téléphone, écran vers le bas, et je le montre du doigt. « Tout va bien ? »

De près, je vois sa lèvre trembler, signe manifeste qu'elle est au bord des larmes. Je cherche Eddie du regard, ou quelqu'un pour me venir en aide, mais les gens sont tous absorbés par leurs conversations. Eddie s'amuse à faire couler la cire d'une bougie sur la main d'un invité pendant qu'un autre rit à s'en pisser dessus. Je me promets de lui tenir tête à l'avenir, de ne plus faire comme si son comportement était inoffensif ou taquin. Je le vois exactement tel qu'il est : une brute.

« Tanya ?

— Désolée, j'ai un peu le cafard. Martin me parlait de sa petite nièce. Elle était chargée de semer les pétales devant la mariée, lors d'une cérémonie la semaine dernière, mais elle a refusé de porter sa robe. Elle a fini par se déshabiller et marcher jusqu'à l'autel en culotte. »

Je ris sans comprendre pourquoi cette histoire attriste Tanya.

« Du coup, Charlie me manque. Ils ont voulu que ce soit un week-end sans enfants. Et puis, Eddie et moi, ça ne fait pas longtemps qu'on est ensemble et, euh, je ne suis pas trop sûre… Je ne lui ai pas encore présenté Charlie…

— Oh. » Je suis pris au dépourvu par cet aveu.

Tanya continue à voix basse : « Je ne veux pas la perturber, tu vois. Pas avant d'avoir trouvé la bonne personne. »

Une flamme de colère familière se met à brûler en moi. La perturber ? C'est plutôt cocasse, pour quelqu'un qui m'a quand même sacrément perturbé, moi. « Je vois. » Je saisis mon verre de vin et ma compassion disparaît aussitôt. Je commence même à me languir de Martin, j'aimerais l'entendre m'expliquer pourquoi il faut prévoir un délai supplémentaire d'une semaine si l'on choisit des dorures à chaud.

« Amy », lance Tanya en pivotant légèrement sur sa chaise pour me faire face.

Il me faut quelques secondes avant de comprendre qu'elle s'adresse à moi.

« Je suis désolée que ce week-end ait été un peu gênant. J'étais inquiète de venir, je ne savais pas trop comment réagirait Flynn.

— Oh, aucun problème », je rétorque. Je fais courir mon index sur le bord de mon verre qui émet un gémissement aigu. Je bois une longue gorgée de vin.

« Je m'en veux énormément pour ce que j'ai fait, tu sais. J'ignore s'il me pardonnera un jour, moi je ne suis pas sûre que j'y arriverais, à sa place… »

Cette fois-ci, je suis incapable de répondre. Je repense à tous ces moments où je l'ai haïe de m'avoir infligé ça. À ma honte aussi, de me languir d'une enfant qui n'avait aucun lien de parenté avec moi. À toutes ces minutes où j'ai été tenté d'appeler Tanya, de la supplier de me laisser voir Charlie pour la prendre dans mes bras, avant de me détester de réagir comme ça.

Je m'agite sur ma chaise et je déglutis lorsque son regard croise le mien.

« Il te pardonnera », je lui dis.

Elle acquiesce d'un air triste. « Tu sais, c'était un type tellement bien, le meilleur des partenaires. Ma mère était catastrophée, elle ne m'a plus parlé pendant des mois quand je lui ai tout raconté. Il aurait fait un père incroyable, et c'est peut-être ça qui m'empêchait de lui en parler. J'avais tellement peur de le perdre que j'ai envisagé de ne jamais lui avouer la vérité. Même à l'hôpital, j'ai failli le lui cacher. (Elle baisse la tête.) Il était sous le charme et je ne pouvais pas priver Charlie d'un homme comme lui. Le vrai père de Charlie était totalement le contraire. Il n'est resté que quelques mois, puis il est parti. Flynn ne nous aurait jamais abandonnées. Je suis l'être humain le plus égoïste au monde. »

Une larme roule sur sa joue et s'écrase sur la nappe blanche.

Je ne supporte pas de la voir ainsi, d'entendre tant de peine dans sa voix. « Hé, tu n'es pas égoïste, je rétorque en posant la main sur la sienne. Tu pensais juste… » Je cherche les mots adéquats et je commence peu à peu à comprendre. « Tu pensais juste agir au mieux pour ta fille. »

Elle m'adresse un regard reconnaissant qui me bouleverse. Je me sens soudain lucide, les années d'amertume se dissolvent et cette dernière écharde douloureuse est enfin retirée.

« Dis, je peux la voir ? » je demande en jetant un coup d'œil au téléphone posé à l'envers sur la table.

Elle se mordille la lèvre. « Tu en as vraiment envie ?

— Oui, vraiment. »

Elle saisit son portable d'un geste empressé – elle est clairement fière de sa fille. Mon cœur se serre un peu et l'inquiétude me donne la chair de poule. Je la regarde déverrouiller son écran, ouvrir sa galerie de photos et scroller. J'ai encore le temps de changer d'avis, de retourner m'asseoir à ma place, d'attendre que Martin vienne m'expliquer à quel point la calligraphie est un art en perte de vitesse, mais je suis rivé à la chaise. Elle appuie sur une minuscule vignette aux tons verts et violets.

Et la voilà à l'écran : Charlie.

Elle sourit à l'objectif et brandit une gigantesque feuille d'arbre, presque aussi grande que sa tête. Un éclat de rire ravi m'échappe mais j'ai aussitôt le souffle coupé. Elle est adorable : une joue maculée de boue, les cheveux en couettes asymétriques, enchantée d'exhiber sa trouvaille.

« Elle est super mignonne », j'affirme d'une voix étranglée.

Tanya est tellement absorbée par l'image qu'elle ne remarque pas mes yeux embués. J'ai passé des années à me demander comment elle grandissait, à quoi elle ressemblait. Une fillette blonde croisée dans la rue, une autre avec des petites fossettes sur les joues : avait-elle ces airs-là, elle aussi ? Et la voilà, sous mes yeux : belle, heureuse, parfaite.

« Elle a l'air tellement épanouie.

— Oui, elle l'est », m'assure Tanya, le visage aussi rayonnant que celui de Charlie, ses yeux pétillants d'amour. « Elle est joyeuse – elle me rappelle chaque jour ce qui est essentiel dans la vie. Et elle m'a permis de devenir quelqu'un de meilleur.

— Pas étonnant qu'elle te manque. »

Martin déboule entre nous deux alors que les serveurs apportent les desserts, il aboie que quelqu'un s'est installé à sa place et je me replie sur ma chaise.

Amy se tourne vers moi et me fait un clin d'œil.

Je déglutis et lui en adresse un en retour. Je suis reconnaissant d'avoir pu voir Charlie, je peux clore de manière définitive ce chapitre de ma vie, réduire au silence les remords et la colère.

« Alors, je vous ai parlé d'impression numérique ? Le rendu n'est pas toujours le même que pour des invitations réalisées à l'unité de manière artisanale, mais ça a l'avantage d'être beaucoup moins cher et… »

73
AMY

Les discours se succèdent sans accrocs, le repas est délicieux et je suis assise à côté de deux femmes incroyables, une graphiste qui se languit de son chaton et une scénariste dont la première série télé vient d'être acceptée. Elles sont super sympas et ne cessent de me répéter que je suis douée pour écouter, qu'aucun homme ne leur pose habituellement de questions. À voir leur enthousiasme, je me rends compte que les femmes ne mettent pas la barre très haut en matière d'hommes. On veut juste quelqu'un qui manifeste de l'intérêt, qui écoute, qui réagisse, qui nous prenne au sérieux.

Les invités sortent de table et flânent dans le parc, longent les torches enflammées sur la pelouse qui dégagent un doux parfum de feu de cheminée, se dirigent vers le kiosque à musique, illuminé de lanternes et de guirlandes.

Laura, toujours aussi sublime, se place face à Jay au centre de la piste et ils attendent d'entamer la première danse. Ses cheveux sont ramassés en chignon et son dos est dévoilé par l'encolure échancrée de sa robe. Je la regarde lever le visage vers lui et rire. Jay a tendance à se prendre un peu au sérieux, il lui faut parfois quelques secondes pour comprendre que son interlocuteur plaisante, mais ils se sont toujours parfaitement complétés. Elle fait ressortir chez lui un petit côté espiègle et il lui apporte une dose de bon sens, il est celui qui l'écoute et la soutient. Ils évoluent sur la piste avec application, Jay raide comme un piquet malgré d'évidents cours de danse, mais fier de présenter sa nouvelle épouse au monde entier.

Il paraît soulagé lorsqu'ils s'embrassent enfin sur les dernières notes du morceau. Les invités forment un cercle autour d'eux et acclament la scène émouvante. Puis la musique change brusquement et son visage se crispe tandis que Laura l'accompagne à une chaise que Kia vient de placer derrière lui. Les premières mesures de *Don't Stop Believin* jaillissent, elles me sont tellement familières après des mois à étudier la chorégraphie sur un lien privé de YouTube. Ravi, il regarde Laura et ses demoiselles d'honneur, dont Flynn, entrer dans la danse.

L'instant est magique, chaotique, pas tout à fait en rythme, totalement exubérant, les invités s'exclament et applaudissent, s'interpellent et regardent d'autres personnes se joindre petit à petit à la chorégraphie. Maman est parmi les dernières à monter sur la piste dans un déhanchement assuré. Sa peau scintille aux couleurs de l'arc-en-ciel sous la boule à facettes et elle semble électrisée. Sourire aux lèvres, elle lève les pouces vers Geoffrey, en retrait, qui bombe le torse et déborde de fierté. C'est plus fort que moi : mes pieds battent la cadence et je croise le regard de Laura. Je me joins aux danseurs au moment où Patty, hésitante mais appliquée, se rue sur la piste.

Je m'arrête pour l'observer et je n'arrive pas à croire qu'elle suive aussi bien le tempo. Elle se déhanche et son mouvement de lasso est absolument parfait. Laura et Jay l'observent, ébahis, lorsqu'elle tournoie devant eux avec un timing impeccable et un enthousiasme sans bornes. Elle lève presque imperceptiblement les pouces à l'intention de son fils et de son épouse. Quand la musique s'arrête, que tout le monde hurle, s'extasie et se plie en deux de rire, elle regarde autour d'elle d'un air perdu. Puis Jay se lève d'un bond, s'élance vers elle et lui fait un énorme câlin.

« C'est dingue ! Comment elle était au courant ? me crie Laura, estomaquée, le visage rayonnant, sa robe et sa coiffure toujours irréprochables.

— Aucune idée », je réponds, aussi abasourdie qu'elle. Je vois alors Flynn prendre Patty par la main, retrousser sa robe à volants jusqu'aux genoux et danser le *jive* avec elle. Je comprends, le baume au cœur, qu'on lui doit cet instant magique. Je lui adresse un salut de la main lorsqu'il passe à proximité, il me répond en faisant OK avec le pouce et l'index, puis il remonte sa robe et se jette dans la mêlée.

« Il est franchement génial, tu sais, Amy, me dit Laura comme si elle lisait dans mes pensées. S'il te redemande en mariage, tu as ma bénédiction. »

Je lui donne un petit coup de coude dans les côtes. « Arrête de vouloir que je me marie, sous prétexte que tu l'as fait.

— On sort souffler un coup ? » elle propose et j'acquiesce.

Elle s'engage dans l'escalier du kiosque et disparaît. Je m'apprête à la suivre quand quelqu'un me retient par le bras.

« Hé, attends, dit Jay.

— Ah, te voilà ! (J'essaie de dissimuler ma surprise.) Te voilà, mon pote ! »

Il passe sa main sur son crâne rasé. « Flynn, je suis désolé pour ce matin. J'étais un peu à cran à cause du mariage, je sais bien que tu ne ferais jamais un truc pareil. Tu as toujours été hyper réglo depuis qu'on se connaît.

— Oh, bah merci.

— Et maman vient de me dire qu'Amy lui avait appris la chorégraphie. C'était vraiment sympa de sa part.

— Je lui transmettrai. » Son commentaire me touche sincèrement.

« Ouais, vaut mieux que ça vienne de toi. Amy ne m'a jamais trop apprécié.

— Oh, je lâche, abasourdie, avant de redresser le dos. Eh bien, je pense qu'elle t'a peut-être donné cette impression-là. Mais c'est juste que tu l'intimides, enfin, toi et ta famille. » Il affiche une expression surprise.

« Je l'intimide ? Moi ? Oh, mon Dieu, mais moi, elle me terrifie !

— Hein ?

— Tu déconnes ou quoi ? Laura l'adore, et puis elle est ultra franche… Bref, elle est super. J'aimerais bien apprendre à la connaître. »

Mon cœur s'emballe. Je ne m'en serais jamais douté. « Merci. Merci, Jay. » C'est plus fort que moi, je ne peux m'empêcher de le serrer dans mes bras. « Tu apprendras à la connaître, promis. »

Jay se fige contre mon torse, puis il pose la main dans mon dos. « C'est nouveau, ça, marmonne-t-il.

— Les hommes devraient se faire des câlins plus souvent.

— Sans doute. » Il sourit alors que quelqu'un l'entraîne sur la piste de danse.

Je tourne les talons et descends les marches. Je me sens plus légère.

Laura m'attend au pied de l'escalier. La brise est rafraîchissante, je retire ma jaquette et la balance sur le poteau de la rambarde. Le jour tombe, le ciel se pare de teintes orange et rose à mesure que le soleil se couche derrière les collines fantomatiques. L'hôtel est illuminé, et vue d'ici la façade est splendide.

« Ouah, Laura, c'est vraiment dingue.

— Ça ne ressemble pas trop au mariage à l'étage du pub Goat and Boots dont on rêvait quand on était gamines, hein ?

— Y a un peu moins de crachats au sol, ce qui est bien dommage. »

Elle éclate de rire. Puis elle se tait et on porte notre regard sur le lac, où miroitent les derniers rayons du soleil.

« Si on l'avait fait avec notre propre argent, on aurait dû se contenter d'un plat de frites au pub. C'est ce qu'ont fait papa et maman, je sais, et tant mieux s'ils étaient heureux, mais… ça ne me dérange pas d'être gâtée comme ça. Patty a les moyens, elle voulait faire plaisir à son fils… Et je l'en remercie.

— Je sais. (Je lui prends la main.) Tu n'as pas besoin de te justifier. J'ai tendance à être chiante quand il est question d'argent et de privilèges, mais il faut que j'arrête avec ça. Toi, tu y es parvenu. »

J'ai honte de m'être ainsi trompée. Je m'étais toujours dit que, grâce à ses succès personnels et professionnels, Laura s'était protégée du chagrin qui me minait, moi. Qu'elle avait réussi à tourner la page.

« Tu es une femme adorable, Laura Smithington-Waller. »

Laura est effarée quand je prononce pour la première fois son nouveau nom de famille.

« Bon, OK, papa se serait peut-être marré en entendant ça. »

À cet instant précis, les quatre flamants roses se dandinent dans l'eau près de nous, ce qui rend la scène encore plus cocasse.

On pouffe de rire et mon cœur se gonfle d'amour, je ne m'étais pas sentie aussi proche d'elle depuis la mort de papa, je suis heureuse d'avoir participé à ce week-end, heureuse de tout ce qu'il a mis en lumière.

Un silence paisible s'installe. C'est le moment idéal pour lui révéler le secret que je cache depuis cinq ans. Elle a le droit d'être au courant.

« Laura. Le soir… Le soir où papa est mort. J'ai… On s'est disputés, lui et moi… Avant qu'il monte sur scène, et… »

Elle semble horrifiée et, l'espace d'une seconde, je regrette d'avoir ouvert la bouche. Avec cette nouvelle obsession de révéler des secrets – fallait-il vraiment que je choisisse ce moment précis ?

« Maman m'a dit qu'il était sur scène, Amy. Il est mort dans un endroit qu'il adorait.

— Mais il ne serait pas mort si j'avais accepté de chanter avec lui, si je ne m'étais pas énervée contre lui juste avant qu'il ne s'installe au micro... »

Laura me prend par les épaules et me tourne face à elle, le visage inquiet. « Amy, affirme-t-elle. Papa serait mort ce soir-là, quoi qu'il arrive. Tu as cru ça pendant toutes ces années ? Mais c'est horrible ! »

Je déglutis et le chagrin me noue la gorge. « J'étais persuadée que c'était à cause de moi.

— Amy, sérieux. Tu dois arrêter de penser que chaque événement est une conséquence de tes actes. C'est trop lourd à porter. »

J'acquiesce bêtement.

« Il t'aimait. Il nous aimait toutes les deux.

— C'est vrai.

— Il me manque », elle ajoute.

J'ai une boule dans la gorge en l'entendant mettre des mots sur mes pensées, évoquer le vide dans nos journées, le vide dans nos vies, un vide qui ne sera jamais totalement comblé.

Je lui prends la main et la serre doucement.

Elle contemple le kiosque, le lac, l'hôtel, et une expression morne vient obscurcir un instant son visage. « J'étais inquiète en songeant... qu'il aurait détesté cet endroit. Qu'il l'aurait trouvé outrancier. Un hôtel de snobinards.

— Il aurait eu tort. »

Il me coûte d'admettre que mon père n'était pas parfait. Il nous aimait mais il voulait qu'on reste auprès de lui, même s'il nous vouait ainsi à une vie moins ambitieuse. Quand il taquinait Laura sur sa fac londonienne, ce n'était pas sans sous-entendus : elle avait osé partir, voir plus loin que le bout de son nez.

« Ma seule certitude, c'est que papa nous aimait de tout son cœur, j'affirme à Laura. Et puis il y a des flamants roses, quoi !

— C'est classe, hein ? Je me disais que Patty était tarée mais sincèrement... Qui n'aime pas les flamants roses ?

— Ils n'ont qu'un seul partenaire dans leur vie, tu le savais ? C'est plutôt de circonstance, aujourd'hui.

— Tu penses honnêtement que papa ne se serait pas foutu de ma gueule ? Qu'il n'aurait pas trouvé l'endroit trop snob ? »

Je n'évite pas sa question. « Il aurait estimé que tu le méritais, je pense. Que tu mérites tout ça, et plus encore. Quand il te taquinait, c'était sa façon maladroite de te faire comprendre que tu lui manquais, mais peut-être aussi d'admettre qu'il aurait aimé prendre son envol, lui aussi... »

Je le revois débouler dans le pub ce soir-là, la douleur fugace sur son visage quand il avait compris que je ne le rejoindrais pas sur scène.

« Merci, Amy », murmure Laura tandis que je passe un bras autour de ses épaules et qu'elle se blottit contre moi.

Flynn déboule à cet instant précis, perché sur ses escarpins qui le font presque trébucher dans l'escalier. Sa tresse est à demi défaite, ses barrettes sont sur le point de tomber et des gouttes de sueur perlent à la naissance de ses cheveux. Je m'écarte de Laura.

« Tu pourrais au moins me donner une apparence un peu féminine, s'il te plaît ? » je râle alors qu'il nous rejoint. Je l'attrape par la main et l'oblige à redresser le dos. « C'était vraiment gentil à toi d'avoir pensé à faire ça », j'ajoute en montrant Patty du doigt. Elle tournoie à toute vitesse devant Geoffrey qui nous adresse un regard terrifié.

« Oh, c'était marrant, il répond avec un sourire timide. J'ai eu un peu de mal à lui expliquer la vague avec les bras, mais elle s'est beaucoup entraînée.

— Oui, on a vu ça, affirme Laura. (Elle lui attrape l'autre main, si bien qu'on forme un petit cercle.) Merci. Je crois qu'elle a peur de perdre Jay. Avec les préparatifs du mariage, on l'a tellement vue et entendue... Mais elle craint le silence qui va suivre, j'aurais dû le comprendre. J'aurais dû penser à l'inclure dans la danse – tu as eu une excellente idée. »

C'est à Flynn d'avoir l'air gêné, tout à coup. Il nous dévisage toutes les deux, les joues roses.

« J'interromps un moment de bonheur précieux ? demande maman qui avale une gorgée d'eau et descend les marches pour venir poser la main sur l'épaule de Flynn.

— Tu es toujours la bienvenue, rétorque Laura qui lâche Flynn et enlace maman.

— Tu es magnifique, ma chérie, déclare maman. Vous êtes magnifiques toutes les deux », corrige-t-elle en attirant Flynn contre elle. Il glapit, puis sourit et se détend. « Je suis ravie et soulagée de vous voir heureuses et réconciliées. »

Je songe à notre petit trio de femmes, Laura, maman et moi – à l'intimité de nos liens, à la fierté et l'adoration que je lis dans ses yeux lorsqu'elle nous regarde – et j'éprouve une sensation étrange. Maman, la pièce centrale de notre famille, le rouage qui nous a permis de fonctionner après la disparition de papa, qui a bataillé pour que nos vies continuent malgré tout. Elle s'est démenée pour nous, sans jamais se plaindre, même quand Laura et moi la poussions à bout.

« Tout va bien, mam... Trish ? Besoin de souffler un coup ? D'un peu de repos ? »

Laura m'adresse un regard perplexe.

Je ne peux plus retarder cette échéance, Laura serait du même avis si elle était au courant. Je veux savoir si elle a besoin de nous, si c'est à notre tour d'être là pour elle. « Tout va bien, vraiment? Il y aurait pas quelque chose dont tu voudrais nous parler? »

Flynn glisse sa main dans la mienne et je suis rassurée de le sentir à mes côtés.

« Maman? insiste Laura. Qu'est-ce qu'il y a? Ça ne va pas? »

Trish se tord les mains et regarde Flynn qui l'encourage d'un hochement de tête.

« Tu m'as dit avoir senti une boule », il murmure.

Laura et moi, on relève brusquement la tête.

Flynn déglutit et poursuit : « Ils t'ont diagnostiqué un cancer?

— Un cancer. » À ce mot, Laura devient livide.

Un cancer. Mon cœur s'emballe.

Maman pose lentement le regard sur moi, puis sur Laura, sur Flynn, et elle affiche une expression atterrée. « Oh, non, non! elle s'écrie tellement fort qu'elle attire l'attention d'un couple d'invités à proximité. Non! Je suis en bonne santé. Je vais bien. Oh, mes chéries, non. »

Les battements de mon cœur s'apaisent. Elle est en bonne santé, elle va bien. Un sourire se dessine lentement sur mes lèvres et je ne peux contenir un petit hoquet de rire. « Oh, Dieu merci… »

Mais mon soulagement est de courte durée. Je me rappelle ce qui est à l'origine de cette conversation : un secret qu'elle nous cache. Je l'ai entendue l'évoquer avec Geoffrey.

« Alors… Que se passe-t-il? demande Flynn, décontenancé. Pourquoi tu as laissé entendre tout à l'heure qu'Am… que je me languirais peut-être de toi? »

Maman lisse sa robe et nous évite soigneusement du regard. « Alors, pour être honnête, j'ai eu une petite frayeur médicale l'année dernière, et les examens ont changé ma vision des choses. Ils m'ont fait l'effet d'un électrochoc, ils m'ont obligée à faire le point sur ma vie. (Elle lève les yeux vers Laura.) Depuis la mort de votre père, je n'osais pas quitter la maison, j'ai obligé Geoffrey à s'y installer, lui qui n'avait qu'une seule envie, qu'on recommence à zéro, ailleurs. Mais je n'étais pas prête et il a respecté mes besoins. Et je voulais être présente pour vous à chaque instant, jouer le rôle de vos deux parents. »

Elle tend la main et caresse la joue de Flynn.

« Tu as été la meilleure des mères, je murmure, avant de me souvenir de mon apparence extérieure. Pour elles, je veux dire… Pour les filles… Amy me le répète souvent.

— Merci, mon trésor.

— Et donc… » avance Laura, sachant que ce n'est pas terminé.

Maman relève le menton, les guirlandes du kiosque illuminent son visage et se reflètent sur la monture verte de ses lunettes, une teinte aussi vibrante que sa personnalité. « Ces examens médicaux m'ont fait comprendre que j'attendais plus de la vie. Je veux avoir l'impression d'avoir vécu une belle et grande aventure, je veux explorer, découvrir de nouveaux endroits, saisir les opportunités qui se présentent. » Elle contemple le décor majestueux autour d'elle et sa voix gagne en assurance. « Geoffrey et moi, on part au Canada dans un mois. On a trouvé une maison dans un magnifique village de montagne. L'endroit est sublime. Vous allez l'adorer, vous aussi. Et si on s'y plaît, je veux vendre notre maison ici pour qu'on déménage là-bas, de manière définitive… »

J'arque les sourcils. « Au Canada !

— Oui, Geoffrey rêve d'y aller. Il a beaucoup voyagé : pendant les vacances scolaires, il partait toujours à la découverte d'un nouveau pays. »

Une nouvelle vie canadienne. Dans mon esprit, Geoffrey était un pantouflard qui ne possédait même pas de passeport. Il n'a pas l'air du genre intrépide. Je l'ai tellement mal jugé, lui aussi. La honte me gagne de nouveau. Je ne lui ai jamais posé de questions. Il restait souvent en retrait, à la maison, mais je comprends désormais que c'était pour laisser maman passer du temps avec nous. C'était une preuve de générosité, pas d'indifférence.

Maman attend nos réponses dans un silence qui s'éternise.

Avant ce week-end, je me serais aussitôt concentrée sur les points négatifs : le Canada, c'est loin, je ne pourrai plus la voir aussi souvent, et FaceTime, ce n'est pas pareil. Mais dans le corps de Flynn, je me demande comment il réagirait et je marque une pause. Maman a l'air incroyablement enthousiaste. Elle était inquiète de nous annoncer la nouvelle, mais je perçois le frisson d'excitation qui la parcourt, alors qu'elle se tient face à nous. Elle avait peut-être le sentiment d'être trop à l'étroit dans sa vie, elle voulait déployer ses ailes.

« Ne m'en voulez pas trop, mes chéries.

— Je ne t'en veux pas du tout », rétorque Flynn en scrutant mon visage pour évaluer ma réaction. Je lui adresse un sourire et un hochement de tête presque imperceptible.

« C'est merveilleux », j'ajoute.

Je m'étais convaincue que maman était casanière, que Geoffrey n'était pas d'un naturel aventurier, je tirais des conclusions alors que je ne savais rien. Je me suis souvent trompée et ce week-end m'a prouvé que je dois poser davantage de questions, m'intéresser, écouter d'une oreille sincère. Je juge toujours les gens trop vite.

« Je suis tellement soulagée, soupire Laura en enlaçant maman. Bon, c'est une décision dingue, bien sûr, et il va falloir qu'on parle des risques liés aux ours, mais... oh, mon Dieu, maman, tu nous as fait une telle frayeur. »

Maman paraît soudain sidérée, puis ses épaules se détendent et elle sourit avant de se prendre la tête entre les mains. « Oh bon sang, je m'inquiétais tellement de vos réactions. Je ne voulais pas vous donner l'impression de vous abandonner. Mais puisque Laura épouse Jay, et que Flynn et toi êtes si heureux ensemble, j'ai commencé à croire que c'était enfin possible, que je n'avais plus besoin de me faire autant de soucis pour vous, mes filles.

— Mais tu n'as pas de soucis à te faire pour nous ! s'écrie Laura.

— Non, vraiment pas, je murmure, le cœur serré.

— Vraiment pas », ajoute Flynn.

Reggie se redresse et pousse un hurlement. Je lui caresse la fourrure et j'apprécie le contact rassurant de sa truffe contre ma peau.

74
FLYNN

Le bal est fini, il faut traîner Patty loin de la piste de danse alors qu'elle rit avec Laura et esquisse les mouvements de la Macarena. Elle a une sacrée énergie, cette femme. Les employés de l'hôtel ont disposé sur la pelouse des chaises longues en tissu rayé ainsi que des couvertures pliées. Les torches crépitent encore. Amy et moi, on s'écroule chacun dans une chaise et on s'emmitoufle dans les couvertures comme un couple de personnes âgées sur une plage pluvieuse de Brighton.

Amy s'installe avec un soupir d'aise, elle ferme les yeux. Sa chemise est froissée, la jaquette s'est perdue quelque part dans la bataille. « Quel incroyable mariage, putain ! » elle déclare à l'intention de personne en particulier.

J'ai mal aux mollets, enfin aux mollets d'Amy, à force d'avoir dansé, et ma tête tourne dans un brouillard d'alcool et de bonheur satisfait. Sur l'île, au milieu du lac, la première fusée du feu d'artifice décolle dans un gémissement aigu, les invités se retournent à l'unisson et lèvent la tête vers les éclats de couleurs et les lumières qui explosent dans le ciel.

Des gerbes scintillantes d'argent, de rose, de rouge, de vert fleurissent au-dessus de nous et emplissent l'air d'une odeur âcre. Amy pose la main sur mon genou et on contemple la scène, lovés sous nos couvertures. Laura et Jay sont enlacés sur la rive du lac, prêts à s'engager côte à côte dans cette nouvelle vie.

Le bouquet final est extraordinaire, je n'avais jamais rien vu de tel. Le spectacle est si époustouflant qu'Amy et moi nous extirpons péniblement des chaises longues pour applaudir, debout, à chaque nouvelle explosion.

« C'est hallucinant ! » je hurle.

Amy se tourne vers moi et j'ai soudain une envie irrépressible de l'embrasser.

Je repense à tous nos baisers, à cette sensation dès que nos lèvres se rencontrent, à mon ventre qui se serre, aux picotements d'impatience. Je n'ai jamais autant désiré quelqu'un, je n'ai jamais autant aimé quelqu'un.

« Je peux t'embrasser ? » je lui demande, pris d'une subite timidité.

Amy sourit. Son nœud papillon est de travers et le bouton de son col est défait. « Je pensais exactement à la même chose. »

Elle se rapproche et passe les bras autour de mes épaules. « On y va ?

— C'est parti. »

Je ravale mon inquiétude, je lève les yeux vers Amy et je soupire lentement. Je me dresse sur la pointe des pieds pour atteindre sa bouche et je m'efforce de ne pas trop réfléchir à la suite, à ce que je vais ressentir. Nos lèvres se touchent. Puis un hurlement glaçant retentit non loin, un étrange gémissement aigu, vrombissant dans notre direction – soudain si proche.

« Attention !

— Oh, merde ! »

Un cri.

Et tout à coup, l'espace entre nous est d'un blanc éclatant, d'une chaleur accablante. Je ferme les yeux de toutes mes forces, j'attire Amy contre moi, je fais au mieux pour la protéger sans savoir de quoi il s'agit. Elle étouffe un cri, je sens son souffle au sommet de mon crâne. Un autre éclat de lumière brutal et je la serre plus fort contre moi.

Un silence irréel s'installe quand on s'écarte enfin, quelques secondes plus tard. Mon cerveau est en surrégime et l'adrénaline me traverse tout entier.

« Tu vas bien ? Tu vas bien ? » je répète, en panique.

Et je me tais.

Parce que je parle avec ma propre voix, et que je vois Amy face à moi. Amy dans sa robe rose de demoiselle d'honneur, à moitié échevelée, son visage aussi stupéfait que le mien.

« Flynn ! » Elle me toise et lève la main pour me caresser le visage. Elle lève la main. Parce que je suis plus grand qu'elle.

« Flynn ! » elle répète, et ses lèvres s'étirent en un immense sourire. « FLYNN ! » elle hurle.

Sans prévenir, elle bondit dans mes bras et enroule les jambes autour de moi. On s'écroule dans l'herbe.

« Putain de merde ! elle crie. Putain de merde ! » On est affalés par terre et les invités commencent à nous regarder d'un œil bizarre. Elle essaie de s'agenouiller, les jambes encore serrées autour de moi. « Putain de merde ! » Elle se palpe avec frénésie : le corps, les cheveux, le visage, et sa panique se transforme en émerveillement absolu.

Je suis secoué de rire, étalé sous elle, l'herbe me chatouille le visage et je savoure les sensations retrouvées, même si mon œil gauche me fait super mal.

On se relève tant bien que mal, on ne cesse de se toucher l'un l'autre dans un silence abasourdi, on savoure le simple fait d'avoir retrouvé nos corps.

« Je n'arrive pas à y croire, elle murmure. Je commençais vraiment à…

— Chuuut ! » je l'interromps, un doigt sur ses lèvres, car je ne veux pas entendre la suite.

Au lieu d'argumenter, de souligner le côté négatif de la situation, elle écarte simplement mon index et acquiesce.

« Quel soulagement, quel soulagement, quel soulagement », elle répète en boucle. Elle se jette dans mes bras, puis recule et lève les yeux vers moi. « Je suis tellement heureuse de te voir. »

Une décharge électrique pétille dans mon ventre.

Je m'éclaircis la gorge et affiche une expression grave.

« Maintenant qu'on est de retour... » je commence en la prenant par les mains, émerveillé par leur douceur. L'électricité circule en moi et m'embrase.

« Oh, mon Dieu, Flynn. Tu ne vas pas me demander en mariage, hein ? elle lâche, le visage inquiet.

— Amy Norman », je commence d'un ton assuré. Je sais exactement quoi dire, et je sais ce qu'elle a besoin d'entendre.

Elle me contemple de ses yeux marron écarquillés. Je n'arrive pas à croire que c'est elle, qu'on a enfin réintégré nos corps.

« Amy Norman, je t'aime. Me feras-tu l'honneur de ne pas m'épouser ? Me promets-tu de m'aimer, d'apprendre à me connaître, et peut-être de changer d'avis d'ici quelques années ? Ou dès qu'on sera prêts, tous les deux ? »

Elle ne peut contenir un petit rire mignon et elle porte la main à sa bouche pour tenter vainement de l'étouffer.

Puis elle affiche un large sourire, se jette à mon cou. Le visage à quelques centimètres du mien, elle murmure : « Oui, je te le promets. De tout mon cœur. »

REMERCIEMENTS

Il s'est passé beaucoup de choses depuis que j'ai terminé la première version de *Si j'étais toi*, et je tiens à remercier plusieurs personnes. Je n'ai pas pensé à noter les noms au fil de mon parcours, donc je vais inévitablement oublier quelqu'un. Si c'est vous que j'oublie, ne m'en veuillez pas, s'il vous plaît – sachez que vous n'y êtes pour rien, tout est ma faute.

En premier lieu, aux équipes de William Morrow et de HarperFiction – merci. Aux éditrices Tessa, Martha et Belinda – on a fini par y arriver ! Merci de m'avoir aidée à transformer en livre cet improbable échange de corps. Au Royaume-Uni, merci à Meg, à Emilie au service communication, à Vicky au marketing, à Lynne pour ses encouragements enthousiastes et à Ellie pour les magnifiques flamants roses de la couverture. Aux États-Unis, merci à Madelyn – c'est la meilleure illustration qu'on puisse imaginer pour évoquer un échange de corps ! Quel bonheur d'aimer ces deux couvertures sans distinction. Et d'avoir enfin une excuse pour acheter tout un tas de produits dérivés décorés de flamants roses.

Le roman est en cours d'adaptation cinématographique par l'excellente maison de production 42, où je souhaite remercier Erica, Kari, Ben Pugh et Ben Cavey. Je suis honorée de pouvoir travailler avec une équipe aussi talentueuse.

Merci à Luke qui a présenté mon livre à Erica, et à Camilla, au service des cessions audiovisuelles de Curtis Brown. Merci à Alice chez Curtis Brown et à Kristyn chez CAA pour leur perspicacité, leur franchise et leur soutien. C'est une chance d'avoir ces deux femmes de caractère à mes côtés. Merci également à leurs assistantes, Olivia et Lauren. Le service des droits étrangers de Curtis Brown a aussi fait des merveilles, je suis infiniment reconnaissante à Emma et à Sam, le meilleur duo dont on puisse rêver pour présenter *Si j'étais toi* par-delà les frontières.

Un immense merci à Katy, Joanna, Hilary et Holly qui m'ont généreusement accordé leur temps pour lire les premières versions de ce roman, et qui ont fait des suggestions incroyablement utiles et judicieuses. Je suis désolée d'avoir oublié de mentionner Katy dans les remerciements de mon précédent ouvrage ! Merci à Flynn Durrant de m'avoir permis d'emprunter son (excellent) prénom.

Les temps sont durs pour les créatifs, mais je n'ai jamais été aussi émerveillée par la gentillesse et le soutien indéfectible des auteurs autour de moi. Au fil de ces dernières années, j'ai pu rencontrer des personnes généreuses et passionnantes. L'engouement pour *La prochaine fois, peut-être...*, sélectionnée par le Reese Book Club et optionnée par Hello Sunshine et Apple Original Film en vue d'être adaptée à l'écran (merci Michelle Weiner de CAA !) a été d'autant plus agréable que j'ai reçu de nombreux messages sympathiques de la part de mes amis, ainsi que d'auteurs que je n'avais jamais rencontrés en chair et en os. Une pensée affectueuse toute particulière à Kirsty et à Izzy, toujours présentes à l'autre bout du fil pour répondre à mes appels (tantôt hystériques, tantôt paniqués).

Un immense merci à Reese Witherspoon et à sa fabuleuse équipe de Hello Sunshine – Lauren, Gretchen, Olga, Jane, Corinna, Melissa et à tous ceux qui œuvrent sans relâche pour mettre en avant des histoires de femmes, écrites par des femmes. Je suis si fière de travailler avec vous et d'avoir été sélectionnée par le Reese Book Club.

Tout mon amour à mes parents – David et Basia – et à ma sœur Naomi, alias Ma Plus Grande Fan et première lectrice.

Ma gratitude absolue à Ben, Barnaby, Lexi et Inessa, vous êtes fantastiques. Ces dernières années ont été mouvementées mais j'ai une chance inouïe de vous avoir à mes côtés. Je vous aime de tout mon cœur.

Et mes derniers et immenses remerciements vous sont destinés, à vous lecteurs. Il y a tant de livres disponibles sur le marché, je vous suis reconnaissante d'avoir choisi celui-ci en particulier, d'avoir tenté votre chance, de vous être aventurés entre ses pages. Maintenant, si vous voulez le recommander à vingt de vos amis, leur suggérer d'aller l'acheter, ou si vous souhaitez inonder Internet de vos innombrables critiques positives, ce n'est pas moi qui vous en empêcherai !

Merci, sincèrement merci. Rien ne me touche plus que de recevoir des messages, des commentaires et des photos d'inconnus qui ont lu et apprécié mon livre. J'exerce, grâce à vous, le plus beau métier du monde.

Imprimé en France par
CPI Brodard & Taupin
en mars 2025
N° d'édition : M17951/01. – N° d'impression : 3059403